FANTASTIC ORIENTAL HEROES

무림의 여신

무림의 여신 1

아랑 新무협 판타지 소설

초판 1쇄 찍은 날 § 2003년 12월 29일
초판 1쇄 펴낸 날 § 2003년 1월 9일

지은이 § 아랑
펴낸이 § 서경석

편집장 § 문혜영
편집 책임 § 권민정
편집 § 장상수 · 김희정 · 김민정
마케팅 § 정필 · 강양원 · 이선구 · 김규진 · 홍현경

펴낸곳 § 도서출판 청어람
등록번호 § 제1081-1-89호
등록일자 § 1999. 5. 31
어람번호 § 제2-0306호

주소 § 경기도 부천시 원미구 심곡1동 350-1 남성B/D 3F (우) 420-011
전화 § 032-656-4452 팩스 § 032-656-4453
E-mail § eoram99@chollian.net

값 8,000원

ISBN 89-5505-935-3 04810
ISBN 89-5505-934-5 (SET)

1

재시일생 再始一生

FANTASTIC ORIENTAL HEROES

아랑 신무협 판타지 소설

무림의 여신

도서출판
청어람

목차 _____

서 장

古墳(고분)

— 白居易(백거이)

古墳何代人 (고분하대인)
무덤이 어찌 사람을 대신하오리까?

不知姓與名 (부지성여명)
성도 이름도 알 수 없는데.

化爲路傍土 (화위노방토)
길가의 한 줌 흙이 되어,

年年春草生 (년년춘초생)
해마다 봄 풀만 자라는 것을‥‥:

서장

고개를 돌려 뒤를 돌아보았을 때, 그 적안(赤眼)의 눈동자는 나를 향해 웃고 있었다.

'후회없는 삶이란 없는 법이지.'

'하지만 뒤늦은 후회를 두고두고 곱씹고만 있을 수도 없어.'

차분히 대답하려고 애쓴 노력은 효과가 없었는지 내 입을 빠져나와 떠도는 목소리는 지독히도 떨리고 있었다.

'결말이란 건 없어. 끝없는 우연과 선택 속에서 이어지는 미래만이 있을 뿐이지.'

'그런가?'

지독히도 푸른 하늘을 바라보는 사이에도 나약한 육신은 이리저리 끊임없이 흔들려 댔다.

둥근 띠가 맺어져 고리가 되고 그 고리를 끊임없이 맴돌고 있는 운명의 가느다란 자락처럼 나 역시 고리 속에서 엉키고 얽혀 버린 채 이 세상을 살아야만 했던 가련한 인생이었다. 운명과 수많은 그 접점들, 그것들이 엉킨 현실을 계속해서 이어야 했다. 그리고 마침내 내 자신이 어느 누군가의 손아귀 안에서 광대 짓을 하고 있다는 사실을 알게 된 후, 거친 풍랑과 격류에 시달리는 작은 돛단배처럼 휘말리고 떠밀려 마침내는 낭떠러지 속에 곤두박질쳐야만 했던 그런 삶이었다.

*   *   *

하늘이 옅은 하늘색으로 물든 채 희고 옅은 구름을 군데군데 흩뜨려 놓고 있었다. 그리고 그 옅은 구름이 품고 있는 따스한 햇볕 아래로 볏짚을 엮어 만든 누런 짚단 옷을 걸친 인영(人影) 하나가 보인다.

아무렇게나 풀어헤쳤지만 흑단(黑檀)같이 검푸른 윤기가 도는 기다란 장발에 역시 옷과 마찬가지로 짚을 엮어 만든 죽립(竹笠), 손목에 친친 동여맨 푸르스름한 빛의 천, 죽립에 가려 입술밖에 보이지는 않지만 붉고 아름다운 곡선을 자랑하는 입술 선… 그저 평범한 거지로 보기엔 풍기는 분위기가 이상했다. 물론 자세히 살펴보지 않는다면 이 인영에게서 풍겨 나오는 범상치 않은 분위기를 느끼지 못할 테지만.

"개봉(開封)인가……?"

인영이 입술을 움직여 낸 목소리는 놀랍게도 아직은 앳되고 어린 소녀의 음성으로 이제 갓 십칠 세가 넘은 듯해 보였다. 그녀는 먼 길을 여행해 온 듯 온몸에 흙먼지가 뽀얗게 앉아 있었다. 아직 어린 소녀가 먼 길을 여행해서 개봉까지 와야 할 이유가 무엇일까?

소녀는 손으로 죽립을 조금 쳐들고 주위 이곳저곳을 두리번거렸다. 개봉부(開封部)의 육중한 성문을 올려다본 소녀가 입술 사이로 자그마한 탄성을 뱉어냈다. 그러자 일행인 듯한 청년이 그녀에게 물었다.

"개봉은 처음 와보는 건가?"

소녀의 뒤쪽으로 주름진 짙은 청색의 무복을 입고 있는 이십 대 중반가량의 청년과 수수한 짙은 물빛의 궁장을 입은 여인이 서 있었다. 그 둘 역시도 죽립으로 얼굴의 반 이상을 가려 이목구비는 자세히 들여다볼 수 없었지만 역시 풍기는 분위기는 범상치 않았다.

"이야기만 많이 들었지. 그럼 들어가 볼까?"

자신만만한 미소를 띤 소녀가 그렇게 말하고 앞장서서 걷기 시작했다. 육중한 성문을 지나 별다른 제재 없이 안으로 들어서자 화려하고 번화한 대로가 나타났다. 이 층으로 된 건물들이 끝도 없이 쭉 늘어선 채 깎은 듯 반듯한 길을 형성하고 있었다.

"으음, 여기서 어떻게 찾지?"

"걱정하지 마세요. 가는 길은 알고 있으니까요."

물빛 궁장의 여인이 소녀에게 낭랑한 음성으로 대답했다.

"그럼 구경하면서 천천히 가자구."

소녀는 배시시 웃으며 대로로 뛰어들었다. 여러 상점들이 밀집되어 있는 대로는 사람들의 통행뿐만 아니라 마차와 말들도 지나다니고 있어 매우 번잡스러웠다.

"잠깐 기다려요!"

여인의 제지에도 불구하고 소녀는 이미 사람들 틈으로 사라진 뒤였다.

"잽싼 건 여전하군."

"후후, 그러네요."

청의 무복의 사내는 그렇게 말한 후 여인의 손을 잡고 바로 옆에 있는 이 층 높이의 객점 지붕 위로 뛰어올라 갔다. 사람들이 놀라 웅성거리는 소리가 들려왔지만 사내와 여인은 신경 쓰지 않은 채 지붕 위에서 아래를 두리번거렸다. 아마도 소녀를 찾기 위함인 듯 그 둘의 눈길은 죽립을 쓴 사람들에게 향하고 있었다.

"비켜라!"

문득 대로 저편이 소란스럽다 싶어 멀찍이 내다보니 흰 백의 무복을 입은 일련의 무리들이 말을 타고 혼잡한 대로를 달려오고 있었다. 그 기세에 놀라 사람들이 마치 썰물이 빠지듯 양 옆으로 흩어졌다. 약간의 불만과 경계심을 동반한 채.

사람들이 흩어짐에도 여전히 대로 한복판에 서서 한 손에는 꿀떡이 끼인 나무 꼬치를 든 채 주위를 두리번거리고 있는 소녀가 보였다. 말들이 계속 질주해 온다면 부딪칠 텐데도 소녀는 태연자약하게 주위만 두리번거리고 있었다.

"후, 찾긴 찾았군요."

여인은 한숨을 내쉬며 고개를 설레설레 저었다. 소녀의 실력으론 물론 저런 말이 아니라 마차가 달려온다 하더라도 바로 앞에서 상처 하나 없이 거뜬히 피해내겠지만 문제는 저들과 벌이게 될 소동이었다.

"이랴~!"

백색 무복의 무리들은 말에 더욱더 채찍질을 가하며 질주해 오다가 앞에 소녀 하나가 있는 것을 보고는 놀라 급히 말고삐를 당기며 '워워' 라고 외쳤다. 말은 소녀의 바로 앞에서 멈추긴 했지만 미처 말의 급정거를 감당하지 못한 뒤쪽의 몇몇 무사들은 그만 낙마하고 말았다.

단단히 화가 났는지 얼굴이 우락부락하게 변한 맨 앞쪽의 남자가 말에서 뛰어내려 소녀의 앞에 검은 그림자를 드리웠다.

"죽으려고 환장한 게냐?! 말이 달려오는 걸 보지도 못했단 말이냐?!"

만약 소녀로 인해 사고가 생겼을 경우 상관에게 받을 질책을 생각하자 남자는 등골이 오싹해졌다.

"봤지만 별로 비켜야 할 필요성 따위를 느끼지 못했는걸?"

자연스러운 소녀의 하대에 저게 하대인지 뭔지를 느끼지 못하고 있던 사내는 잠시 뒤 소녀가 자신에게 하대했다는 사실을 깨닫고는 입술을 꽉 깨물었다. 그는 동료와 사람들이 많이 모인 곳에서 어린 애송이에게 무시당했다는 느낌에 피가 얼굴로 확 모이는 느낌이었다.

"이, 이 계집 년이!"

욱하는 성질머리가 있는 사내는 자신도 모르게 솥뚜껑 같은 손을 날려 소녀의 뺨을 후려갈겼다. 그 한 대로 소녀는 거칠게 떠밀려 저만치 나가떨어지며 흙 길을 뒹굴었다.

깊숙이 눌러쓰고 있던 죽립은 땅에 눌려 휘어져 버리고 턱은 붉게 변했다. 소녀가 저만치 나가떨어지자 약간 화가 풀린 듯 사내는 헛기침을 해대며 인심 쓰듯 거만하게 읊조렸다.

"어쨌든 임무를 수행 중이던 나를 방해한 죄는 크지만 네가 아직 나이가 어린 것을 고려해 이번 한번만은 그냥 넘어가겠다."

소녀는 잠자코 일어나 옷에 묻은 흙을 털어냈다. 벗겨질 듯 말 듯 아슬아슬하게 턱에 걸쳐져 있던 죽립의 끈도 고쳐 묶고 대충 옷매무새를 다듬은 뒤 그녀는 사내 앞으로 가서 섰다.

"웃겨, 정말. 네 녀석 때문에 아깝게 꼬치를 떨어뜨렸잖아. 물어내!"

자신의 손에서 떨어져 나가 흙바닥에 뒹굴고 있는 꼬치를 손가락질해대는 그녀의 태도는 자신이 땅바닥에 나뒹군 것보다 꼬치가 더 중요하다는 듯해 보였다.

"…곱게 보내주려 했더니 이 빌어먹을 계집년이 정말!!"

다시 한 번 이목이 집중된 곳에서 애송이 계집에게 망신을 당했다는 생각이 들자 사내는 아까보다 더욱더 격하게 반응해 댔다. 급기야 누런 이를 연신 부득부득 갈아대며 사내가 손을 높이 치켜 올렸다.

"당장 그 손을 멈추지 못할까!!"

순간 날카로운 고함 소리와 함께 우람한 체구의 노인이 날렵하게 사내의 손목을 비틀어댔다. 그러자 사내는 맥을 못 추고 그 자리에서 비틀거렸다.

"네놈이 죽고 싶어 환장을 했구나! 감히!!"

몸에 딱 달라붙는 흑의를 입고 있어서인지 노인답지 않게 우람한 체구가 그대로 드러나 보인 그는 온몸 가득한 근육과 새하얀 눈썹, 그리고 새하얀 수염이 왠지 어울리지 않는 느낌이다. 묘한 위화감을 불러일으킨다고나 할까? 하지만 소녀 쪽은 그 노인이 친숙한 듯 친근한 목소리로 인사했다.

"어? 오랜만이네요, 막(莫) 할아버지."

"하마터면 이 빌어먹을 놈이 아현류영께 크나큰 무례를 범할 뻔했사옵니다."

막 할아버지라 불린 노인은 약간 사색이 되어버린 얼굴로 소녀에게 정중히 허리를 숙여 보인 다음 옆에 있던 사내의 멱살을 쥐고 살인이라도 할 기세로 이리저리 흔들어댔다.

"네놈 눈은 썩은 동태 눈깔이냐? 어찌 오늘 맹을 방문하시기로 한 귀빈을 못 알아본단 말이냐?"

사내는 정신이 하나도 없었다. 자신은 그저 자신에게 무례한 버르장머리없는 소녀의 버릇을 고쳐 주려 했을 뿐인데 어째서, 그것도 맹의 간부인 백염광노(白髥狂奴) 막지마(莫至麿) 옹(翁)이 이리도 다그친단 말인가?

"네놈이 그러고도 십인대의 조장이란 말이냐? 예라～ 이 접시 물에 코

박고 죽어라! 죽어!! 감히 아현류영께 이런 무례를 범하다니!"

순간 사내의 머리 속으로 언젠가 들었던 별호가 스쳐 지나갔다. 강호에 소문이 자자한 아현류영(娥顯瀏榮). 그녀는 그 누구도 감당 못할 괴짜라는 백염광노 막지마와 파랑군(破狼君) 광팔아(狂捌亞)가 자청하여 주군(主君)으로 모시겠다고 한 인물이었다.

"그, 그런……."

자신을 향해 눈을 부라리는 막지마를 보면서 사내는 세상이 암흑으로 변해가는 것을 느꼈다. 맹에서 며칠 전부터 귀빈이 온다고 떠들썩하게 준비해 대던 거물급 인사를 건드려 놨으니 자신은 이제 꼼짝없이 죽은 목숨인 것이다.

1

일 상 의 고 리

고리의 전환

똑똑똑!

이건 마치 높은 곳에서 아래로 한 방울씩 일정하게 떨어지는 물소리와 비슷하다고 생각했다. 은평은 물소리를 들으며 천천히 눈을 떴다.

"호오~ 일어났군."

남자인지 여자인지 도무지 성별을 구분할 수 없는 모호한 목소리였다. 마치 쇠기름 끓는 듯 탁하기도 하고, 옥소 소리처럼 청아하고 부드러움도 느껴지는 신비한 목소리… 이건 종잡을 수 없다고나 할까.

"여, 여긴……?"

은평은 떼어지지 않는 바싹 말라 버린 입술을 혀로 적시고는 본인이 듣기에도 거북한, 잔뜩 쉰 목소리로 입을 열었다.

"저승이야."

은평은 신비로운 목소리의 말대로 이곳이 만약 저승이라면 잘됐다고 중얼거렸다. 어차피 지루하고 권태롭기 그지없는 일상에서 벗어나고 싶었던 자신이다. 오히려 죽음을 두 손 들고 환영해야 할 입장인 것이다.

"특이한 인간이군. 자신이 죽었다는 게 별로 충격적이지 않은가 봐?"

은평은 목소리의 주인공을 보기 위해 힘겹게 몸을 일으켰다. 목소리의 주인공은 의외로 다섯 살 난 꼬마 아이였다. 자신의 발치까지 오는 기다란 흑단 같은 머리를 아무렇게나 풀어헤치고 검은 양복을 세련되게 갖추어 입었으며 목에는 붉은 나비 넥타이까지 매고 있었다. 객관적인 시각으로 보면 꽤나 귀엽다고 할 만한 아이였지만 눈 밑의 거뭇거뭇한 다크써클이 왠지 음산하고 괴기적으로 보이게 했다.

"자신이 어떻게 죽었는지 기억이나 해?"

"⋯아니, 기억나지 않아."

아이는 그럴 줄 알았다는 시선으로 혀를 찼다.

"뭐, 특별 서비스니까 잘 봐둬. 자신이 어떻게 죽었는지는 알아야 할 것 아냐?"

아이의 말이 끝나기가 무섭게 벽에 둥근 거울이 나타났다. 커다란 트럭에 치인 자신의 모습이 보였다. 옆에서 너무나 놀란 나머지 제대로 몸을 가누지 못하는 규진의 모습도 보이고 등교 중이던 아이들의 비명 소리도 들려왔다. 트럭에 치어 머리가 깨져 뇌수가 터져 나오고 붉은 피가 검은색 시멘트 바닥에 뒤섞여 마치 검은 피처럼 보였다.

하얀 동공을 치켜뜬 채 허공을 응시하는 자신의 모습도, 운전석에서 내려 어쩔 줄 몰라 하는 운전 기사의 모습도⋯ 그러나 그런 모습들이 은평에게는 아무런 감흥도 주지 못했다.

"자신이 죽은 모습을 본 감상이 어때?"

"⋯그저 그래."

은평의 말을 듣자 아이는 실망했다는 표정을 지어 보였다. 아마도 아이는 뭔가 다른 반응을 기대했던 모양인 듯 입을 삐죽여 댔다.

"대부분은 자신이 죽은 모습을 보여주면 오열하거나 벌벌 떨던데… 넌 좀 다르구나?"

"별로. 난 죽을 날만을 기다려 온 사람이야. 어떻게 죽든 내가 기다려 온 죽음인데 오열하거나 벌벌 떨 일은 아니라고 생각해."

아이는 질렸다는 듯 다시 혀를 찼다.

"생긴 건 안 그런데 어째서 그렇게 정나미 뚝뚝 떨어지는 소리만 해대는 거지?"

"…그래도… 내가 죽으니 슬퍼해 주는 사람이 있구나 싶어."

계속해서 거울을 들여다보고 있던 은평은 오열하는 규진의 모습을 보며 실소했다.

'규진아, 날 위해서 울어줄 필요 없어. 어차피 난 죽고 싶어했던 애였는걸.'

그런 은평의 모습을 묵묵히 지켜보고 있던 아이는 입을 삐죽이 내밀었다.

"…너… 도저히 천국으로는 데려갈 순 없겠어."

"나도 내가 천국에 갈 만큼 착하게 살진 않았다고 생각해."

"그렇다고 해서 지옥에 갈 만큼 나쁘게 산 위인도 아니야, 넌. 게다가 널 지옥에 처넣는다고 해도 자신을 아끼는 마음이 없기 때문에 고통조차 느끼지 않을 테니 별 소용이 없을 것 같아."

은평은 아이를 향해 의문스런 시선을 주었다. 고통조차 느끼지 못한다? 무슨 소리일까 궁금했다.

"지옥은 말야, 자신을 얼마나 아끼느냐, 그래, 이 얼마나 아끼는가가 나쁜가 착한가에 따라서 고통을 받거나 안 받거나 하지. 인간들 중에는 남과 자신을 모두 사랑하고 아끼는 사람이 있는가 하면 자신만을 아끼는 사람이 있어. 자신만을 아끼는 사람이 모두를 아끼게 되었을 때 비로소 고통에서 벗어나 윤회를 계속하거나 천국으로 갈 수 있는 거야."

"…그런데?"

"넌 남도 자신도 사랑하지 않지. 네가 이 세상에서 사랑하는 것은 없어. 넌 살아 있을 때도 그저 모든 것을 지겨워하고 지긋지긋한 일상에서 벗어나고 싶어했지. 한마디로 말해서 죽고 싶어했다는 거지 뭐. 그런 사람이 지옥에 가면 고통을 느끼기나 하겠어?"

아이는 잠시 숨을 고른 다음 다시 말을 이었다.

"이곳 저승을 다스리는 염라대왕의 유일무이한 혈족인 나 염화(閻火)의 권한으로 널 다시 세상으로 내려보낼 거야."

염화란 꼬마 아이가 은평을 다시 내려보내겠다고 선언한 후 은평은 아이를 따라서 염라대왕이란 사람을 만나러 가야만 했다. 은평은 염라대왕이 야사나 이야기 속에 나오는 대로 귀기스러운 노인일 거라 상상했으나 뜻밖에도 젊은 여성이었다.

"염화가 아니냐? 이곳에는 무슨 일이냐? 난 네가 사자로서의 일을 보고 있을 줄 알았다만……."

그녀는 붉은 기가 희미하게 도는 검은색의 치렁치렁한 도포 같은 옷을 껴입고 머리에는 붉은색 관을 쓰고 역시 검은 흑단 같은 머리를 아무렇게나 풀어헤치고 있었다. 이목구비가 상당히 오밀조밀하고 냉철하며 엄격해 보이는 미인인 데다 염화와 같이 눈 밑에는 검은 기미가 끼어 있어 음산해 보였다.

염화는 제법 정중하게 여인에게 허리를 숙여 예를 표했다. 지금까지 보아오던 아이의 모습과는 사뭇 달랐다.

"염라(閻羅)를 뵙습니다."

은평은 주위를 둘러보았다. 마치 재판장 같은 이곳은 네 개의 커다란 문이 양 벽에 하나씩 뚫려 있고 그 문 앞마다 마치 삼국지에 나오는 장비를 연상시키는 듯한 수문장들이 날이 시퍼렇게 선 검을 들고 지키고 있었다.

벽으로는 갓을 쓰고 검은 도포를 입은, 마치 이야기 속의 저승 사자 같은 사람들도 있었고 양복을 입고 붉은 나비 넥타이를 한 사람들도 있었다. 다만 모두 안색이 창백하고 눈 밑에 검은 기미가 끼어 있다는 점만은 똑같아 보였다. 그리고 이런 사람들의 옆에는 가지각색의 사람들이 모두 허탈하고 허망한 표정으로 서 있었다. 아마도 은평과 같이 모두 죽은 사람들인 것 같았다.

"염화야, 네 뒤의 저 영혼은 무엇이냐?"

"마마, 이 영혼의 일로 상의드릴 일이 있어 공사 다망하신 줄 알면서도 이렇게 무례를 저질렀나이다."

염화는 모습답지 않게 사극에서나 나올 듯한 고어를 쓰고 있었다.

"그래, 어서 말해 보거라."

"이 인간을 다시 세상으로 내려보내 주시옵소서."

염화의 말이 끝나자 주위 사람(?)들이 모두들 소곤거리기 시작했다. 무표정하게 서 있던 저승 사자들조차도 말이다.

"…염화야, 네가 아무런 이유 없이 그 영혼을 내려보내고자 하지는 않을 터, 무슨 일인지 상세하게 고해보거라."

염화는 아까 은평에게 지옥 어쩌고 했던 이야기를 다시 늘어놓았다. 다만 내용이 좀 더 격식화되고 고어로 변화해 그 양이 조금 늘어났다는 것만 제외하고는 거의 똑같은 내용이었다.

"그렇단 말이지? 그렇다면 저 아이는 자신이 얼마나 소중한 것인지 깨닫게 되었을 때, 그리고 주위 사람들을 자신처럼 사랑하게 되었을 때 다시 불러와야 한다는 소리로구나."

"그렇사옵니다."

"좋다, 내 승인하마. 하지만 저 아이는 이미 대외적으로는 죽은 것으로 되어 있으니……"

"그 점은 심려 마시옵소서. 손상된 육체야 제 힘으로도 얼마든지 복구시킬 수 있사옵고 저 아이가 살던 시대로는 보내지 않을 것이옵니다."

"그래, 네가 알아서 잘 결정하거라."

대화가 끝나자 염화는 다시 은평을 이끌고 어디론가로 데려갔다.

"너, 어디로 가고 싶어?"

은평은 염화의 말을 이해하지 못하겠다는 듯 고개를 갸웃거려 보였다.

"네가 다시 살아갈 곳 말야. 어차피 다시 현대로는 못 가. 사람들은 모두 네가 죽은 줄로 알고 있을 테니."

"나보고 결정하란 말야?"

"그래. 석기 시대, 중세 시대, 르네상스… 많잖아. 알아서 골라."

"음… 난 굳이 고르라면……"

은평은 머리 속으로 문득 언젠가 오빠의 방에서 보았던 무협지를 떠올렸다. 몽상적이고 허구적인 이야기였지만 왠지 재미있을 것 같다는 생각이 들었었다.

"무림이란 곳으로 보내줄 수 있어?"

은평의 말을 듣자 염화의 눈썹이 기묘하게 변했다.

"무림?"

"왜? 그거 실제로 없었어? 음… 이야기 속에서 보고 그곳으로 가면 재미있을 것 같다는 생각이 들었는데……"

"…있기야 있지. 실제로 보내줄 수도 있어. 다만……"

"다만 뭐?"

"그곳에 가면 아마 넌 한 시간도 못 살고 다시 죽어서 이곳으로 오게 될 거야. 그런 우락부락한 덩치들이 칼 들고 설치는 곳에 가서 뭐 할라고?"

그의 이야기를 종합해 보면 거기 가면 개죽음당할 테니 차라리 딴 곳을 선택하라는 이야기였다.

"왜 하고 많은 곳 중에 무림이야? 넌 환생하는 게 아냐. 다시 네 육체 그대로를 가지고 내려가는 거란 말야. 물론 네 육체는 이미 소멸된 뒤라 내가 다시 생성시켜야 하긴 하겠지만."

"알아. 하지만 재미있을 것 같아서 그래. 실제로 날아다니거나 장풍 같은 걸 쏘아대는 사람을 보고 싶기도 하고."

염화의 새빨간 눈이 은평을 가만히 응시했다. 염화의 적안은 은평을 마치 탐색하듯 이리저리 훑어보더니 이내 입이 열린다.

"…좋아, 소원이라면 들어주지. 하지만 네가 금방 죽어서 다시 이곳으로 오게 되면 안 될 테니 나도 최소한의 금제를 걸겠어. 불만없겠지?"

은평은 고개를 끄덕여 보였다. 적어도 죽기 전보다야 따분하진 않을 테니까. 은평은 그것만으로도 충분히 만족스러웠다.

"좋아, 눈을 감아."

염화는 은평에게 눈을 감으라고 요구했다. 염화는 눈을 감은 은평을 앞에 두고 뭐라고 주문을 외듯 중얼거리더니 은평을 다짜고짜 밀어버렸다.

"잘 가~ 그리고 다음에 봤을 때는 좀 더 자신을 사랑하는 인간이 되어 있길 바래!"

은평은 자신이 어디론가로 급속히 추락한다고 느꼈다. 귓가를 스치는 바람이 왠지 모르게 상쾌했다.

3

동 화 (同化)

동화(同化)

　백염광노(白髥狂老)는 자신의 애도인 무무도(舞武刀)를 지팡이 삼아 힘겹게 일어섰다. 자신의 자랑이었던 하얀 수염에 피가 덕지덕지 말라붙고 장포는 헤질 대로 헤진 채 붉게 물들어 있었다.

　하지만 그뿐만이 아니라 상대방도 마찬가지의 몰골로 서로 마주 본 채 대치해 있어 이미 한차례 격전이 있었음을 짐작케 했다. 더구나 그 둘의 주위는 둥근 형상으로 주위의 나무나 수풀들이 거센 폭풍에 드러누운 것처럼 되어 있어 더욱더 그런 추리가 가능케 했다.

　"훗! 네놈이나 나나 불쌍하기 이를 데 없는 신세로구나. 어쩌다가 이렇게 싸우다 죽을 운명이 되었는지……."

　백염광노의 바로 앞에서 흑색의 도끼를 든 채 후들거리는 다리로 서 있는 파랑군(破狼君)이 보였다. 파랑군 역시 입가에 한줄기 피를 흘리며 안면 근육을 일그러뜨리고 있었다.

"…싸우다 장렬히 죽는 것은 일생의 염원이었으나 본인의 뜻이 아닌 타인의 손에 조종되어 이렇듯 싸우다 죽으니 그것만이 안타까울 뿐이다."

피 칠갑을 한 채로 두 노인은 자조적인 쓴웃음을 지었다. 백도도 마도도 아닌 정사 중간의 입장에 서서 그저 강함만을 추구한 채 칠십 년이란 세월을 강호를 주유(周遊)하며 별의별 일을 다 겪었지만 음모에 빠져 친우라 생각했던 상대와 싸우다 죽는다는 사실은 씁쓸함과 함께 비참함으로 온몸을 휘감고 돌았다. 어차피 죽는 마당에 자신을 음모 속으로 몰아넣은 상대는 밝히고 죽고 싶었다.

'하늘이시여, 이 백염광노 막지마를 이렇듯 버리시나이까? 만약 저희 둘의 싸움을 말려주는 자가 있다면 그자를 위해 평생 종복(從僕)으로 살겠나이다.'

마지막으로 백염광노는 하늘을 올려다보며 중얼거렸다. 어차피 하늘 따위는 믿어본 적이 없었지만 죽을 때가 가까워오니 역시 하늘을 찾게 되는 모양이었다. 하지만 그런 간절함에도 불구하고 무심한 하늘은 답을 내려주지 않았다.

"후후후후! 광가야, 끝을 보자!"

"…하늘은 우리를 버리는구나. 오냐, 막가야, 끝을 보자!"

백염광노와 파랑군은 각자 서로의 애병을 들어 올렸다. 그런데 마지막 남은 공력을 끌어 모으려던 찰나였다. 공중에서 바람을 가르는 소리가 들려왔다. 거리가 멀리 떨어져 있는지 미약했지만 청력이 밝은 이 두 사람이 그 소리를 놓칠 리 없었다.

하지만 두 사람은 크게 신경을 기울이지 않고 이내 자신의 애병을 더욱더 힘주어 잡았다.

"…자, 간다! 무무진(武舞進)!!"

"오냐, 오너라! 폭랑(暴狼)!"

둘의 무기가 날카로운 금속성의 비명을 질러대며 서로 맞부딪쳤다. 피로 범벅을 한 채 서로를 일그러진 얼굴로 노려보는 두 사람은 마치 악귀를 연상시켰다. 파랑군을 향해 찔러 들어오는 백염광노의 무무도를 파랑군의 흑색 양 도끼가 서로 교차하며 막아냈다.

그때였다.

서로 엉겨 붙어 있던 두 노인의 위로 검은 음영이 드리워지더니 이내, 그 음영은 점점 더 그 넓이를 넓혀왔다. 공기를 가르는 파공성 소리에 두 노인은 동시에 하늘 위를 올려다보았다. 그리고 픽! 하는 굉음과 함께 소녀의 자그마한 몸체가 두 노인의 위로 떨어져 내렸다.

소란스럽던 숲에 잠시간의 정적이 찾아들었다. 두 노인의 위에 올라탄 꼴이 된, 하늘에서 떨어져 내린 소녀는 이내 정신을 차린 듯 중얼거렸다.

"으…어지러워. 정신이 하나도 없네."

소녀는 머리를 몇 번 흔들더니 이내 몸을 일으켜 세웠다. 질퍽하던 지면에 소녀의 발자국이 깊게 남았다.

"여기가 어……."

소녀는 무심코 주위를 둘러보며 손을 들었다가 양손 가득한 피를 보고 숨을 삼켰다. 양손에 피가 가득할 뿐만이 아니라 자신의 아래에 두 노인이 피투성이가 된 채로 깔려 있었기 때문이다.

뭐에 데인 사람마냥 소녀는 황급히 뒤로 물러났다. 두 노인이 쓰러진 채 피에 젖어 있는 모습을 보고―거기다가 자신이 깔아뭉갬으로써 그렇게 되었다고 여기는 이상―겁에 질리지 않는다면, 그건 사람이 아니었다.

한참을 멍하니 서 있던 소녀는 마른침을 꿀꺽 삼키고는 쓰러져 있던 두 노인에게로 한 발자국씩 발걸음을 떼어놓았다.

"저기요… 이보세요…….."

소녀는 조심스럽게 두 노인의 몸을 흔들어대었다. 소녀는 노인들이 미동조차 하지 않자 필시 자신 때문에 숨을 거둔 것이라고 굳게 믿어버렸다.

"나, 나 때문에 죽은 거야?"

소녀는 덜덜 떨며 입술을 꽉 깨물었다. 다리가 후들거리는 지 제대로 몸을 가누지 못하다가 소녀는 비틀비틀 넘어질 듯한 모습으로 반대 편에 무성히 자라 있던 수풀 속으로 몸을 던졌다.

주변은 다시 정적에 휩싸였다. 소녀가 이곳에 있었다는 것을 알려주는 유일한 흔적은 노인들의 몸에 남은 피 묻은 작은 손자국과 질퍽질퍽한 지면에 찍힌 소녀의 발자국뿐이었다.

무산(巫山)의 기슭에 위치한 남연촌(南燕村)은 삼십여 가구 남짓의 작고 단출한 마을이었다. 마을 사람 대부분이 산기슭의 밭을 일구거나 아니면 산의 나무를 베거나 버섯 등을 채취해 생계를 유지하고 있었으며 일주일에 한 번 촌장이 산 아래 있는 커다란 현에 내려가 필요한 물품을 사와 그것을 나누는 것이 유일한 낙인 그런 곳이었다.

"쯧쯧쯧, 뭔 놈의 빨래가 이리도 많누."

백발이 성성하고 허리가 한껏 구부러져 있는 노인이 빨랫감으로 보이는 옷들을 한 가득 이고 냇가를 향해 걷고 있었다. 남연촌 한구석을 차지한 채 살아가고 있는 이 노인의 이름은 하(河) 노파로 아들 셋을 하북성(河北省)으로 모두 공부시키려 떠나보내고 간간이 촌장 집의 허드렛일을 해주며 근근히 살고 있었다.

냇가에 당도한 하 노파는 이고 있던 옷들을 한쪽 구석에 내려놓고 빨랫방망이를 들었다.

"오늘따라 물이 참 빨갛… 에구머니나! 무, 물색이 왜 이렇누?'

하 노파는 빨랫감을 옆에 두고 물이 내려오는 위쪽을 바라보았다. 시력은 별로 좋지 않았지만 멀지 않은 곳에 뭔가 쓰러져 있는 것이 보였다.

'산에서 들짐승이라도 내려온 겐가?'

빨랫방망이를 꼭 쥔 채 노파는 조심조심 위쪽으로 향했다. 하지만 들짐승이라고 생각했던 것은 뜻밖에도 이제 갓 열일곱 살이나 됐을까 싶은 소녀였다. 엎드리듯 쓰러져 있는 모습이 애처롭기까지 했다. 뭐, 옷차림이 약간 이상하긴 했지만…….

"이거… 사람 아녀?"

노파는 허겁지겁 소녀의 상체를 일으켜 세웠다. 여기저기 나뭇가지에 긁힌 상처와 사냥꾼이 놓은 덫에 걸린 건지 다리에 나 있는 갈고리 자국이 얼마나 숲 속을 헤맸는지를 여실히 보여주고 있었다.

"아이구, 이게 무슨 일이래."

하 노파는 아픈 허리에도 불구하고 소녀를 들쳐 업고 마을 쪽으로 걸음을 옮겼다.

"!%*&#·&*@!@·@$&#&*()!!@$·@&*?'

"@·@·**(())&·!!&*()&%!%!#·(&*&%%$$!!'

의미를 알 수 없는 단어들이 자신의 머리 위로 오가고 있었다. '이곳은 어디일까? 어째서 하나도 모르는 단어들이 오고 가는 걸까? 그리고 왜 한쪽 다리가 이렇게 아픈 거지?' 라는 의문들이 머리 속에 일제히 떠올랐다. 더구나 어디에 누워 있는지 등이 아파올 정도로 딱딱했다. 언제나 느끼던 방의 푹신한 침대의 느낌이 아닌 낯선 그런 느낌…….

"!$·&·@·&&**!!&$**(@@()(@@·!!'

음성으로 보아선 웬 할머니였다. 할머니는 격렬한 비난이 담긴 목소리

로 열변을 토하고 있었다. 음성으로 말하는 사람의 성별과 나이는 읽어낼 수 있었지만 무슨 말을 하는지는 도저히 알아들을 수가 없었다. 발음이 굉장히 강하고 꼬부랑 글씨보다 더 발음이 어렵다는 것을 제외하면.

『말을 알아들을 수 없다면 우선 골치 아프겠지? 언어 소통 정도는… 되게 해주지.』

한참을 곤란해하고 있는데 마치 쿡쿡거리는 듯한 울림이 가뜩이나 멍한 머리 속을 두들겨 댔다. 그와 동시에 뭔가 처음 보는 단어들과 글자들이 머리 속을 스며드는 듯한 멍한 느낌이 오고 무슨 말인지 통 알 수 없던 사람들의 대화가 차츰 들려오기 시작했다.

"하 노파, 어쩔 수 없지 않소. 우리가 살려면 어쩔 수 없는 일이오."

"말이 되는 소리를 하시게, 촌장! 그게 사람의 탈을 쓰고 할 짓인가?"

"하지만 그렇지 않으면 우리는 다 굶어 죽소!"

뭔가 간곡함이 담긴 남자와 목이 한껏 쉬어버린 할머니가 싸우는 듯한 대화가 들려왔다.

"귀한 집 처자면 어쩌려고 하나, 촌장? 입고 있는 옷감의 질을 보시게. 저런 옷감은 내 평생 한 번도 본 적이 없는 것이라네. 옷차림이 특이하긴 하지만 저런 귀해 보이는 옷감을 걸친 소녀가 평범한 집 여식일 것 같은가?"

은평은 누구를 말하고 있는 걸까 하고 잠시 고민에 빠졌다. 아직 눈이 떠지질 않아 모르겠지만 들리는 것은 노인과 중년 남자의 목소리뿐이었다. 한데, 어찌하여 어린 소녀가 언급된단 말인가?

"저 소녀만 넘긴다면 우리 마을은 몇 년간은 식량 걱정할 일도 없을 것이고 그동안 쌓여 있던 빚도 깨끗이 사라질 게요. 어째서 그렇게 반대하는 것이오?"

"말이 되는 소리를 하게, 말이 되는 소리를! 우리가 살기 위해 다른 사람을 내다 판단 말인가?"

"그럼 우리 마을 전체를 죽일 셈이오?"

이내 뭔가를 휘두르는 듯 공기를 가르는 붕붕거리는 소리가 들려왔다. 더 이상 묵묵히 듣고 있을 수가 없어 안 떠지는 눈을 억지로 떴다. 처음 보는, 짚단을 엮어 만든 듯한 천장이 눈에 들어왔다.

"촌장님, 눈을 떴습니다."

젊은 부인의 목소리가 들려오고 이내 눈가로 여러 얼굴들이 보였다. 눈동자를 이리저리 굴려 사람들의 얼굴을 찬찬히 훑어보았다. 눈이 마주 치면 사람들―특히 남자들이라고 까진 않겠다―의 볼에 홍조가 드는 것이 이상했지만 별달리 신경 쓰진 않았다.

"여긴……?"

은평의 목소리는 자신이 내는 목소리라고는 믿어지지 않을 만큼 지독 히 쉬어 있었다.

"아이구! 정신이 들었구면."

무척이나 반가운 기색으로 노파가 은평의 곁으로 다가왔다. 노파의 뒤 에 서 있던 중년 남자는 낭패라는 듯 뭐 씹은 얼굴로 노파가 하는 양을 쳐다보았다. 은평은 왠지 모르게 중년 남자의 눈빛이 무척이나 기분 나 빴다.

"자, 환자에게는 안정이 필요하니 모두들 나가 있게."

노파는 대나무 지팡이를 이리저리 공중으로 휘두르며 사람들을 쫓아 내었다. 사람들이 사라지고 나자 왠지 모르게 마음 한구석이 안심되었 다. 뭔가 꽉 찬 듯한 답답한 공기에 숨 쉬기가 어려웠는데 지금은 한결 가볍고 상쾌한 기분이랄까?

아직은 망치로 얻어맞은 듯 띵한 머리를 추스르며 은평은 가벼운 공기 를 이불 삼아 다시 한 번 깊은 어둠을 청했다.

"휴~ 이만 하면 됐나?"

은평은 이마로 주르륵 흘러내리는 땀을 긴 소맷자락으로 훔쳐 냈다. 옆의 대나무 소쿠리를 보니 제법 수북히 진초록의 푸성귀들이 쌓여 있다. 이만 하면 됐다 싶어 소쿠리를 옆에 끼고 마을의 중간을 가로지르는 흙 비탈길로 걸음을 옮겼다.

하늘은 지나치리만큼 맑고 부드러운 푸른색으로 물들어 있고 군데군데 점점이 흩뿌려진 구름들이 햇빛과는 다른 선명한 흑색의 그림자를 대지 위에 띄우며 이동하고 있었다. 저편으로 보이는 밭에서는 농군들이 밭을 일구고 햇빛은 강렬한 햇빛을 내리쬐었다.

곰곰히 생각해 보니 자신이 이 마을에 온 지도 대략 보름가량이 흘러갔다. 일상을 벗어나고 싶어했지만 막상 일상이란 틀에서 벗어나 보니 지겹게만 생각했던 자신의 일상이 조금은 그리워졌다. 게다가 항상 쓰고 다녔던 안경이 없어도 세상이 잘 보이다 보니 묘한 기분도 들었다. 뭔가를 하나 잃어버린 느낌이랄까?

숲을 헤매다가 사냥꾼들이 매어둔 갈고리 덫에 걸려 왼쪽 다리를 다쳐 계속 피가 흐르자 급기야는 머리가 어질어질거려 물소리를 찾아 헤매던 기억이 어렴풋했다. 어쨌든 자신을 구해준 한 노파가 출신을 물었을 땐 대답하기 곤란했지만 어찌어찌해서 겨우 넘기고 우선은 상처가 완전히 아물 때까지 이곳에 있기로 했다.

상처도 대충 아물어 거동도 자유로워지고 이곳의 말과 옷, 음식, 그리고 생활 등도 점점 익숙해져 가자 자신이 깔아뭉개 고인(?)이 되게 만든 두 노인이 떠올라 괴로워하고 있는데 더불어 고민 아닌 고민이 한 가지 더 늘게 되었다. 그건……

'또인가?'

은평은 한숨을 내쉬며 고개를 설레설레 내저었다. 고민 아닌 고민은 바로 이 동네 청년들이 할 일들이 없는지 항상 자신이 집을 나서면 언제나 저렇게 따라붙곤 한다는 것이었다. 자신이 뭐 특출난 미인도 아닌데 저렇게 좇아다니는 걸 보면 자신이 뭔가 굉장히 특이하게 생겨 보이는 것일지도 모르겠다는 생각도 들었다.

"다녀왔어요."

은평은 집 안으로 들어섰다. 하지만 '다녀왔어요'란 소리는 공허한 울림이 되어 다시 되돌아올 뿐 집 안에서는 아무런 인기척도 나질 않았다. 항상 정오쯤이면 식사 준비를 하고 있던 하 노파가 보이질 않자 왠지 모르게 이상한 느낌이었다.

'별일이네, 이 시간에 외출을 다 하시고……'

외출한 하 노파 대신 식사 준비나 하기로 마음먹고 은평은 밭에서 캐 온 푸성귀 몇 개를 집어 들고 우물이 있는 뒷마당으로 갔다.

푸성귀에서 흙을 떨궈내고 우물물을 퍼 올려 깨끗이 닦고 있는데 대문 쪽에서 인기척이 들려왔다.

"할머니세요?"

씻고 있던 푸성귀를 손에 든 채로 대문으로 다가가니 처음 보는 중년의 사내가 서 있었다. 마을 사람은 아닌 듯 낯선 얼굴의 뚱뚱한 중년 남자였다.

"누구세요?"

사내는 은평을 한번 보더니 헉 하고 헛바람을 삼켰다. 그리고는 이내 입을 떡하니 벌린 채 넋을 잃고 쳐다보았다.

'뭐야, 이 사람?'

빤히 바라보는 시선에 기분이 나빴지만 그런 내색은 비치지 않고 은평은 최대한 정중하게 입을 열었다.

"할머니를 찾아오신 거라면 잠시 출타하셨으니 다음에 오세요."

"…너는 누구냐? 네가 그……?"

말꼬리는 흐렸으나 그 다음 말 … 의 의미는 분명했다. 하 노파가 냇가에서 구한 사람이 아니냐는 소리일 터, 이곳 사람도 아닌 것 같은데 어째서 자신에 대해 알고 있는지 궁금했지만 거슴츠레한 남자의 시선에 이내 그 궁금증을 접어버렸다.

"은평이라고 합니다."

눈빛이 거슴츠레하든 몰골에서 개기름이 좔좔 흐르든 연장자는 연장자인지라 은평은 가볍게 목례하며 자신의 이름을 말했다.

"오호라~ 은평. 이름이 좋구나."

돼지 기름 한 사발을 들이킨 것 같은 느끼함에 은평은 속으로 치를 떨었지만 혹시나 여기서 소란을 피우면 자신을 구해준 하 노파가 곤란해할 것 같아 최대한 얼굴 근육을 웃는 모양으로 만들었다.

"할머니께선 지금 안 계십니다. 다음에 오세요."

사내의 눈초리는 들고 있던 푸성귀를 던져 주고 싶은 욕구를 참기 힘들게 했다.

"…어차피 하 노파가 멀리 가진 않았을 터, 안에 들어가서 기다리마."

사내는 은평이 말리고 어쩌고 할 틈도 없이 집 안으로 횅하니 들어와 버렸다. 뭐 저런 놈이 다 있을까 싶어 은평은 입을 삐죽였다. 예의라고는 눈곱만큼도 없는 데다가 눈초리는 기분 나쁜, 정말 최악인 놈이었다. 다시는 마주치고 싶지 않은 그런 눈빛이었다.

집 안으로 들어가자 제 마음대로 의자를 점거하고 앉아 있었다. 대나무를 엮어 만든 의자의 팔걸이 아래로 비단 옷자락과 함께 살들이 삐죽이 튀어나와 새삼 사내의 풍만한(?) 몸집를 실감하게 해주었다.

저런 놈에게는 신경 끄기로 하고 은평은 들고 있던 푸성귀를 검은 솥에 던져 넣었다.

"누가 왔나?"

그때 집 밖에서 하 노파의 목소리가 들려오자 은평은 그렇게 반가울 수가 없었다.

"누가 오셨……?"

집 안으로 들어오던 하 노파는 갑자기 말을 멈춘 채 한껏 눈살을 찌푸렸다. 마치 기분 나쁜 벌레라도 본 것 같은 그런 얼굴이었다.

"누구요, 댁은?"

"빚을 받으러 왔네, 하 노파."

본인은 무게를 잡으며 웃는다고 입술을 비죽였지만 타인이 보기에는 더없이 간사해 보이는 웃음을 지으며 사내는 손가락을 튕겼다.

딱!

소리와 함께 어디서 나타난 건지 우람한 근육질의 사내 여럿이 우르르 집 안으로 쏟아져 들어와 은평과 하 노파를 둘러쌌다.

"촌장의 말로는 노파 당신에게 받아가라고 하던데?"

사내의 말에 하 노파는 입술을 질끈 깨물며 무척이나 노한 듯 그를 향해 자신의 지팡이를 휘둘러 댔다. 하지만 노인의 힘이 세면 얼마나 셀 것이며 또한 세다 한들 무공을 배운 고수가 아닌 이상 근육질의 덩치들을 상대할 순 없었다.

중년 사내를 향해서 휘두른 지팡이는 덩치들에게 빼앗기고 이리저리 끊어진 채 구석에 처박혀 버렸다.

"이놈들! 어서 꺼지지 못해!!"

덩치들에게 각 한 팔씩을 잡힌 채 격렬하게 몸부림치던 하 노파는 이내 저항을 멈추고 중년 사내를 쏘아보았다.

"노인 분께 뭐 하는 짓입니까?!"

은평은 자신을 구해준 하 노파와 저 사내 사이에 무슨 빚이 있는지는 모르겠지만 노인을 저런 식으로 다루는 것은 사람이 할 짓이 아니라 생각했기에 중년 사내에게 소리쳤다.

"애야, 어서 도망가거라!! 어서!!"

하 노파가 갑자기 은평을 향해 미친 듯이 소릴 질렀다. 하 노파의 고함에 은평은 그럴 수는 없다는 듯 고개를 설레설레 내저었다. 은인인 하 노파를 두고 어찌 도망을 친단 말인가?

하지만 하 노파의 눈빛은 너무도 간절해 이럴 수도 저럴 수도 없어 우왕좌왕하는 사이 덩치 둘이 은평의 팔을 뒤로 꺾어 은평은 거미줄에 걸린 벌레마냥 옴짝달싹할 수 없는 처지가 되어버렸다.

"이 천벌을 받을 놈들!! 당장 풀어주지 못할까!!"

사내는 노파의 고함을 무시한 채 은평에게로 다가와 턱을 잡아챘다. 마치 상품을 판별하는 양 이리저리 둘러보더니 만족스럽게 웃었다.

"특상품 중에서도 특급이야. 세상에 이런 미인은 처음 보는군! 크하하하하!"

사내가 웃자―제 딴에는 호탕하게 웃어보겠다고 박장대소했지만―그의 졸개기들인 덩치들도 이내 흐흐거리며 웃어댔다. 은평은 어디선가 많이 본 장면 같아 혀를 차며 속으로 실소했다.

저 사내는 아마도 눈이 삔 모양이었다. 자신을 향해 미인이란 말을 늘어놓다니 과연 미의 기준을 어디에 두고 그런 말을 한 것인지 묻고 싶은 심정이다.

"하 노파, 촌장에게 전해라. 이것으로 빚은 모두 삭감이라고."

은평은 저 사내가 가르킨 '이것'이 자신임을 깨달았다.

"난 물건 따위가 아……!"

저 재수없는 놈을 향해서 실컷 고함쳐 주고 침이라도 뱉어줄까 했지만 갑자기 정신이 혼미해져 왔다. 말조차도 제대로 이을 수 없을 정도로 졸음이 밀려오기 시작했다.

오래전 너무도 잠이 오지 않아 수면제를 먹었던 때와 비슷했다.

"수혈(睡穴)을… 짚… 었……."

"잘… 어서 돌아……."

사내들의 대화가 멍하니 들려오는 가운데 은평은 자신도 모르게 걷잡을 수 없는 졸음 속으로 빠져들어 갔다.

*   *   *

"얌전히 들어가 있어!"

거칠게 떠미는 근육질 덩치의 손에 은평은 어쩔 수 없이 작은 독방으로 이끌려 들어왔다. 이곳은 과연 어디일까란 생각을 가질 틈도 없었다.

덩치들이 자신에게 어떻게 한 것인지는 알 수 없었지만 잠에서 깨어났을 때는 나무 향기가 물씬 풍기는 둥근 나무 욕조 안이었다.

정신을 차리고 보니 우락부락한 덩치들 대신 팔뚝 굵은 아줌마들의 손아귀에 잡혀 욕조에서 벅벅 씻겨지고 하늘하늘, 살랑살랑 그 자체인 소매만 너무 커서 이걸 입고 어떻게 살까 싶을 정도의 옷이 입혀졌다.

은평은 사내가 덜그럭거리는 열쇠 소리와 함께 사라지자 방 안 풍경을 돌아보았다. 진회색의 돌 벽으로 둘러싸여진 이곳은 성인 하나가 간신히 누울 만한 작은 공간이었다.

거기다가 구석의 짚단 몇 개 외에는 아무것도 없어 무척이나 살풍경해 보이기까지 했다.

"넌 빚 대신 팔려온 거다."

그 개기름사내의 말이 자꾸 머리 속에 맴돌았다. 하 노파는 그 사내에게 대단한 빚이라도 있었던 것일까? 한데 빚이 있는 사람치고는 꼭 원수 대하는 것마냥 하지 않았던가? 역시 알 수 없는 것투성이었다.

'머리가 복잡해.'

은평은 짚단 뭉치를 구석에 깔고 웅크리듯 드러누웠다. 옷을 입혀주면서 아줌마 하나가 가지런히 빗겨준 머리에 지푸라기들이 달라붙었지만 은평은 그런 것엔 신경 쓰지 않았다. 지금 생각하고 있는 것은 오로지 이 사태를 어떻게 하면 좋을까였다.

분명 자신은 납치에 감금당한 상태임에도 불안한 마음은 들지 않았다. 오히려 놀이 동산에 온 꼬마와도 같은 마음이었다. 저 문 너머로 어떤 일이 자신을 기다리고 있을지 가슴이 두근거리기까지 했다.

『일어나!! 일어나라구!!』

그때 바닥 한쪽에서 붉은 연기가 스물스물 기어들어 와 짙게 깔리며 언젠가 들어본 듯한 음성이 들려왔다.

"누구지? 또 이 붉은… 연기는……?"

『이 바보 맹추 같은 녀석아! 일어나라고!』

어디선가 많이 본 것 같긴 한데 누구인지 기억나지 않는 얼굴이 연기 사이로 떠올라 있었다. 눈 밑에 낀 검은 기미도, 저 창백할 정도로 새하얀 얼굴도, 칠흑같이 검은 머리카락도, 그리고 성별이 모호한 이 목소리조차도 모두 아는 것 같은데 기억이 나지 않았다.

『벌써 날 잊어먹은 거냐? 나 염화라구!』

"염화? 하, 하지만 넌 아이의 모습이었는데… 어째서?"

『본래 모습이란 건 없어. 나 같은 사자에게 있어서 모습이란 껍데기가 비춰지는 모습에 불과한 거야. 그 어떤 모습이라도 될 수가 있지.』

소녀의 침실일까? 희미한 사향 냄새가 대기를 타고 전해져 왔다. 하지만 소녀의 방이라기엔 서책들과 이상한 조각품들이 진열장을 가득 채우고 있어 왠지 모르게 의구심을 갖게 했다.

방 중앙에는 고급스런 자단목(紫檀木) 탁자가 놓여 있고 그 탁자 아래로는 서역의 융단이 깔려 있었다. 기하학적이고 화려한 무늬로 짜여진 융단은 의외로 중화적인 방의 분위기와 잘 어울렸다.

"들키면 어쩌려고 그러시옵니까?"

방의 가장 안쪽, 울상이 되어서 금방이라도 징징 짤 듯한, 약간은 중성적인 그 목소리의 주인공은 환관이었다. 남자치고는 조금 작은 듯한 키에 젊은이인 듯 매끈한 얼굴에 주름살 따위는 보이지 않았다.

"옥(玉)이에게 내 노릇을 대신 하라고 말해 두고 갈 테니까 걱정 마라."

검은 옻칠을 한 화장대 앞에서 동경에 자신의 모습을 비춰 보며 옷매무새를 다듬는 인영이 하나 있었다. 하고 있는 차림새는 분명 보랏빛이 도는 고급스런 비단으로 된 장포인데 경대 앞에는 여성들이 쓰는 머리 장신구가 여러 개 놓여져 있는 것을 보니 분명 사내는 아니었다.

고관대작가의 공자들마냥 멋들어지게 차려입고 옥대를 맨 뒤 청금석(靑金石)이 박힌 문사건으로 머리를 올려 맨 것이 천상 사내놈이지만 자세히 보면 선이 남성에 비해 가늘어 여성스러움이 조금씩 묻어났다. 보통 여성이 남장을 하면 표시가 나게 마련인데 그런 티가 하나도 없어 눈썰미 좋은 사람이라도 알아채지 못할 만큼 완벽했다. 게다가 키도 큰 듯 옆에 있는 환관보다 한 뼘 정도는 더 커 보였다.

"어떠냐, 네놈이 보기엔?"

말투도 천상 사내였다. 환관은 그 말에 쩔쩔매면서 모깃소리만하게 중얼중얼댔다.

"물론 잘 어울리시긴 하옵니다. 하지만 들키시면 소인 놈들의 목숨은……."

모깃소리만한 목소리를 어떻게 알아들었는지 알 수는 없지만 남장여인은 호탕하게 웃어젖히며 대답했다.

"걱정 마라. 아바 마마께서 너희들을 죽이려 하신다면 내 반드시 돌아와 너희들을 구명해 주겠다."

난초가 멋들어지게 들어가 있는 고급스런 섭선을 손이 쥐고 남장여인은 방을 나섰다. 분명 방 밖에는 자신의 아버지이자 당금 황제인 영락제(永樂帝)가 세워둔 금의위들이 지키고 서 있을 터였다. 가출(?)의 전적이 화려하니 말이다.

"또 나가시는 건가요?"

남장여인과 매우 비슷한, 하지만 좀 더 여성스러운 목소리가 들려왔다. 온통 고급스런 능라(綾羅)로 이루어진 살구색 궁장에 베일을 썼다는 것만이 다를 뿐, 키도 목소리도 남장여인과 쌍둥이라 해도 될 만큼 닮은 그녀였다.

"그래, 내가 없는 동안 네가 잘해줘야겠다. 이번에도 빠져나가 버린다면 내 시종들을 모조리 죽여 버리시겠다고 아바 마마께서 펄펄 뛰셨거든. 사람의 목숨이 걸려 있는 일이니만큼 잘할 수 있겠지?"

"뭐, 굳이 하고 싶진 않지만 원하시니 해드리지요."

궁장여인이 조용히 목례하자 남장여인은 흡족한 웃음을 띠며 턱을 어루만졌다.

"우선은 저 금의위들을 조용히 따돌려야겠는데……."

"제가 도와드릴까요?"

궁장여인이 앞으로 나섰다.

순천부(順天府)의 밤거리는 화려했다. 사람들이 많이 오가는 번화했던 수도로서 낮의 모습과는 정반대로 홍등가(紅燈街)에서는 모두 불을 환하게 밝히고 온갖 추잡스런 잡인들이 밤거리를 떠돌며 술렁댔다. 술에 취한 한량들, 그리고 그들의 소맷자락을 붙잡아 끄는 기녀들과 뭔가 노리는 바가 있는지 이곳저곳을 기웃대는 시정 잡배들이 거리의 대부분을 채우고 있었다.

"역시 이런 곳이 사람 사는 재미가 있는 거지."

어쨌든 용케 빠져나오긴 한 모양이다. 섭선을 활짝 펼쳐 든 채 웃음 짓는 모습이 여자를 낚으러 온 고관대작가의 공자 같은 품새였다.

온갖 시정 잡배들이 난무하는 이곳에서 화려한 비단 장포는 확실히 눈에 띄었다. 그야말로 '털어가 주세요'라고 써 붙이고 다니는 것과 마찬가지의 효과랄까? 하지만 섣불리 건드리는 잡배는 없었다. 오히려 그런 부류의 놈들과 친한 듯 눈인사까지 나누는 처지였다.

"호호호, 이게 누구시람? 공자님 아니세요?"

홍등가 앞을 지날 무렵 호들갑스러운 소리가 들리더니 어깨부터 시작해서 가슴까지 서슴없이 드러낸 망사의를 입은 기녀들이 남장여인을 잡아끌었다.

"공자님, 왜 요즘 통 안 오셨어요?"

콧소리 일색인 기녀로부터 그 말을 듣자 그는 호탕하게 웃으며 기녀의 엉덩이를 토닥토닥 두들겼다.

"내 바빴느니. 앞으로는 자주 오도록 하마."

기녀들을 허리에 끼고 공자는 홍등가의 한 건물 안으로 들어섰다.

문 입구에서부터 천장까지 온통 붉은 등이 가득 내걸린 건물 안은 도색적인 옷차림의 기녀들과 온몸을 돈으로 쳐 바른 듯한 느끼한 사내들의 놀음판이었다. 안주뿐이라고는 하지만 어향육사(魚香肉絲)와 회과육(回鍋肉) 등 기름진 음식이 거나하게 차려져 있어 안주란 말을 무색케 했다.

"공자님, 이쪽으로 앉으세요."

기녀들은 공자(?)를 이끌어 창가 쪽의 전망 좋은 자리에 앉혀놓았다. 이내 맛깔스런 청초육사(靑草肉絲)와 부드러운 곡선을 자랑하는 술병을 내왔다. 데운 것인지 따끈따끈한 흰 주전자에서는 진한 술 향기가 퍼져 나왔다.

"향으로 보아선 양하대곡(洋河大曲)이로구나."

술잔에 술을 따르자 맑고 청아한 빛의 액체와 진하고 달짝지근한 향기가 배어 나왔다.

"공자님의 입맛이 맞으실 듯하여 강소성(江蘇省)까지 직접 가서 대모님께서 구해오신 것이옵니다."

"호오~ 그래? 대모께선 지금 어디에 계시느냐?"

공자는 찰랑찰랑 넘치기 직전까지 따라진 양하대곡을 입으로 털어 넣고 자리에서 일어났다. 진한 달콤함과 향기가 혀를 부드럽게 자극해 왔다.

"대모님께서는 이 층에 계십니다."

"앞장서거라. 오랜만에 대모를 만나야겠구나."

조용히 눈을 감고 술 맛을 음미하던 공자가 자리에서 일어섰다.

"오랜만에 뵙사옵니다."

짙은 다갈색의 궁장을 입고 옅게 화장을 한 중년 미부가 그 앞에 공손히 허리를 굽혔다. 지금은 뒷방으로 물러난 퇴기인 듯 검소하고 약간은 초라해 보이는 차림새였다.

얼굴에는 주름이 있었지만 자세히 보면 아직도 왕년의 미모가 남아 있어 젊었을 때는 사내깨나 울렸을 법한 이목구비였다.

"오랜만."

팔짱을 끼며 가볍게 대답한 공자는 중년 미부의 곁을 스쳐 걸어갔다.

"아버지가 감시하고 있는 바람에 한동안 나올 수가 없었어. 이해해 줄 거지?"

"당연하옵지요."

그를 바라보는 중년 미부의 눈길에는 인자한 빛이 가득했다.

그는 창문에 달려 있는 난간에 비스듬히 몸을 기댄 채 밖을 내다보았다. 아래쪽으로 홍등가의 거리가 비춰지고 사람들이 분주히 지나다니는 것과 기녀들의 모습들이 보였다.

"역시 대모가 제일 좋아. 꺅꺅대는 어린것들과는 다르게 기품이 있거든."

"저 같은 퇴기가 무슨 기품이 있겠습니까?"

중년 미부, 아니, 대모는 희미한 미소를 머금었다. 그러더니 손을 들어 올려 손뼉을 몇 번 치자 화려한 주안상이 방 안으로 날라져 왔다.

"드시지요."

흰 섬섬옥수에 쥐인 술 주전자에서 좋은 향내를 풍기며 술이 따라져 나오자 공자는 그걸 넓죽넓죽 잘도 받아 마셨다. 그렇게 잔을 주거니 받거니 하며 밤은 점점 깊어져 갔다.

"요즘 재미있는 소문이 들리더군요."

"소문?"

"…원래 이런 곳은 세상의 온갖 더러운 소문들이 흘러드는 곳이랍니다."

"뜸 들이지 말고 얼른 말해."

감질맛이 나서 견딜 수 없다는 듯 공자가 얼른 본론을 꺼내놓길 재촉했다. 대모는 그런 공자를 보며 빙그레 웃었다.

"언제부터인지는 잘 모르겠지만 명나라 전역에서 인간 경매 시장이 성행하고 있지요. 물론 노비가 아닌 일반 백성들을 잡아다 사고파는 짓인지라 관에서는 금하고 있지만 금하면 금할 수록 더욱 번져 나가는 일이옵니다. 더군다나 이런 대규모는 전에는 없던 것으로……."

대모는 잠시 말을 멈춘 뒤, 빈 잔에 유백색의 술을 부으며 다시 말을 이었다.

"이곳 순천부는 황제께옵서 기거하시는 자금성(紫禁城)이 있는 곳이다 보니 경계가 삼엄해 그런 것이 발붙일 곳이 없었는데 언젠가부터 이곳에도 은밀히 파고든 모양이더군요."

"그렇단… 말이지?"

공자는 재미있다는 듯 장난스런 미소를 머금었다. 그곳을 찾아서 소탕해야겠다는 생각과 함께 구경해 보고 싶다는 호기심이 마음속에서 치밀어 올랐다. 그걸 알아차렸는지 대모는 조금 곤란한 표정을 지어 보였다.

"곤란하군요. 괜히 천첩이 입을 놀려 공자의 호기심이 발동한 것 같으니……."

"대모, 그 장소가 어디야? 장소도 알고 있지?"

"공자는 정말이지 당해낼 수가 없군요. 그 장소는 순천부 서쪽 관제묘(關帝廟) 지하라고 들었습니다."

그 말을 듣자마자 공자는 자리에서 벌떡 일어났다. 그리고 옆에 두었던 섭선을 허리춤에 재빨리 끼워 넣었다.

"열리는 시간은?"

대모가 창밖의 밤하늘을 올려다보며 시간을 가늠해 본다.

"…지금쯤 가시면 대략 시간에 맞추실 수 있을 겝니다."

그 말을 듣는 순간 공자는 이 층 난간으로 몸을 던졌다.

                    *   *   *

"나와라."

철문이 열리고 머리에 붉은 천을 질끈 동여맨 덩치 하나가 고개를 빠끔히 내밀었다. 잠시 졸고 있던 은평은 이내 정신을 차리고 황급히 자리에서 일어섰다.

'어디로 가는 걸까?'

덩치를 따라 어두컴컴한 복도를 걸으면서 생각에 잠겼다. 이대로 도망쳤으면 좋겠지만 어두워서 잘 보이지도 않는 데다 이곳의 길도 몰랐다. 아무래도 지금은 잠자코 덩치를 따라가는 편이 좋을 듯했다. 아무런 제재도 하지 않고 자신이 도망칠지도 모르는데 저렇게 태평스럽게 앞장서서 가는 걸 보면 분명 달아난다 해도 자신을 잡을 능력 정돈 있을 것이다.

복도의 길이는 자신이 예상해 봤을 때 10미터 남짓으로 반지하인 듯 군데군데 나 있는 창밖으로 보이는 것은 지면이었다.

"자, 들어가."

갑자기 멈춰 선 덩치 덕분에 덩치의 등과 박치기할 뻔한 은평은 떠밀리다시피 문 안으로 들어섰다.

우연과 운명의 교차점 **4**

우연과 운명의 교차점

"제길, 시끄러워!"

남자치고는 제법 긴 머리였다. 허리까지 내려오는 머리를 한 줄로 묶었지만 대충 묶은 탓에 속포(머리 묶는 끈)가 느슨해져 여기저기 잔머리가 삐죽삐죽 튀어나와 있었다. 검은색에 소맷자락과 목 부분에 흰 줄이 들어간 간편해 보이는 무복으로 등에 멘 검으로 보아선 제법 이름있는 무인 같다는 느낌이 들었다.

"왜 그렇게 심통이 난 건가요?"

"심통 안 나게 됐소?"

남자의 옆에는 분홍색 면사를 쓴 여인이 하나 앉아 있었다. 자색이 도는 경장 차림으로 검은 차고 있지 않지만 활동하기 쉽게 머리를 고정시킨 걸로 보아 옆의 남자와 마찬가지로 무공을 익힌 듯싶었다.

"조금만 참아줘요."

면사를 쓴 여인의 아미가 둥글게 휘어지는 것으로 보아 면사 아래의 얼굴은 미소 짓고 있는 듯했다.

"단, 저기를 좀 봐요."

면사여인의 손가락이 가리키는 대로 남자가 시선을 돌리자 커다란 단 위에 나무 가면을 쓴 중개인이 한 소녀를 소개하고 있었다. 하늘하늘한 망사의에 어깨까지 닿을 듯 말 듯한 짧은 머리, 새하얗고 작은 얼굴로 지금까지 한 번도 본 적이 없는 그런 미소녀였다. 그녀는 침울한 표정을 한 채 미간을 찡그리고 자신이 있는 쪽을 응시하고 있었다.

"자, 마지막 순서로 이번에 새로 들어온 물건입니다. 오백 냥부터 시작하겠습니다!"

반짝거리는 비단옷을 입고 손에는 전표를 잔뜩 쥐고 있는 중개인이 외쳤다.

─저 애, 잡혀온 게 틀림없어요. 여기에 나오는 물건들은 거의가 뻔하죠. 납치를 당했다든가… 아니면 빚에 팔렸다든가……. 딱하군요. 저렇게나 아름다운데…….

남자의 귓속으로 면사여인의 전음이 흘러들어 왔다.

'아름답다…….'

남자는 어느새 면사여인의 전음 따위는 들리지 않았다. 눈앞에 서 있는 그 소녀만이 동공 가득 차 있을 뿐이었다. 두근대는 소리가 귓가에까지 들려오는 듯 가슴이 격렬하게 요동 쳤다. 그리고 자신도 모르게 목소리에 아주 약간의 저음을 실어 외쳤다.

"육백 냥!"

가격을 부른 사내를 면사여인이 놀란 눈으로 바라보았다. 계속 시큰둥했던 사람이 갑자기 관심을 가지니 이상할 만도 하지 않은가?

하지만 가격을 부른 것은 이 사내뿐만이 아니었다. 눈이 붉게 충혈된 다른 사내들이 일제히 손을 들어 값을 부르기 시작했다.

"천 냥! 천 냥까지 나왔습니다!"

징그러울 정도로 마른 퀭한 노인이 천 냥을 부르자 사람들이 조용해졌다. 원래부터 오백 냥부터 시작하는 물건은 별로 없는 데다가 천 냥까지 가는 경우는 거의 없었기 때문이다.

모두들 그 노인에게 저 소녀가 낙찰됨을 믿어 의심치 않았다.

"이천 냥!"

한쪽에서 노인의 값보다 배나 많은 값이 갑자기 불려지자 모두의 시선이 목소리의 주인공으로 집중되었다. 남자의 목소리지만 잘 들어보면 어딘지 모르게 여자 목소리도 같았다. 겉보기에도 값비싸 보이는 청금석이 박힌 비단 문사건을 두르고 화려한 보랏빛에 은실로 수를 놓은 궁장을 갖춰 입은 미청년이었다. 키도 훤칠하고 몸가짐에도 기품이 흐르는 것이 어디 하나 나무랄 데가 없다.

"이천이백 냥!"

무려 이백 냥이나 되는 거금을 붙여 이번에는 노인이 가격을 불렀다. 계속 올라가는 가격에 중개인은 싱글벙글 안면 가죽이 푸들거리며 난리가 났다.

"이천오백 냥!"

미청년 역시 질 수는 없다는 듯 조용히 물이 흐르는 듯한 음색으로 가격을 높여 불렀다.

"삼천 냥!!"

"사천 냥!"

서로가 서로를 노려보며 이젠 백 냥이 아닌 천 냥 단위로 돈이 붙기 시작했다. 한동안 계속 가격이 올라 마침내는 칠천 냥까지 가자 사람들의 웅성거림도 멈추고 과연 누가 저 소녀를 차지할까 내기를 하는 분위기에까지 이르렀다.

"…끈질기군. 만 냥!"

귀찮다는 듯이 한숨을 내쉰 미청년이 마침내는 만 냥을 불렀다. 사상 최고의 낙찰 금액인 셈이었다. 만 냥까지 나오자 노인은 별말이 없다.

"자, 그럼 이 미소녀는 저분께 낙찰되었습니다."

중개인은 입이 귀까지 걸렸다. 빚 백 냥 대신 받아온 저 소녀가 저렇게 큰돈을 안겨줄 줄이야! 하지만 확실히 만 냥 이상의 가치가 저 소녀에게는 있었다. 무슨 생각을 하는지 알 수 없는 저 신비스런 눈동자와 처음 보는 왠지 모를 이국적인 느낌… 게다가 지금까지 생전 본 적도 없는 그런 미인이 아닌가!

단상까지 사람들을 헤치고 걸어온 미청년은 품에서 전표를 한 장 꺼냈다. 만 냥짜리 전표로 대륙 제일의 상권이라는 금황성(金皇城)의 인장이 찍혀 있어 신용은 틀림없었다.

"이건… 치료비다."

전표와 함께 은자를 건네며 청년은 중개인의 귀에 속삭였다.

"에? 무슨……?"

중개인이 의미를 알 수 없어 고개를 갸웃거리는데 청년이 섭선을 휘둘러 중개인의 팔목을 절단해 버렸다.

"크아아아악!!"

"원래 도둑질을 한 자는 그 팔목을 잘라 본보기로 삼는 법!"

막 경매가 파하고 사람들이 대충 빠져나가려고 할 무렵 중개인의 고통에 찬 비명성에 모두가 단상으로 시선을 돌렸다.

"후후훗! 지금까지 사람들의 피를 빨아대던 혈채는 갚아야 할 게 아닌가?"

그저 평범한 섭선 같은데도 팔목을 잘라낸 것을 보니 저 섭선이 분명 범상한 물건이 아니었는가 보다. 청년이 엄청난 고수라는 결론이 나오자, 사람들은 중개인을 놔두고 허겁지겁 장내를 빠져나가기 시작했다. 괜히 어물쩍거리다가 귀한 목숨을 잃을 수는 없었다.

"네, 네 이놈!! 감히!!"

중개인은 섭선에 잘려져 나가 땅바닥을 구르며 아직도 꿈틀거리는 자신의 손목을 보며 분노로 몸을 떨었다.

"네놈과 네 잔당들에게 버릇을 가르쳐 주고는 싶지만 오늘은 시간이 없으니 이쯤에서 관두겠다. 이후로 또다시 이따위 경매를 연다면 그때는 팔목이 아니라 목이 잘리게 될 것이다!"

청년은 진한 미소를 지어 보인 다음 놀란 표정으로 서 있는 소녀에게로 고개를 돌렸다. 소녀는 구석에 바짝 붙어서 겁에 질린 눈으로 자신을 바라보고 있었다.

"어서 이리 와."

청년은 어쩔 수 없다는 표정으로 소녀를 향해 손을 내밀었다. 소녀는 쭈뼛쭈뼛하다가 이내 뭔가를 결심했는지 비장한 눈을 하고 청년의 손을 잡았다.

*　　　　*　　　　*

"…이… 이… 다시 한 번 말해 보거라! 뭐가 어쩌고 저째?!"

황룡이 비단 실로 수놓아져 있는 황룡포(黃龍袍)를 입은 중년 사내가 절규하고 있었다. 머리에 쓴, 오색 구슬이 꿰어져 찰랑거리는 면류관(冕旒冠:아홉 가지 색의 옥 주렴이 달린 제왕의 관)과 황룡포를 보아선 이 노인이 당금 황제라는 영락제가 틀림없는 듯하지만 소문에 전해지는 위엄이라든가 황제의 품격과는 약간 거리가 먼 듯 보였다. 게다가 저렇게 미친 듯이 절규하고 있는 꼴이 정말 우스워 보이기까지 했다.

"황상(皇上), 고정하시옵소서."

화려한 붉은 비단으로 만든 궁장, 긴 머리를 한껏 틀어 올리고 그것을 고정시키기 위해 무겁지 않을까 싶을 정도로 가득 꽂은 옥잠들과 장신구, 커다란 금 귀고리와 목걸이, 팔찌 등등 한마디로 사치스러움의 극을 달리는 여인이었다. 더구나 쥐를 잡아먹은 것인지 입술이 더없이 빨간 데다가 진한 화장, 그리고 몸에서 풍겨대는 지분 냄새가 머리를 어질어 질거리게 할 만큼 독했다. 마치 도자기 인형 같은 얼굴로 이목구비가 오 밀조밀한 미인이긴 했지만 별로 호감을 주는 얼굴은 아니었다.

여인은 손에 든 연분홍색의 비단 손수건으로 눈가를 훔치며 황제의 팔 에 매달렸다.

"황상, 이 모두가 소첩의 죄이옵니다. 모두 자식 교육을 잘못시킨 소 첩의 죄이오니 다른 자들에게는 죄를 묻지 마시옵고 부디 소첩을 죽여주 시옵소서."

마치 비련의 여 주인공이라도 되는 양 엎드려서 오열(?)하자 영락제는 당황하는 기색으로 얼른 의자에서 내려와 여인을 일으켜 세웠다.

"이것이 어찌 황후만의 잘못겠소이까?"

황후는 영락제의 품에 안겨 펑펑 울어댔다.

"공주가 돌아오면 가만 놔두지 않을 것이다!! 금의위들은 뭐 하는가, 어서 순천부를 뒤져 공주를 찾아오지 않고!!"

영락제의 불호령에 무릎을 꿇고 고개를 바짝 숙이고 있던 금의위들이 모조리 밖으로 뛰어나갔다.

"자, 황후, 이제 그만 고정하시오."

"황상, 공주가 돌아와도 너무 혼내지는 마시어요. 모두 제 책임이옵니다."

영락제가 황후의 등을 토닥여 주자 황후는 입가에 보일 듯 말 듯 비릿한 미소를 띤 채 눈을 감았다.

*   *   *

은평은 쭈뼛거리며 자신이 서 있는 방을 둘러보았다. 발자국 소리 하나 나지 않을 것 같은 두텁고 부드러운 양탄자에 방과 방을 이어주는 문틀마다 달린 사르륵거리는 비단 휘장, 얼굴도 제대로 보지 못할 정도로 고개를 숙인 이상한 흰 털실이 달린 봉—아마도 불자(拂子)를 말하는 듯—을 든 남자 하나, 그리고 웬 보자기를 뒤집어쓴 여자 하나. 이것이 은평의 눈에 보이는 것들이었다.

제일 안쪽 방의 둥근 탁자에는 비단 자수 실과 아직 완성되지 않은 자수 천이 있어서 이곳이 여성의 방일 거라고 생각했다.

"웬일인지 잠잠하네. 지금쯤이면 난리가 나 있을 거라고 생각했는데……."

공자는 입을 삐죽이며 베일을 쓴 여인을 바라보았다.

"황후 폐하께오서 감싸셨다 들었사옵니다."

"캑! 그 화장발 마녀가 날 감싸줬다고? 거참, 세상 오래 살고 볼 일이네."

비웃는 기색이 완연한 음성이었다. 베일의 여인은 은평이 누구인지 궁금했던 듯 조심스럽게 물어왔다.

"그것보다도… 저분은 누구신지요?"

"아, 저거? 만 냥짜리 물건이야. 잘 대해줘."

"예에?"

마치 물건을 취급하는 듯한 태도에 은평은 뭐라 쏘아붙여 주려다가 자신이 그곳을 빠져나온 것은 그의 도움이란 걸 깨닫고는 입을 다물었다. 그런 것을 아는지 모르는지 공자는 그렇게 말한 뒤 비단 휘장을 걷고 안쪽으로 사라져 버렸다.

갑자기 썰렁해진 분위기를 무마해 보려고 했던 것이었는지 베일을 쓴 여인이 은평에게로 다가왔다. 기다란 소맷자락을 헤치고 나타난, 은평의 손보다도 훨씬 더 고운 섬섬옥수가 은평의 손을 잡아왔다.

"어떤 경유로 공주 마마를 만나셨는지는 잘 모르겠습니다만……."

"…에에에엑?! 고, 공주니이이이이임?!"

은평은 입을 떡하니 벌린 채 경악하고 말았다. 어떻게 저 얼굴에, 저 키에, 저 목소리를 여자라 칭할 수 있단 말인가! 저건 아무리 봐도 미청년의 자태(?)이건만…….

설마 이곳은 공주란 단어가 다른 뜻으로도 쓰이는 걸까 하고 은평은 심각하게 고민하였다.

"어머! 모르셨습니까? 당금 황제의 장녀이신 상부 공주(上夫公主)이시옵니다."

은평은 자신의 귀가 왕자란 소리를 공주로 잘못 들은 것은 아닐까 하고 생각했다. 하지만 아무리 생각해 봐도 자신의 귀는 멀쩡했다.

"…말도 안 돼에에엣!! 저 딴 게 어째서 여자야?!"

"저 딴 게 여자라서 미안하군."

뒤에서 들리는 음성에 은평이 뒤를 돌아보자 언제 갈아입었는지 긴 생머리를 풀어내리고 백의 궁장을 걸친 여성이 서 있었다. 화장은 하지 않았지만 여자 옷을 입으니 그래도 조금은 여자 같아 보였다. 하지만 방금 전의 모습에 익숙해져서인지 어색해 보였다.

"옥, 데려가서 목욕시키고 대충 옷 입혀서 데려와."

공주라 불린 그녀는 턱짓으로 사람을 부리는 게 익숙한 듯했다.

"알겠사옵니다."

베일을 쓴 여인은 조용히 허리를 숙여 보인 뒤 은평의 허리를 부드럽게 잡아 이끌었다.

"황제 폐하 납시오!!"

그때 바깥쪽에서 환관의 목소리가 들려오고 이내 문쪽으로 황룡포의 남자가 들어섰다. 틀림없는 당금 황제 영락제의 모습이었다.

"황제 폐하를 알현하옵니다. 만세, 만세, 만만세!"

환관들과 시녀들이 일제히 오체투지하고 땅바닥에 몸을 엎드렸다. 영락제는 무시무시한 눈으로 시녀들과 환관들을 지나쳐 안쪽의 방으로 걸음을 옮겼다.

"황제 폐하를 뵈옵니다. 만세, 만세, 만만세!"

다른 시녀들이나 환관들과는 달리 베일의 여인은 가볍게 무릎을 굽혔다 폈다. 아마도 그들보다는 좀 더 높은 신분인 걸까?

"어? 아바 마마 오셨수?"

그녀는 마치 건달들의 인사를 연상시키는 폼으로 건들거리며 인사를 했다.

"너, 너, 도대체 그 꼴이 뭐냐?!"

"아바 마마 눈에는 뭘로 보이시는데요?"

귀를 후비던 새끼손가락을 후후 불며 상부 공주가 탁자에 앉았다. 그녀는 팔을 의자의 등받이에 올려놓고 다리를 활짝 벌린, 도저히 공주라고 볼 수 없는 그런 자세를 하고 있었다.

"똑바로 몸가짐을 갖추지 못할까?! 어디 그게 공주의 자세라 볼 수 있겠느냐?"

"제가 이런 게 어디 하루 이틀의 일입니까? 그만 포기하실 때도 되었을 법한데 집착이 심하시군요.”

별일 아니라는 듯 황제의 진노도 대수롭지 않게 넘겨 버리는 그녀였다. 아마도 면역이 된 듯 싶었다.

“어머! 아바 마마, 소리를 지르시다니요. 체통이 손상되시옵니다.”

이제까지 쭉 보고 있던 베일의 여인이 호호호 웃으며 영락제에게로 다가섰다.

“…너, 너……!”

“이제야 알아보시는군요. 소녀 옥이옵니다.”

“소, 소녀?! 네가 어찌 소녀란 소리를 입에 담는단 말이냐? 내 죽어서 선대를 어찌 보라고!!”

“어찌 보다니요? 잘 보시면 되잖습니까?”

영락제는 마침내 얼굴이 퍼렇게 변색돼 푸들거리더니 이내 쓰러지고 말았다.

“폐하!!”

뒤에 있던 환관들과 시녀들이 영락제를 부축하며 어의를 부른다 어쩐다 하며 분주해졌다. 하지만 그런 상황 속에서도 베일을 쓴 옥이란 여인과 상부 공주는 시큰둥했다. 좀 더 정확하게 말하자면 옥이란 여인은 재미있어하는 눈치였고 상부 공주는 무덤덤한 눈치라고나 할까?

“옥, 아바 마마 또 쓰러졌다!”

“흥분하시면 안 된다고 어의가 그렇게 말했는데도 계속 흥분하시네?”

“큭큭큭… 나 같은 공주만으로도 충분히 쓰러지실 일인데 너 같은 놈이 이 나라의 태자라니 뒤로 넘어가실 만도 하지.”

한동안 구석에서 소외당해 있던 은평은 또다시 자신의 귀를 의심해야 했다. 태, 태자? 태자란 말이 과연 저런 여인에게 쓰던 말이었던가? 정말 기가 찰 노릇이었다. 저 몸매로 태자라고?!

"태, 태자라면… 보통… 남자를 지칭하는 말 아닌가?"

패닉 상태에 빠져 있던 은평을 발견한 상부 공주가 한마디해 주었다.

"맞아, 애는 남자야."

베일의 여인은 쓰고 있던 베일을 걷고 자신의 얼굴을 드러낸 채 은평을 향해 싱긋 웃어 보였다. 하지만 아무리 요리조리 뜯어봐도 엷게 화장을 한 얼굴이나 머리를 틀어 올려 잔뜩 꽂은 장신구라든가 옷을 봤을 때 그는 분명 여자였다. 게다가 가슴도 조금은 나와 있고……

"저, 저게(?) 남자라고?"

"놀라셨나요? 소녀는 남자랍니다."

위화감이 들었다. 자신을 지칭하는 단어가 저리도 반대될 수 있는 것인가? 소녀에 남자라니? 화사하게 웃는 저 아미를 보라? 저게 어찌 남자란 말인가? 그건 전 인류 여자들에 대한 모독이라고 할 수밖에 없는 처사였다. 상부 공주보다 훨씬 더 여성스럽고 아름다운 미녀가 어찌… 어찌!

"그, 그럼 그 가슴은 뭐야?!"

은평이 발악하듯 절규하자 상부 공주는 별것 아니라는 듯 옥의 웃옷을 벗겼다. 그리고는 이내 붉은 속옷이 드러나고 속옷 속에 넣어둔 둥글게 말려 있는 솜뭉치들을 꺼냈다.

"어제는 만두더니 오늘은 솜이네?"

"만두를 넣었더니 금방 쉬어버리는 바람에… 호호호."

은평은 계속되는 충격을 이기지 못하고 마침내 정신 이탈 상태에 이르고 말았다.

*　　　　*　　　　*

"어째서……?"

"…특별한 이유랄 건 없소. 그냥 충동적으로 저지른 짓이니까."

"충동적으로… 라고요?"

면사여인이 고개를 갸우뚱거렸다. 무공 외에는 아무런 것에도 관심을 보이지 않던 저 무공 광이 단지 충동적으로라… 그것도 몇천 냥씩이나 주고 소녀 하나를 차지하기 위해서?

"그래, 나도 모르게 충동적으로."

조용히 중얼거리는 남자의 옆 얼굴을 지켜보던 면사여인은 피식 하고 웃었다. 아닐 것이다. 적어도 그런 결과를 바라지는 않았다. 이렇게 어이 없이…….

깜깜한 밤하늘에 떠오른 저 달은 슬프도록 푸르러서 더없이 슬프다. 더불어 자신의 마음도 아팠다. 언제까지나 단은 자신과 있을 줄 알았다. 저 무공 광에게 좋아한다 어쩐다 해서 그 마음을 알아줄 리 없건만 그 옆에 붙어 있는 자신이 우습다.

'…단, 어쩌면 이것이 나을지도요…….'

자신의 옆에 앉아 달을 바라보는 남자의 달빛에 음영 진 얼굴을 바라보며 면사여인은 속으로 중얼거렸다. 그에게는 절대 들리지 않을 말을 말이다.

*　　　　*　　　　*

"뭐?"

"상부 공주께오서 궁 밖에서 정체 불명의 소녀 하나를 데리고 들어오셨습니다. 자세한 것은 잘 모르겠지만 아륜 태자(娥淪太子)께오서 마음에 들어하셔서 태자전에 데려다 두었다는 소문입니다."

금의위 하나가 고개를 깊숙이 숙인 채 보고하고 있었다.

"…황상께오서는 아무런 말씀이 없으시더냐?"

"…태자 마마께서 드디어 정신을 차린 것이라며 좋아하셨나이다."

그 소리를 듣자 황후는 피식 하고 웃었다. 어차피 태자가 하는 일에 정상적이란 것은 없었다. 황제가 그 두 남매를 감싸주고 있는 것은 전 황후의 유일한 혈육이라는 것과 둘 다 장남, 장녀라는 것 외에는 아무것도 없다는 것을 황후 자신은 너무도 잘 알고 있었다.

"어차피 아륜은 태자의 위에서 물러나야 할 것이야. 다음 대 황위를 물려받는 것은 내 소생인 완(完)이다. 옥(玉) 녀석은 어차피 이름없는 황자로 끝나게 될 것이야. 변변한 세력 하나 없는 태자가 얼마나 가겠느냐?"

황후는 만족한 듯 흐뭇한 기색으로 자신의 볼에 분을 찍어 발랐다. 부드러운 솜에 흰 지분을 듬뿍 묻혀 더욱더 덧칠을 하고 보니 창백할 정도로 하얗게 변해 보기 역겨울 정도였다.

"수고했느니라."

황후는 품에서 파란색 비단 주머니를 꺼내 금의위를 향해 던졌다. 금의위는 재빨리 주머니를 받아 들고 안의 내용물을 살펴보더니 만족했다는 듯 비릿한 웃음을 흘렸다.

"그래, 상부 공주가 데리고 온 소녀는 누구라더냐?"

"자세히는 잘 알지 못하겠사옵니다만 만 냥을 주고 사 왔다던가… 하는 소리를 얼핏 들었사옵니다."

"만 냥을 주고 사 와? 노비란 소리인가? 아니지, 아니지. 노비라 해도 만 냥짜리 노비가 있던가?"

황후는 자신이 황후가 되기 전의 기억을 더듬어 보았지만 아무리 생각해도 만 냥짜리 노비는 없었다. 뭐, 그 노예가 대단하고 특출한 자질이 있다면 이야기는 좀 달라질 수도 있겠지만.

"그 소녀에 대해서도 좀 더 알아볼 수 있겠느냐?"

"… 상부 공주께오서 워낙에 신출귀몰하신 분인지라… 공주께서 궁 밖으로 나갈 때 주로 어느 곳을 가는지 아무도 따라잡아 본 자가 없어 그 것까지는……."

황후는 혀를 끌끌 차며 그만 물러가라는 듯 손을 흔들었다.

"이래저래 마음에 안 드는 것들뿐이로구나."

태자전(太子殿)을 본 은평은 그 감상을 한마디로 표현했다.

"더럽게 넓네."

아무리 태자와 공주라지만, 그리고 옛날에는 여자와 남자의 격을 심하 게 두었다지만 이건 너무 심했다. 상부 공주가 기거하던 거처도 확실히 넓긴 했다. 보통 이십오 평짜리 집 수준은 되는 듯했으니까.

하지만 이 태자전은 더했다. 어림잡아 봐도 일 층과 이 층, 그리고 아 기자기하게 꾸며진 자그마한 정원까지 하면 계산하기가 겁이 날 정도였 다. 게다가 화려하기는 엄청 화려해서 괜히 움직이다가 더럽히거나 어디 흠이라도 가게 하지 않을까 지레 겁이 났다.

"어서 들어와요."

옥은 정겹게 손짓하며 은평을 불렀다.

"실례하겠습니다."

은평은 조용히 읊조리며 안으로 들어섰다. 같은 복장으로 무장한 시녀 들과 환관들이 죽 늘어서 있었다. 확실히 저런 시종들의 규모도 상부 공 주가 기거하던 거처와 비교해 배는 많은 것 같다. 옥은 익숙한 듯 죽 늘 어서 있는 시종들 사이를 이리저리 지나서 좀 더 안쪽으로 들어갔다.

"내 손님이다. 알아서 모셔."

시종들은 '예' 라고 대답함과 동시에 마치 좀비―그 당시 은평이 쓸 수 있는 가장 정확한 표현이었다—처럼 무표정한 얼굴로 뚜벅뚜벅 다가오기 시작했다.

그들은 어리둥절해하고 있는 은평의 팔을 양 옆에서 붙들고 어디론가 질질 끌 듯이 데려갔다. 뭐, 그후로 한 세 시간 동안 시녀들에 의해서 은평이 지옥을 경험했다는 것만 밝혀두겠다.

한참 뒤 지옥에서 겨우 풀려 나온 은평은 한숨을 내쉬며 마치 광대 같은 자신의 꼴을 훑어보았다.

맨 처음 탕 같은 곳으로 끌려가서(?) 거의 한 시간 동안 내리 묵은 때를 벗겨낸 후 시녀 다섯이 달라붙어 손톱 소제부터 시작해서 별별 것들을 해대더니 이내 수영복 같은 붉은 쪼가리(?)를 입혀주었다.

그후에는 몇 겹이나 되는 얇고 하얀 속옷들을 껴입힌 후 전체적으로 연노랑빛에 연둣빛의 조그맣고 아기자기한 자수가 수놓아진, 소매는 정말 길고 크며 치마는 엄청 치렁치렁한 옷이 입혀졌다. 맨 마지막 순서(?)로 숱이 얼마 되지도 않는 머리를 재주도 좋게 틀어 올려서 비녀 같은 장신구를 마구마구 꽂아대고 얼굴에 이상한 흰 밀가루(?)를 덕지덕지 발라댔다.

자신의 꼴이 얼마나 우스울지 생각하면 솔직히 거울을 보는 것조차 두려워진다. 분명히 우스꽝스런 광대 같은 꼴일 것이다.

"역시 내 눈은 정확하다니까. 천하제일미녀라고 칭해도 되겠는데요?"

어느새 나타났는지 옥의 목소리가 들려왔다. 아까보단 전체적으로 좀 더 굵어진 듯한 목소리에 고개를 돌려보니 정말 믿어지지 않은 광경이 자리하고 있었다.

머리는 깨끗하게 틀어 올려 주먹만한 뭔가로 덮어 씌워 고정시키고 이십 센티는 족히 넘을 듯한 비녀를 꽂고 있었다. 그리고 머리에서부터 이어져 내려 허리까지 닿는 붉은 주실, 칙칙한 검은색이 아니라 마치 흑단

같이 윤기가 흐르는 아름다운 검은색 비단과 붉은 주단, 그리고 흰 비단으로 이루어지는―역시 소매가 길고 치렁치렁한 건 엇비슷했지만―마치 전에 보았던 황제의 옷과 비슷한 것을 입고 있었다. 한데 그 모습이 여장하고 있을 때와는 너무나도 판이해서 분위기 자체도 다르고 위엄(?)이란 것도 풍겼다. 옷 하나로 분위기가 확 바뀌었다고나 할까?

"역시 태자는 태자인 건가?"

은평은 조그맣게 중얼거렸다. 확실히 화장을 지우고 보니 남자 같은 구석이 아주 없는 건 아니었다.

"놀리지 말아요. 나 따위가 미녀라니 지나가는 개가 웃겠어요."

"…지나가던 개가 웃는다? 재미있는 표현이군요."

말투도 훨씬 더 남성적으로 변한 것 같았다.

"예를 갖춰서 소개하겠습니다. 대명의 태자이자 아바 마마의 아홉 번째 아들로 적실(嫡室) 소생 중에서도 장남인 주옥(朱玉)이라고 합니다. 그대는?"

"한은평(翰闇玶)이라고 해요."

은평이 가만히 올려다보자 옥이 빙긋이 웃어 보였다. 그러고는 주위에 대기하고 있던 시종들을 물러가라는 듯 가만히 턱짓했다.

"…편히 앉으시길."

절도있는 동작으로 자신의 옷자락을 가지런히 잡아 올리며 의자에 앉은 옥이 은평에게 반대 편 자리를 권했다.

"드셔보시지요."

이내 탁자의 중앙에 놓인 둥근 도자기의 뚜껑을 열고 옥은 은평의 앞으로 밀어놓았다. 은평은 그 안에 든 것이 궁금해 들여다보니 반불투명한 황톳빛의 질척질척해 보이는 무언가에 범벅이 되어 들어 있다.

"이게 뭐죠?"

"밤을 꿀에 조린 것이랍니다. 맛은 꽤 좋으니 드셔보시죠."

은평은 조심스럽게 밤을 한 개 집어 들어 입에 넣었다. 밤을 깨물자 질척하면서도 달콤해서 목에 텁텁하게 걸리는 듯한 느낌의 꿀맛과 밤의 고소함이 동시에 느껴져 왔다.

"음, 자세한 설명은 누님께 들었습니다만 어째서 그런 곳에 계셨던 것인지요?"

"나야말로 묻고 싶은 거랍니다. 내가 왜 그곳에 끌려가게 된 건지."

"누님께서는 그자들을 잡아 족치려고 갔다가 은평님이 왠지 모르게 신경에 거슬려서 사 온 거라고 하시던데요?"

은평은 자신이 무언가 신경 거슬릴 만한 말을 한 것인지 곰곰이 되짚어보았다. 결론은 아무리 생각해 보아도 아니올시다였다.

"그나저나 만 냥의 가치가 얼마나 되죠?"

"음… 글쎄요. 저는 돈이란 것을 가져본 적이 없어서 잘 모르겠지만 일반 백성 한 가구가 평생 놀고 먹고도 남을 수 있을 정도의 돈이라고 알고 있습니다."

은평의 얼굴이 순간적으로 팍 구겨져 버렸다. 이건 천만원 정도가 아니라 실로 엄청난 액수가 아닌가?

"…그런… 엄청난 금액이었다구요?"

"뭐, 그리 신경 쓰시지 않아도 됩니다. 누님께서는 부자거든요."

뭐가 그리 대수롭냐는 듯 싱긋 웃어버리는 그를 보고 은평은 확실히 태자는 태자구나 싶었다.

"그것보다도… 음… 어찌하실지는 정하셨습니까?"

"에?"

"계속 이곳에 머무르실 수 없을 것 같아서 드리는 말입니다. 오래 있으면 곤란한 소문이 나거든요."

손을 깍지 낀 채 턱을 괴는 옥을 바라보며 은평이 의문스런 시선을 보내자 옥이 장난스럽게 대답했다.

"뭐, 항상 여장만 하던 태자가 정신을 차려 웬 여자를 태자전에 들여 애지중지한다든가, 혹은 태자에게 성은을 입은 여인이 나왔다든가 뭐, 그런 거요."

은평은 입을 떡하니 벌린 채 기가 막히다는 듯 허허로이 웃었다.

"그런 소문을 바라지 않으신다면 하루라도 빨리 거처를 정하는 게 어떨까요? 뭐, 저야 소문이 나도 원래부터 개망나니로 소문이 나 있으니 상관은 없지만… 설마 그런 소문이 나고 싶으신 건 아니겠지요?"

"누가… 누가 너 같은 변태하고 그 따위 소문이 나고 싶겠어!"

울컥했는지 자리에서 벌떡 일어나 소리를 지르는 은평의 얼굴을 아무런 말도 없이 옥은 빤히 바라보았다.

'아차차! 얘 태자였지?'

은평은 자신이 실수했는가 싶어 얼른 다시 자리에 앉았다. 하나,

"푸하하하하!!"

옥이 갑자기 탁자에 얼굴을 묻고 미친 듯이 폭소하질 않는가? 급기야는 눈물까지 찔끔거리면서 배를 잡고 데굴데굴 굴렀다.

"…왜 그래요?"

은평은 태자가 갑자기 돌았나 싶어 물어보았다. 미친놈한테는 매가 약이라던데 태자를 때릴 수 있는 사람이 과연 몇이나 될까 싶어서 말이다. 물론 뒤탈만 없다면 자신이 실컷 두들겨 주겠지만 말이다.

"푸하하하하! 정말… 이렇게… 웃어보기도 오랜만입니다. 당신은 정말 재미있는 분이시군요."

계속 웃어대는 옥을 보며 은평은 눈을 부라렸지만 어쩔 수 없는 일이었다. 뭐, 태자를 건드려 봐야 좋을 건 없지 않겠는가?

5

주군을 찾는 전대 기인들

발목에 작은 통을 매달고 있는 것을 보니 사냥보다는 전서매인 것 같았다. 게다가 교육도 잘되어 있고 주인과의 유대도 깊은 듯 보였다.

"흠… 꽤나 의외네요."

꼬깃꼬깃 접혀져 빽빽하게 뭔가가 적힌 종이를 펴 들어 읽어 내려가던 죽립여인의 목소리에 놀라움이 스쳤다. 다 읽은 후 손에서 삼매진화(三昧眞火)를 일으켜 종이를 재로 만들어 버리는 것을 보니 꽤 중요한 내용인인 걸까?

"천안(天眼)에서 보내온 보고에 의하면 한 달 전쯤부터 이미 오래전에 은거한 것으로 알려져 있던 백염광노(白髥狂老) 막지마(莫至磨)와 파랑군(破狼君) 광팔아(狂捌亞)가 자신들의 주군을 찾는다면서 중원을 헤집고 다닌다는군요."

"……?"

남자는 잘생긴 눈썹을 찌푸리며 다음 대답을 재촉했다.

"아까 객점에서 절 재촉했던 두 노인이 있었지요? 그 노인들이 바로 그 기인들이란 소리예요. 종합해 보자면 우리가 경매에서 보았던 그 소녀가 노인들이 찾는 주군이란 게 성립돼요."

"말도 안 되오. 그 소녀는 무공 같은 것에는 전혀 무지해 보였는데."

"자세한 속사정이야 알 수 없지만 그때 그 소녀를 만 냥을 주고 사 간 사람에 대해서도 조사를 약간 해보았는데요, 황실 쪽 사람이더군요."

"황실?"

남자는 눈살을 찌푸렸다. 황실과 무림은 불가침의 관계인데 섣불리 건드릴 수가 없지 않은가?

"…곤란하신가 보군요. 그렇다면… 그 기인들을 돕는 건 어때요?"

그 말에 놀란 듯한 남자가 여인을 돌아보았다. 죽립 사이로 미묘한 미소를 지은 여인의 입술이 보이고 이내 그 붉은 입술이 천천히 열렸다.

"백염광노와 파랑군은 그 소녀가 어디에 있는지 모르니 순천부 곳곳을 뒤지고 다닐 테지요. 하지만 그 소녀는 황실에 있을 게 불 보듯 뻔합니다. 하지만 황실과 무림은 서로 불가침의 관계이니 섣불리 건드려 분란을 만들고 싶지는 않겠죠? 그러니 그 두 노인을 이용하자는 말이에요."

남자는 여인의 말이 대충 이해가 가는 듯 고개를 끄덕거렸다. 어쨌든 자신은 그 소녀를 옆에 두고 싶다. 하지만 황실을 섣불리 건드릴 수는 없으니 그 노인들을 이용해 가려운 곳을 긁자는 소리인데……

"하지만… 그건……"

그가 조금 주저하는 듯한 기색이자 여인이 이내 다시 말을 이었다.

"어차피 당신은 마교의 교주, 무림에서의 악역은 당신 차지가 아니었던가요? 그 악역에 죄상이 좀 더 추가되었다고 해서 해될 것은 없다고 보는데요?"

백의맹(白義盟)과 더불어 무림을 나누는 양대 산맥이라고 볼 수 있는 마교. 삼십 년 전부터 마교는 별다른 움직임을 보이지 않고 있어 무림에 풍파를 몰고 오진 않았지만 사람들이 크게 걱정하는 것이 있었다. 바로 마교의 교주가 그 모습을 드러내지 않고 있다는 것.

전대 교주였던 녹혈환마(綠血幻魔) 단절강(端切强)이 태상장로(太上長老)로서 뒤로 물러난 지 어언 이십 년. 이십 년 동안 마교의 새로운 교주는 그 모습을 보이지 않고 있었다.

실은 교주의 자리가 공석이 되고 그 아래 있는 장로들끼리 전대 교주인 단절강을 유폐시킨 뒤 교주 자리 다툼을 하고 있는 것이 아니냐는 의혹이 제기되고 있었지만 별로 신빙성은 없어 보였다. 어쨌든 눈앞의 이 남자가 교주라면 그것만으로도 전 무림이 술렁댈 일이었다.

잠시 뒤, 남자가 천천히 고개를 쳐들었다.

"좋소."

그리고 남자의 입에서 승낙의 말이 흘러나왔다.

*　　　　　*　　　　　*

영락제는 요즘 들어 계속 싱글벙글이었다. 그도 그럴 것이, 항상 여장을 하고 다녀 골머리를 썩이던 태자가 소녀 하나를 태자전에 들였다는 소식이 들려왔기 때문이었다. 시녀나 환관들의 보고에 의하면 대단한 미소녀라고 해서 영락제는 곧 안아볼 손주를 상상—이라 쓰고 망상이라 읽는다—하며 한껏 꿈에 부풀어 있었다. 뭐, 상부 공주가 궁 밖에서 데려온 것이란 게 마음에 안 들긴 하지만 그 소녀가 태자전에 머물기 시작한 뒤로는 태자의 여장도 뜸하고 그 소녀 역시 천하절색이라니 별다른 불만은 없었다.

"폐하, 요즘은 신수가 훤하시옵니다."

옆에 서 있던 환관 하나가 능글맞은 미소와 함께 아부성 발언을 띄워왔다. 물론 아부라는 건 알지만 그 아부가 기분 좋아서 영락제는 너털웃음을 터뜨렸다.

"하하하! 태자가 정신을 차린 듯하니 한시름 덜은 게 아니겠느냐. 이제야 선대를 뵈올 면목이 서는구나."

영락제는 내친김에 자리에서 일어났다. 이러고 있을 게 아니라 어서 가서 태자와 그 소녀를 봐야겠다고 생각한 것이다.

"태자전으로 가겠노라."

한편 은평은 그 시간 옥과 함께 어화원(御花園)을 거닐고 있었다. 거닐었다기보다는 답답해서 발광(?)하는 은평을 옥이 하는 수 없이 끌고 나온 것이었지만.

"이제 기분이 좀 풀리셨습니까?"

"도대체 제가 왜 당신 집에 있어야 하죠? 게다가 답답한 옷에 무겁고 이상한 장신구에 좀비 같은 시녀들에 둘러싸여서……."

"좀비? 그게 뭐지요?"

"그게 문제가 아니잖아요!"

"거처를 옮기는 문제라면 누님과 상의해 보시지요. 어쨌든 은평님을 이곳으로 데려온 것은 누님이시니까요."

그 말에 은평은 입을 다물었다. 그렇다. 자신은 상부 공준가 머시긴가 하는 여자가 만 냥이라는 거금을 주고 데려왔기 때문에 한마디로 만 냥이랑 빚을 지고 있는 셈이었다. 하지만 자신이 이곳에 온 것은 단순히 무림이란 곳을 보고 싶다는 것뿐이었는데 어째서 이렇게 되어버린 것인지…….

"어쨌든 은평님이 황궁에 계시는 동안은 태자전에 계시는 게 좋을 겁니다."

그때 저편에서 환관 하나가 부리나케 달려오더니 옥에게 귓속말로 뭐라뭐라 고했다. 환관의 말을 들은 옥은 곤란하다는 듯 눈살을 찌푸리며 환관에게 말했다.

"어서 가서 누님을 모셔오거라."

다시 명을 받은 환관이 다시 사라지자 옥은 은평에게 조금 곤란하게 됐다는 빛을 띠우며 어깨를 으쓱해 보였다.

"어서 돌아가 봐야겠군요."

"왜요? 나온 지 얼마 되지도 않았는데……."

"아바 마마께오서 태자전으로 저와 은평님을 보시기 위해 납신다고 합니다."

"…에?"

은평은 이해할 수가 없었다. 황제가 자신을 봐서 뭐에 쓰려고? 그것도 이 나라의 황제라는 사람이 자신을 왜?

"음… 저번에도 말씀드렸지만 은평님께서 태자전에 머무르시게 된 뒤로 황궁에 제가 후궁을 들였다는 소문이 났거든요. 아마도 그 소문 때문에 아바 마마께서 오시는 게 아닐까 하는데요."

은평은 순간 인상을 팍 구기고 말았다. 자신의 성격과 취향이 특이하다는 소리는 어렸을 적부터 많이 들어왔지만 적어도 자신의 취향은 여장을 즐기는 저런 놈 따위는 아니었다. 무슨 얼어 죽을 후궁이란 말인가?

'도대체가 이 시대 사람들의 상상력의 끝은 어디인 거냐고!'

매우 괴로운 표정과 함께 고뇌하는 듯한 은평의 표정에 옥은 겉으로는 무표정하게 있었지만 속으로는 웃음을 지었다. 저렇게 솔직하게 다가오는 사람의 감정은 정말로 오랜만인 것 같다.

어쩌면 저리도 어머니와 닮았을까?

다른 비빈들이나 황궁의 사람들과는 다르게 자신의 감정에 매우 솔직하고 활발하셨던 어머니. 다른 비빈들이 자신의 자식들에게 딱딱한 궁중의 예법과 품위를 강요하고 있을 때 어머니는 누이와 옥에게 자유분방함과 모든 것이 자신의 선택이란 것을 알려주셨다.

황제 따윈 되지 않아도 좋다고, 황제가 되는 것보다 자신이 좋아하는 길을 가라고, 자신이 옳다고 생각하면 무슨 일이 있어도 그것이 옳음을 이 세상 사람들에게 증명해 보이라고, 딱딱한 예법 속에 자신을 가두지 말고 마음껏 표현해 보이라고 하셨다.

하지만 한초 황후(漢椒皇后)는 십삼 년 전 세상을 떠났다. 이제 겨우 여섯 살이었던 자신의 이란성 쌍둥이 누이와 자신만을 남겨둔 채…….

어머니가 죽고 나자 누이와 자신은 다른 비빈들의 손에 맡겨지고 소외당했다. 황후가 죽어버렸고 또한 조정에 특별히 가진 세력이 없으니 태자가 되긴 힘들 것이라며.

어쩌면 저항의 일종이었는지도 모른다. 자신과 누이가 서로 다른 성(性)을 추구하며 다른 성의 옷을 입고 다녔던 것은. 하지만 모두의 예상을 깨고 자신은 아버지의 장남이자 적자(嫡子)란 이유로 태자가 되었다. 그때까지 별종 취급을 했던 사람들은 자신과 누이에게 다가오기 시작했다. 눈에 뻔히 보이는 속셈으로 아부를 해대면서…….

다른 사람의 솔직한 감정을 느끼기란 이 황궁에서는 무척이나 어려운 일이었다. 어쩌면 그래서 자신의 누이는 언제나 궁을 빠져나가 미복 잠행(微服潛行)을 즐기는 것인지도 모른다. 이렇게 사람의 감정을 직접적으로 느낀 것은 어머니가 돌아가시고 누이 외의 사람에게서는 느끼지 못했었다. 이곳은 모두들 진심을 속인 채 자신에게 접근해 오기가 일쑤인 곳이었다.

"무슨 생각 하는 거예요?"

"…아무것도 아닙니다."

정신없이 상념에 빠져 있던 옥은 다시 현실로 돌아왔다.

"자, 어서 돌아가지요."

은평은 입을 삐죽였으나 아무 말 없이 옥을 뒤따랐다. 옥은 은평보다 한 발자국 정도 더 앞서 걸으며 조그맣게 속삭이듯 중얼거렸다.

"…당신이 마음에 들었습니다."

번쩍번쩍 고압 전류가 두 사람 사이에 흐르고 있었다. 이 두 사람이 튀기는 불꽃에 환관이나 시녀들은 감히 다가갈 엄두조차 내지 못하고 주위에 서 있는 것만으로도 곤혹스러워하는 눈치였다.

"…네가 여긴 왜 온 게냐?"

"아바 마마께서는 소자가 온 게 별로 마음에 안 드신다는 눈치십니다?"

부조화도 이런 부조화가 없었다. 입고 있는 옷은 화려한 색채의 자색 궁장인데 말하는 투는 완벽한 남자였다. 영락제는 지금이라도 펄펄 뛰고 싶지만 아랫것들의 눈도 있고 체통 문제도 있어서 끓어오른 속을 눌러 참아내고 있었다.

"차는 왜 아니 들이는 게냐?"

"가, 가져가옵니다."

영락제의 고함에 시녀가 조심스레 찻잔을 받쳐 들고 들어왔다. 사실 진작에 끓여서 대령하고 있었던 거였지만 두 사람의 눈싸움이 하도 치열한지라 차마 올리지 못하고 있었던 관계로 차가 약간 식어 있었다.

"왜 이리 차가 차가운 것이냐?"

끓어오르는 속을 주체하지 못하고 영락제가 거칠게 찻잔을 내려놓았다. 차를 가져다 바친 시녀는 땅에 넙죽 엎드려 용서를 빌었다.

"황공하옵니다, 폐하. 소인이 죽을죄를……."

오금을 못 펴고 빌어대는 시녀를 보며 상부 공주가 '쯧' 하고 혀를 차더니 시녀더러 일어서라는 듯이 손을 흔들었다.

"아바 마마, 체통을 지키시지요. 화풀이를 하시려거든 소자에게 하시지 어찌하여 죄없는 시녀를 괴롭히십니까?"

"어쩌고 저째?!"

"아바 마마, 아랫것들의 눈이 있사옵니다. 체통을 지키시라니까요. 쯧."

영락제는 급기야 얼굴이 푸르뎅뎅하게 변해서는 자리에서 벌떡 일어났다.

그때 문밖에서 환관이 고하는 소리가 들려왔다.

"태자 마마 드시옵니다."

영락제는 언제 푸르뎅뎅했냐는 듯 얼굴 가득 희색이 만면해지고 입이 귀에 가 걸렸다. 누가 봐도 정말 대단한 표정 바꾸기였다. 어떻게 사람의 얼굴이 저리도 상반되게, 그것도 한순간에 확 바뀔 수 있단 말인가?

"어라? 아바 마마! 이미 와 계셨군요?"

태자의 모습이 보이고 그 뒤쪽으로 얼핏 백의를 입은 소녀가 보였다. 태자의 뒤에 꼭 붙어 있어 이목구비를 자세히 볼 순 없었지만 말이다.

"어서 오거라!"

영락제의 얼굴은 과연 사람의 입이 어디까지 찢어질 수 있나 시범을 보이는 것 같았다.

"자, 자, 인사는 생략하고 어서 이리 앉거라."

자신의 옆 자리를 손바닥으로 툭툭 쳐 보이며 영락제 자신도 얼른 자리에 앉았다. 태자가 가까이 다가오자 그제야 백의의 소녀를 똑똑히 볼 수 있었다.

장식과 자수가 그다지 많이 들어가지 않아 수수해 보이는 흰 궁장에 틀어 올린 머리에도 간단한 머리 장식 몇 개만 꽂았을 뿐이었다. 화장도 엷고 몸에 걸친 모든 것이 다 수수하기만 한 그런 소녀. 분명히 외국의 사람은 아닐진대 알게 모르게 풍기는 이국적인 분위기와 보통의 소녀들보다 골격도 더 커 키가 제법 컸다. 흰 피부에 약간은 마른 듯한 체구. 미인의 요소를 고루고루 갖추고 거기에 얼굴도 넋을 잃을 정도로 아름답기만 했다. 예쁘게 잘 꾸미기만 한다면 천하제일미녀라는 소리도 들을 만하게 생각되었다.

"주책이십니다, 아바 마마. 어째서 아바 마마의 얼굴이 빨개지십니까?"

옆에서 상부 공주가 이죽거렸다. 조용한 중얼거림이었지만 이미 들을 사람들은 다 들은 듯 시녀들이나 환관들도 웃음을 참고 있는 기색이 역력했다. 영락제는 입술을 악물었지만 큰 소리를 내진 않았다. 상부 공주와 말다툼해 봤자 손해 보는 것은 언제나 자신이었으니까.

"그래, 이름이 무엇인고?"

미소녀는 약간 주눅이 든 기색으로 가만히 서 있었다. 평소 같으면 자신을 보고도 인사를 하지 않은 불경죄를 저질렀으니 벌을 내려야 마땅하겠지만 기분이 나쁘지도 않았고 오히려 인사를 어찌할지 몰라서 쭈뼛거리고 서 있는 게 너무나 안쓰럽기까지 했다.

"은평이라고 하는데요."

예법에서 완전히 벗어난 말투에 황제인 자신을 보고도 고개조차 숙이지 않고 빤히 바라보는 게 너무나 사랑스럽고(?) 귀여웠다(?). 이런 걸 두고 콩깍지가 끼어도 단단히 끼었다고 하는가 보다.

"이리 와서 앉거라."

영락제는 자신의 옆에 자리가 없자 슬그머니 상부 공주를 밀어내고 자리를 만들었다. 그야말로 금지옥엽 다루듯 하는 태도에 상부 공주는 끌끌거리며 혀를 찼다. 도대체 옥아와 은평에게 무엇을 기대하고 계신 건지는 모르겠지만 헛다리를 짚어도 아주 단단히 짚으셨다.

은평은 자신의 마음에 든 최초의 인간이다. 마음에 들지 않았다면 만 냥이라는 돈을 주고 사 오지도 않았을 터였다. 그런 걸 옥에게 빼앗길 성싶은가? 그건 옥이 자신의 하나뿐인 쌍둥이 동생이라 해도 절대 안 될 말이다. 뭐, 옥아도 은평이 맘에 든 것 같으니 쉬운 일은 아니겠지만.

*   *   *

푹푹 내리쬐는 햇살과 지면에서 피어오르는 더운 열기. 이 두 가지는 제아무리 무공의 고수라 해도 파김치를 만들기에 충분했다. 그 덕분에 순천부를 샅샅이 뒤지겠다는 꿈은 무산되어 버린 채 두 노인은 한 허름한 객잔에 자리를 잡고 주저앉아 버렸다.

개처럼 혀를 길게 내 빼고 헉헉대는 노인들이 딱해 보였는지 점소이가 얼른 찬물에 적신 물수건 두 개와 시원한 냉수를 나무 대접에 담아 가지고 달려왔다.

"어르신네들, 이 더위에 어디를 그리 다녀오십니까요? 시원한 물 한 대접씩 드시지요."

파리가 손을 비비듯 양손을 비비며 점소이가 헤헤거렸다. 두 노인은 점소이가 따라주는 물을 한 대접씩 들이키고 나자 그제야 기운이 나는 듯 겨우 몸을 일으켰다.

"순천부는 원래 더위와는 무관한 곳인데 어찌 이리도 더울꼬."

"그러게나 말이다."

손 부채질을 해대던 두 노인은 점소이가 자신들의 주문을 기다리고 있다는 사실을 깨닫고는 서로 눈짓을 주고받았다.

"음, 죽엽청 세 동이하고 청초육사(靑草肉絲) 여섯 접시에 향고유채(香姑油菜) 여섯 접시랑 회과육(回鍋肉) 열 접시, 오리구이 네 접시, 그리고 교자(餃子) 다섯 접시만 내오너라."

이윽고 백염광노가 주문을 부르기 시작했는데 이내 머리 속에 주문을 기억시키던 점소이는 질렸다는 듯한 표정을 지었다.

"어르신네들, 정말로 그것들을 두 분이서 다 드실 작정이십니까? 아니면 혹시 더 오실 일행이라도 계십니까?"

"일행은 없다. 우리 둘뿐이니 어서 내오거라."

돈만 내준다면 뭘 시키든 상관없지만 과연 그 많은 것들을 저 노인들이 다 먹을 수 있을지가 걱정이었다. 점소이가 주방에다가 주문 내역을 불러주자 요리사는 신이 나는 모양이었다. 칼로 무언가를 써는 소리가 박자 맞춰 들려오는 것을 보니 말이다.

"막가야, 우리가 이렇게 뒤지고 다닐 게 아니라 차라리 물어보는 게 어떻겠냐?"

거의 다 죽어가는 목소리로 축 늘어진 파랑군이 중얼거렸다.

"물어볼 데가 어디 있다고 물어보냐, 이놈아? 나랑 구취신개 놈이랑 견원지간(犬猿之間)인 것을 몰라서 하는 소리인 게냐?"

"구취신개 그놈은 어차피 개방 총타에 있을 게 아니냐?"

파랑군은 구취신개와 백염광노가 서로 으르렁대는 앙숙임을 알고 있었지만 지금은 그런 걸 따질 처지가 아니지 아니라고 생각했다. 하지만 백염광노의 자존심은 대단해서 구취신개뿐만이 아니라 개방에는 발도 들여놓지 않겠다는 심산인 듯했다.

"죽어도 개방의 도움은 받지 않는다, 광가야."

"그럼 어쩌자는 게냐? 순천부를 이 더위에 뒤지고 다니느니 그냥 개방에 가서 물어보는 게 백배 낫지 않느냐, 이놈아!"

설마 개방의 정보력과 맞먹는 세력이 하나도 없을까만은 하나, 개방만큼 분타가 많지도 않고 쉽게 접할 수도 없다. 개방과 그 정보력과 세력면에서 뒤지지 않는 곳은 천안(天眼), 자객들의 집단이라는 잔영문(殘影門) 정도였다.

잔영문은 의뢰비가 꽤 세긴 하지만 의뢰만 제대로 한다면 어떠한 정보든 제공해 주고 사람 역시 쥐도 새도 모르게 죽여준다는 곳이다. 또 천안은 그 문주가 누군지, 어떤 세력인지도 베일에 싸여 있는 수수께끼의 집단이었다.

실제로 있는지 없는지조차 불투명하지만 백의맹에서 무림대전 같은 행사에 각 문파의 장문인들을 초청할 때 보면 언제나 상석에 천안의 자리를 마련해 놓아 그저 개방에 버금가는 세력인가 보다 할 뿐이었다.

점소이가 끙끙거리면서 짙은 갈색의 단지 세 개와 모락모락 하얀 김이 피어오르는 접시 여러 개를 내려놓았다. 커다란 쟁반에 얹어져 바삭바삭 하게 구워진 껍질과 구수한 냄새를 자랑하는 오리구이도 네 접시나 가져왔고 마지막으로 어른 주먹만한 교자도 수북히 얹어 가져왔다. 오죽하면 탁자 하나로는 부족해서 옆에 있는 탁자 두 개를 더 끌어왔을까.

언제 축 늘어져 있었냐는 듯 퉁겨지듯 일어난 두 사람은 정말 무섭게 먹어대기 시작했다. 한 십 년 정도 굶었거나 아니면 아귀(餓鬼)가 씌인 것 같았다.

점소이도 놀라서 입이 떡 벌어졌고 주위에 앉아 있는 사람들은 물론이거니와 지나가던 사람들까지도 기웃거릴 정도였으니 더 이상 군말하지 않아도 알 만하지 않은가?

그로부터 한참 후,

"끄윽, 잘 먹었다."

"고럼고럼. 이렇게 더울수록 원기 보충(?)을 해줘야지."

잔뜩 만족한 얼굴로 두 사람은 빵빵해진 배를 두들겨 대며 나무젓가락을 뚝 부러뜨린 후 뾰족해진 끝 부분으로 이를 쑤셨다. 주위 사람들은 벌어진 입을 다물지 못하는 것과 동시에 허허로운 웃음을 날려 저 엽기적이기까지 한 노인들의 식성에 대해 자신들의 감상을 토로했다.

"그럼 후식으로 뭘 드셔볼까나? 뭐, 맛난 거 없나?"

백염광노의 가공할 만한 발언에 객점 안의 사람들은 모두 '헉' 하는 신음성을 토해냈다. 도대체 저 두 노인들의 식성의 끝은 어디까지란 말인가?!

"발사(拔絲)는 어때?"

"그거 좋지. 여기 발사 두 접시만 더 가져다 주게."

두 노인은 아직까지 옆에 멍하니 서 있는 점소이를 향해 주문을 추가했다. 점소이는 흐르는 식은땀을 뒤로하고 후닥닥 주방 쪽으로 달려갔다. 아무래도 오늘 자신은 아귀(餓鬼) 중의 아귀들을 만난 건 아닐까라는 상상을 하며 말이다.

점소이는 주방장에게 주문을 말해 놓고는 다시 주문을 기다리는 손님을 향해 부리나케 달려갔다.

"어서 오십쇼! 무……?"

손님들의 모습을 보는 순간 그는 말문이 턱 하고 막혀 버렸다. 그것도 그럴 것이, 손님들의 행색이 결코 범상함과는 거리가 멀었기 때문이다.

머리는 새하얗게 샌 백발인데 얼굴은 주름살 하나 없이 팽팽한 문사 차림의 청년이라든가 문둥병에라도 걸렸는지 온몸을 흰 붕대 같은 것으로 친친 싸매고 있어 도저히 그 성별과 나이를 알 수 없는 사람—어쨌든 모습은 사람이므로—하나가 앉아 있는 광경은 가히 괴기스럽기까지 해 보였다. 간이 작은 사람은 벌써 오줌을 지렸을 만한 일행이었다.

"밀아(蜜兒), 무엇을 들겠나?"

백발의 문사가 흰 붕대로 온몸을 친친 감싼 이를 향해 물었다. 그 물어보는 목소리 또한 지독히 무뚝뚝하고 냉기가 흐르는 음성이라 만약 이 목소리에 살기라도 실리면 무기가 될 수도 있을 것 같았다.

"아무거나 상관없습니다."

온몸을 친친 감싼 이 또한 음성의 고저가 없는 마치 강시 같은 목소리였다. 목소리는 제법 고왔지만 말이다.

음성으로 들어보아 여인, 그것도 상당한 미인일 듯한데 어째서 저렇게 온몸을, 그것도 눈과 코도 내놓지 않은 채 가린 걸까? 게다가 입을 가렸는데도 목소리는 분명하게 들려왔다. 도대체 무슨 조화 속이란 말인가.

"벽라춘 한 잔과 밀즙호려(蜜汁葫蘆) 한 접시만 내오게."

백발의 문사는 그렇게 음식을 주문하고 다른 손님들 쪽으로 고개를 돌렸다. 냉기가 흐르는 그와 눈과 마주치자 그를 신기하게 바라보던 사람들이 모두 고개를 돌려 버렸다. 마치 물처럼 고요하고 얼음처럼 차가운 눈빛이지만 그 속에는 광기가 숨어 있었다. 한 번 파도가 되어 휘몰아치기 시작하면 멈출 수 없는 그런 눈빛이랄까?

"백염광노와 파랑군이군요."

백염광노와 파랑군을 알아본 듯 붕대여인이 그렇게 말해 왔다. 그쪽을 돌아보지도 않았건만 어떻게 그들인 줄 알 수 있었던 걸까? 더구나 백발의 문사는 백염광노와 파랑군을 잘 아는 듯 의미심장한 표정이었다.

그때 저쪽에서도 이들을 발견한 듯 시선이 느껴져 왔다. 그리고 이내 일어나는 소리와 함께 점점 커져 가는 발자국 소리도.

"이거 백발문사(白髮文士)와 밀랍아(蜜蠟兒)가 아니신가?"

파랑군이 약간은 비꼬는 듯한 기색으로 둘을 바라보았다.

백발문사와 밀랍아 역시 마교의 인물로 모두 이름조차 알려져 있지 않은, 베일에 싸인 마교 교주에게 충성을 맹세한 심복들이라고 널리 알려져 있는 인물들이었다.

둘 다 마교 안에서도 보기 드물다 보니 두 사람에 대해서는 소문만이 무성했다. 항간에 떠도는 백발문사는 그 젊음과는 다르게 나이는 백 살 가량의 노인으로 천재적인 두뇌를 지녔다고는 하지만 본인의 입에서 흘러나온 이야기는 아니었다. 그가 입 밖으로 꺼낸 신상에 관한 이야기는 단 한 건도 없기 때문에 소문의 사실 여부는 확인되지 못했다. 밀랍아는 항상 붕대로 온몸을 감고 다니는 여인으로 붕대를 푼 모습을 본 자가 없다고 알려져 있었다. 그 모습을 본 자 중 살아 남은 자가 없고 듣기로는 벌들의 수호를 받는다고 하지만 이 역시 확인되지 않은 소문에 불과했다.

"노선배들께서 이곳에는 어쩐 일이십니까?"

"찾을 분이 있어서 그런다. 그러는 너야말로 무슨 일이지?"

"주군께서 부르시었습니다."

주군이란 단어가 백발문사의 입에서 뱉어지는 순간 백염광노와 파랑군의 얼굴에 희미하게 서려 있던 웃기가 거두어지고 긴장감이 감돌았다. 그가 주군이라 할 만한 사람은 마교의 교주 단 한 사람밖엔 없지 않은가?

"설마 마교의 교주가 순천부에 있다는 소리인가?"

"주군께서 이곳에 계신지는 모르겠습니다만 저희들을 호출하셨으니 불원천리(不遠千里) 달려온 것이지요."

백의에 흰 문사건, 그리고 백발, 창백하리만치 하얀 피부. 그 모든 것이 흰색 일색인 백발문사의 동작 하나하나에는 절도와 품위가 넘쳐흘렀다.

"백도의 꼬부랑 늙은이들이 알면 뒤로 넘어갈 일이구먼. 마교의 교주가 버젓이 강호를 나돌아다닌다……."

파랑군의 이죽거림에 백발문사가 조용히 내리깔고 있던 눈을 들어 노려보았다. 흰 눈동자 위에 덧씌워진 회색의 동공이 순간적으로 살기를 띠었지만 이내 사라졌다.

"주군께오서 강호에 나오면 아니 되는 일이라도 있는 것입니까?"

파랑군은 그 위세에 눌려 얌전히 입을 다물어야만 했다. 겉보기에는 문사고 더없이 온화하며 예의 바르게 보였지만 그것은 겉만 그럴 뿐 속을 조금만 들춰보면 미친놈도 그런 미친놈이 없는 놈이었다. 한마디로 온화함의 가면 속에 숨겨진 광기라고나 할까?

"마교의 교주가 이곳으로 온다? 그래, 그럼 강호에 수수께끼의 인물이라고 소문이 자자한 그 교주의 얼굴을 좀 봐야겠구먼."

백염광노와 파랑군은 객점의 문쪽으로 시선을 돌렸다. 과연 그 소문이 자자한 마교의 교주는 대체 누구이며 어찌 생겼을까?

인간에게 있어서 가장 억누르기 힘든 욕구는 식욕이나 성욕이 아니라 바로 호기심일지도 몰랐다.

"예라, 시간 낭비만 했잖아."

바닥에 누런 가래침을 퉤! 하고 뱉으며 백염광노는 자리에서 벌떡 일어섰다. 낮부터 땅거미가 어스름히 질 때까지 객잔에 자리를 잡고 앉아 기다렸지만 마교의 교주란 작자는 끝내 나타나지 않았다.

"교주님은 오신다 해놓고 오지 않으실 분이 아니십니다. 저희들은 교주께서 오실 때까지 기다릴 것입니다."

이것이 도대체 언제 교주가 나타나는 거냐고 신경질을 부리는 파랑군에게 답해 준 백발문사의 답이었다. 백발문사뿐만이 아니라 밀랍아 역시 비슷한 의견인 듯 자리를 뜨지 않았다. 백염광노는 눈물 겨운 충성이라면서 비꼬았지만 그들은 별로 신경 쓰는 눈치가 아니었다.

"점소이, 여기 방 있는가?"

백염광노는 구석에 앉아 꾸벅꾸벅 졸고 있는 점소이를 불렀다. 점소이는 졸린 눈을 비벼가며 엉금엉금 백염광노의 앞으로 걸어나왔다.

"어르신네, 무슨 일이십니까요?"

목소리에도 졸음이 뚝뚝 묻어 나왔다.

"방 있느냐?"

"없을 리가 있습니까? 어떤 걸로 드릴깝쇼?"

"적당한 방 두 개만 내어놓게."

이내 점소이는 지금 비어 있는 방들을 찬찬히 기억 속에 떠올린 다음 서로 맞붙어 있는 일 인실 두 개를 생각해 냈다.

"따라오십쇼."

이 층으로 휭하니 올라가는 점소이를 따라 두 노인이 사라지고 나자 밀랍아와 백발문사는 서로가 서로의 얼굴을 돌아보았다. 입술을 조금씩 오물거리고 있는 것으로 보아 전음이라도 주고받는 것인 듯싶었다.

ㅡ교주님의 신변에 무슨 일이라도 생긴 것이 아닐까요?

ㅡ교주님의 신변에 일이 생겼다면 천안에서 먼저 연락을 주었겠지. 기다려 보자.

어느덧 해가 완전히 져 객잔 내부에도 환하게 등을 밝혔지만 손님의 발길이라고는 도통 없어서 내부에는 이 두 사람뿐이었다. 술잔을 기울이며 아무런 대화도 없이 조용히 앉아 있던 밀랍아가 백발문사에게 손짓을 했다.

ㅡ무슨 일인가?

ㅡ조용히 하세요. 소리가 들리고 있어요.

ㅡ소리라니? 이렇게 조용하기만 한데?

ㅡ인간들에게는 들리지 않겠지요. 이건 사람이 아닌 자들의 음파(音波)니까요.

이 세상에서 사람들이 듣지 못할 소리가 어디 있을까만은 이해가 잘 가지 않는다는 표정과는 달리 백발문사는 뭔가 눈치를 챈 듯 고개를 끄덕이고 있었다. 어딘가 짐작 가는 바라도 있는 것일까?

ㅡ교주께서 명령하시길… 백염광노와 파랑군을 주위에서 도우랍니다. 절대로 그 둘이 눈치 채지 못하도록 말입니다.

ㅡ뭐?!

파랑군은 살을 타고 주르륵주르륵 흘러내리는 땀을 견디지 못하고 침상에서 벌떡 일어났다. 뭐가 이리도 더운지 낮 동안 잔뜩 내리쬔 햇빛의 열기를 그대로 간직하고 있던 방에서 잔다는 것이 애초에 무리였을지도 모른다. 창문을 열어도 별달리 공기의 순환이 되질 않는지 후텁지근하기는 매한가지여서 속고의 하나만 입고 있음에도 이렇게 더울 수가 없었다.

게다가 속고의 역시도 축축하게 젖어들고 침상에 깔아놓은 요 역시도 눅눅했다. 이런 상태로는 도저히 잠도 오지 않을뿐더러 그것이 아니더라도 침상이 눅눅해서 기분 좋은 잠자리는 될 수 없을 것 같았다.

'확실히… 이상이 오는군.'

백염광노와 무산에서 열나게 싸우고 죽다 살아난 뒤로 확실히 내공이 줄은 게 느껴졌다. 운기행공(運氣行功)을 해봐도 단전에서 차오르는 기운이 예전만 못할뿐더러 별로 더위를 느낄 이유가 없는데도 더위를 타고 있었다. 필시 백염광노도 자신과 비슷한 상태일 터, 아마 다시 예전 상태로 돌아가려면 몇 년은 족히 걸릴 듯싶어 파랑군은 입가에 고소를 머금었다. 정체 모를 누군가의 음모였다고 해도 어찌 됐든 덫에 제발로 걸어들어간 것은 자신이니 누구를 탓하랴. 그저 자신의 아둔함을 책망할밖에.

탁자로 다가가 탁자 위에 놓여져 있는 주전자에서 사기 잔에 내용물을 따랐다. 연한 갈색 빛이 도는 것을 보니 엽차인 듯했다. 차를 끓여 식혀놓은 것인 듯했지만 미적지근해져 더위를 달래주기에는 아무래도 무리였다. 목을 축이긴 했지만 속이 타는 것이 어째 시원치 못했다.

"잠도 안 오고 이거야 원."

머리를 벅벅 긁으며 파랑군은 벗어두었던 자신의 장포를 주워 입었다. 방에서 이러고 있는 것보다 차라리 밖에 나가 바람이라도 쏘이고 오는 게 현명한 처사일 듯싶었다. 또 낮에는 백염광노 저 망할 놈이 난리를 떨어대니 이 밤중에 개방 분타를 살짝 방문해서 정보를 얻어오는 것도 좋은 듯싶었다.

벽에 바짝 귀를 대어보니 희미하게 쌕쌕거리는 숨소리와 코 고는 소리가 들려왔다. 파랑군은 안심하고 창문가로 다가갔다. 난간에 발을 짚고 상체를 밖으로 내밀자 냉랭한 밤 공기가 살갗에 닿았다. 한참 동안 차가운 공기를 음미하다가 파랑군은 앞집의 기와로 신속하게 신형을 날렸다. 날렵하게 착지하는 동작이 예사로운 신법은 아니었다.

"흠, 개방의 분타가 어디였더라?"

그가 예전의 기억을 더듬어 찾아낸 곳은 한 관제묘였다. 아주 오래전, 정확히 언제인지는 기억하지 못하지만 개방의 분타로 관제묘가 쓰이고 있음은 확실했다. 목표지를 정한 파랑군은 또다시 신형을 날렸다.

개방의 분타라고 짐작되는 이 관제묘는 겉보기엔 그저 민간에서 관우의 신상을 모신 것 같은 꼬락서니에 우중충하기 이를 데 없었다. 사람들의 발길이 닿지 않아 낡을 대로 낡고 입구에도 거미줄이 끼고 또 그 위에는 희뿌연 먼지까지 내려앉아 관제묘는 더욱더 음산해 보였다. 바람이 불자 나무들이 거칠게 흔들렸고 달빛이 내려앉아 마치 귀신과도 같은 그림자가 만들어져 관제묘 주위를 어지럽혔다.

"한데… 어째 애들이 안 보이누?"

관제묘 입구에서 봉을 든 채 지키고 서 있어야 할 개방의 제자들이 보이질 않았다. 아무리 거지들 소굴이라지만 애들도 세워두지 않다니 이곳 순천부의 분타주는 단단히 정신이 나간 모양이었다.

'어라라?'

그때 파랑군의 감각 안으로 두 개의 숨소리가 잡혔다.

"누구냐?"

파랑군은 굵은 줄로 여며 자신의 허리에 고정시켜 놓았던 흑절쌍부(黑節雙斧)를 각각 하나씩 손에 쥐고 숨소리가 잡힌 쪽을 향해 마치 비호와도 같은 동작으로 몸을 날렸다.

퍽!

짙은 흑색에 달빛이 비추어져 광택까지 나는 도끼 중 하나는 나무에 가서 박히고 나머지 하나는 흙바닥에 가서 박혔다.

"히에엑!!"

'퍽' 하는 소리와 거의 동시에 울려 퍼진 앳된 음성의 두 신음 소리. 도끼가 가서 박힌 나무 쪽에는 누런색의 누더기를 걸친 소년 하나, 그리고 땅바닥에 박힌 도끼 쪽에는 하도 안 빨아서 땟물이 줄줄 흐르는 검은색 옷을 입은 소년 하나가 마치 자라처럼 몸을 잔뜩 움츠린 채 벌벌 떨고 있었다. 그중 한 소년은 땅바닥이 축축하게 젖어드는 것으로 보아 그만 바지에 실례를 한 듯싶었다.

"네놈들은 도대체 누구냐?"

파랑군이 눈에 힘을 주며 노려보자 소년들은 갑자기 몸을 푹 수그리며 두 손을 높이 들어 올리고 빌기 시작했다. 비는 건 좋은데 소년들이 손을 비빔으로써 검은 때들이 우수수 떨어지는 통에 파랑군은 생리적인 혐오감을 참지 못하고 몸을 부르르 떨었다.

"됐다, 됐어. 너희들 꼬락서니를 보아하니 거지들 같은데 어째서 날 살펴보고 있었던 것이냐?"

"저, 저희는 개방의 제자들이옵고 서열은 백의개이옵니다."

백의개라고 하는 것을 보아하니 아직 입문한 지 삼 년밖에 안 된 풋내기들이 아닌가? 파랑군은 속으로 한숨을 내쉬었다.

"한데 어째서 노부를 감시하고 있었느냐?"

"그, 그것이……."

두 백의개가 쭈뼛거리며 털어놓은 사연은 참으로 기구했다. 좀 더 따져 보자면 기구하다기보다 한심스러운 것이었고 개방에게 있어서는 치욕적인 일이었다. 이게 어찌 된 사연인고 하니 개방 순천부의 분타주인 목결신개는 꼴같지―더 정확히는 거지답지―않게 돈에 눈이 어두운 나머지 요즘 순천부 전역에서 한창 성행하고 있는 인간 경매 시장의 상인들과 결탁을 했다고 한다. 좀 더 자세히 이야기를 털어와 보자면 개방 분타인 관제묘를 경매 시장 장소로 제공했단 소리였다.

겉보기야 낡을 대로 낡아 빠진 관제묘지만 관에서도 이곳이 무림의 한 세력임을 인지하고 있기 때문에 건드리는 일이 없어 경매 시장으로는 아주 유용하게 쓰였다. 물론 개방의 분타뿐만이 아니라 순천부 전역의 낡아 빠진 관제묘들을 이용했다고 한다. 개방의 제자들이 같이 있는 한 관에서는 건드릴 수가 없을 테니 말이다.

"쯧, 개방도 썩었구먼. 구취신개 이놈은 도대체 뭘 한 겐지……."

순천부의 분타주가 이러니 다른 곳은 오죽하겠는가 싶어 파랑군은 한숨을 내쉬었다.

"태상(太上) 방주님을 아십니까?"

뭐니 뭐니 해도 구취신개는 개방의 태상 방주이니만큼 그 이름의 효력이 대단했다. 바로 공손해지는 저 둘의 태도를 보라.

"구취신개 놈하고는 그런대로 인사는 하고 지내느니라."

"저… 별호를 감히 물어도 될는지요?"

"노부의 별호는 파랑군이고 이름은 광팔이니라."

아마도 파랑군이란 별호를 모르는 강호인은 드물 것이다. 백염광노, 그리고 구취신개와 더불어 무림 삼 대 노괴로도 유명하니 말이다. 그리고 무림의 배분 역시 각 문파의 장문인들보다 한 배분 위였고―구취신개의 경우는 개방이지만―백염광노와 파랑군은 백도, 마도 어느 쪽에도 속하지 않는 중립의 인물로 더 유명했다.

"대, 대선배님, 저희들을 좀 도와주십시오!"

둘은 갑자기 아까보다도 더욱 깊숙이 땅에 넙죽 엎드리며 애걸복걸하는 목소리로 외쳐 댔다.

"도대체 무엇을 도와달라는 말이냐?"

"저희는 무섭습니다. 지금은 쉬쉬 하고들 있지만 개방 총타에 이 일이 알려지면 저희는 끝장입니다!"

"쯧, 하긴 구취신개 그놈 성격에 가만있을 리 없지. 아마 눈에 불을 켜고 개봉부에서 이곳까지 단번에 날아올 게다. 큭큭큭… 아마 그 타구봉으로 너희들을 곤죽으로 만들어놓을걸?"

파랑군은 구취신개의 성격상 아마 이곳 분타주를 초토화로 만들어놓을 것이 뻔했고 또한 그 일이 생생하게 머리 속에서 그려지기에 자기도 모르게 피식 웃고 말았다. 하나, 그것이 이 둘의 두려움을 더욱 부추긴 듯 어느새인가 둘은 그의 바짓가랑이를 붙잡고 늘어지고 있었다.

"대선배님!! 살려주십시오!!"

"이놈들이 감히 어디에 엉겨 붙는 게야! 떨어져라!"

자신은 정보를 얻으려 온 건데 괜히 귀찮은 일에 말려든 것 같아 파랑군은 아차 싶었다. 하지만 이미 두 거지 소년은 파랑군의 바짓가랑이에 달라붙은 지 오래다. 바짓가랑이를 꼭 붙든 채 눈물이 그렁그렁한 얼굴로 바라보는데 보통의 소년들 같으면 애처로운 마음이 들었겠지만 땟물 자욱한 얼굴로 울어대며 눈물이 흘러간 자국만 희게 변하는 소년들을 보고 애처로운 마음이 들 리 없었다.

"저희들은 무섭습니다. 언제 개방 총타에 알려질지 모르는 일인 데다가 저번에 그런 일마저 있었는데 목결신개께선 꿈쩍도 안 하시니……."

"그런 일이 도대체 무엇이냐? 소상해 고해보아라."

"목결신개와 결탁한 상인의 팔목이 잘렸습니다. 어떤 고수에 의해서."

"어째서 무림의 고수가 한낱 상인의 팔목을 잘랐단 말이더냐? 혹 경매 시장을 보고 분개한 것이라면 응당 너희 분타주부터 때려잡아야 할 것이 아니냐? 그리고 그 사람이 고수인 건 어찌 알고?"

이어지는 파랑군의 질문에 그 둘은 잠시 주저하더니 입을 열었다. 둘 다 정신이 없는 건지 이야기가 횡설수설하긴 했지만 뒤죽박죽된 이야기들을 정리해 보니 결론은 이러했다.

백의의 미청년이 그날 팔려 나온 소녀를 사 데려갔으며, 목걸신개와 노예 매매의 중개인들과 잔당들은 어디서 알았는지 갑자기 들이닥친 관원들에 의해서 잡혀갔다라는 것과 그 백의의 미청년은 단지 섭선만을 이용해 중개인의 팔목을 자를 정도의 고수인 것으로 보인다라는 것이었다.

"그후 관원들에게 그 중개인과 그 잔당들이 잡혀갔습니다만… 위쪽에 돈을 찔러주고 금방 풀려 나왔습니다."

이미 두 거지 소년들이 말하는 내용은 파랑군에게 있어서 저 멀리 꿈나라 이야기였다. 지금 파랑군의 귀에서 계속 메아리쳐 들리고 있는 것은 머리가 짧은 한 소녀를 백의의 미청년이 만 냥이란 돈을 주고 사갔다라는 대목이었다.

"너희는 그날 팔려갔다는 머리 짧은 소녀를 본 적이 있느냐?!"

"에?"

"본 적이 있느냐, 없느냐?"

안광에서 불을 뿜는 것 같은 파랑군의 기세에 눌려 두 소년은 왜 그 소녀를 봤는지 어쨌는지에 대해서 묻는 건지 궁금증을 가질 새도 없이 그렇다고 고개를 끄덕였다.

"인상착의에 대해서 말해 보거라! 어찌 생겼더냐?"

"…에… 굉장한 미녀였습니다. 저희 생전에 그런 미녀는 처음 봤습죠."

"생김새만 간단, 압축, 요약해서 말하지 못해!!"

파랑군은 소년들이 말하는 생김새와 그때 죽립여인이 그려주었던 초상화를 머리 속으로 대조해 보면서 심증을 굳혔다. 그날 팔려갔다던 소녀가 바로 백염광노와 자신이 찾고 있는 주군인 것이다.

"그 소녀를 사갔다는 사람이 어디 사는 사람인지는… 혹시 모르느냐?!"

"저희는 그런 것까지는 잘 모르겠습니다. 한데 저번에 축생이 놈이 말하길 그놈을 기루 골목에서 자주 봤다고… 기루의 기녀들 사이에서 그놈 모르면 그건 이미 기녀가 아니라고 하는 소리까지 있다고 합니다."

파랑군은 역시 개방에 와보길 잘했다고 생각했다. 그랬다면 자신들이 대륙을 뒤지고 또 뒤져도 나오지 않던 주군의 행방을 어찌 알 수 있겠는가? 아마도 내일 아침 백염광노 그놈에게 이 사실을 이야기해 주면 그놈도 좋아서 팔짝팔짝 뛸 거라고 생각하니 더욱더 흐뭇해졌다.

"…너희가 노부에게 큰 도움이 되었으니 나도 너희들을 도와주겠다. 당분간은 참고 기다려라."

파랑군은 무책임하게도 개방 총타에 가서 구취신개 놈에게 알려줄 생각을 하고 있었다. 뭐, 남의 문파 일에 자신이 참견하기도 좀 그런 일이고 이런 일에 괜히 참견했다가 나중에 칭찬은커녕 뺨만 얻어맞을 것이 뻔하다는 그의 지론 때문이기도 했지만 더 큰 이유는 귀찮아서였다. 주군을 찾기도 바빠 죽겠는데 언제 남의 문파 일에 끼어들어 감 나와라 배 나와라 한단 말인가? 어쨌든 파랑군에게 있어 오늘 밤은 무척 기분 좋은 밤이었다.

파랑군과 그 거지 소년들로부터 그리 떨어져 있지 않은 나무 위, 어둠에 동화되어 있는 듯한 새까만 흑의를 입은 청년과 면사여인이 그들을 관찰하고 있었다. 꽤나 가까운 거리인데도 파랑군이 둘의 기척을 눈치 채지 못하는 것을 보면 이 둘이 젊은것과는 별개로 파랑군을 능가할 만 한 고수인 듯싶었다.

─잘만 생각해 보면 여기저기 허점이 많은 이야기인데도 잘 속네요. 게다가 저 아이들이 매우 잘 해주었어요.

귓속을 파고드는 전음에 흑의청년은 면사여인을 돌아보았다. 달빛에 비추어져 희미하게나마 속이 들여다 보이는 면사 속에서 여인의 입술이 고소를 머금고 있었다.

─능파, 어떻게 이런 생각을 해냈소? 거기다가 파랑군이 개방의 분타 를 찾을 것은 또 어떻게 예상했고……?

─파랑군이 개방 분타를 찾지 않았어도 백염광노와 파랑군을 황궁 쪽 으로 이끌어낼 방법은 많았답니다. 파랑군같이 단순한 자라면 분명 가장 이름난 개방을 찾을 거라 생각했어요. 이제 남은 건 백발문사와 밀랍아 가 얼마나 해주느냐에 달렸군요.

*   *   *

"그 이야기는 저도 들었습니다."

단아한 음색이 어두컴컴한 방 안에 낭랑하게 울려 퍼졌다. 벽쪽에는 붉은 초를 켜 불을 밝힌 제단이 하나 마련되어 있고 그 제단에는 울긋불 긋한 비단옷을 입은 목각 인형 하나가 놓여져 있다. 마치 부모를 모시는 양 소중하게…….

나무를 깎아 만들었음에도 인형에는 색이 입혀져 마치 살아 있는 듯 했다. 그 목각 인형은 녹안(綠眼)의 눈을 이리저리 굴리며 청년을 바라보 고 있는 것 같아 섬뜩하기까지 했다.

한 가지 신기한 점이라면 인형의 흑단같이 까만 머리 위에 담배 연기 같은 희뿌연 것이 끼어 있다는 점이었다.

"…어머님께서 말씀하신 대로 실행하고 있습니다. 백염광노와 파랑군을 죽이는 일은 실패했다는 연락이 당도했습니다만……."

청년은 제단 앞에 무릎을 꿇고 고개를 푹 수그린 채 혼자서 말하고 있었다. 분명 방 안에는 아무도 없는 것 같은데… 혹, 청년이 미치기라도 했단 말인가?

짝!

순간 마치 손바닥으로 뺨을 때린 것 같은 소리가 울려 퍼지고 청년의 고개가 옆으로 돌아갔다. 믿을 수 없게도 청년의 뺨에 새빨간 손자국이 선명하게 남아 있었다.

"죄송합니다, 어머니."

다시 고개를 돌린 청년은 더욱더 공손히 인형을 향해 말했다.

마치 인형과 청년이 대화하는 듯한 이 광경을 누군가 본다면 아마 이 청년을 미치광이 취급을 할지도 모르겠다. 하지만 청년의 태도가 너무나 진지하고 조심스러워서 정말로 인형과 청년이 대화하는 것처럼 느껴졌다.

"어머님, 다시 뵐 때까지 옥체 보존하시길……."

대화가 다 끝났는지 청년이 인형을 향해 큰절을 올리자 바람 한 점 없음에도 제단의 촛불들이 꺼지고 인형의 머리 위에 뿌옇게 끼어 있던 무언가도 사라져 버렸다. 그제야 몸을 일으킨 청의청년은 제단 위에 앉혀져 있던 인형을 소중히 들어 올렸다.

제단 바로 아래에 놓여져 있던, 마치 아이들 장난감 같은 관—설마 관을 장난감으로 삼는 미친 것들이 있을까만은—을 열고 인형을 조심스레 눕혔다. 그리고 다시 정중한 자세로 관을 덮었다.

"어머님, 소자를 믿고 편히 주무시옵소서. 실패했던 일뿐만이 아니라 그 소녀와 마교의 교주까지 완전히 없애 드리겠습니다."

청의청년은 제단으로부터 발길을 돌렸다. 본래의 자신에서 또 다른 자신으로 되돌아가기 위해. 모두가 모르는 자신에서 모두가 아는 자신으로 되돌아가기 위해서……

*　　　*　　　*

둥근 원탁을 뒤덮고 있는 두터운 양피지들이 보였다. 건물의 지도인 듯 부연 설명과 함께 가늘고 선명한 먹 선으로 내부 구조가 상세히 나와 있었다. 건물의 규모가 방대해서 한 장으로는 도저히 설명이 불가능한 듯 여러 개의 양피지에 구획이 나누어져 장을 거듭해 갈수록 부연 설명 역시 깨알같이 빽빽이 적혀 있었다.

"상당히 오래전에 만들어진 지도로군요. 하지만 몇 대에 걸쳐서 여러 번 고친 흔적이 엿보이는 것을 보니 진품입니다."

하얗게 샌 머리를 역시 흰 문사건으로 묶은 백의의 청년이었다. 이런 차림새라면 이자는 분명 마교의 백발문사임이 틀림없었다. 그는 양피지를 보며 연신 감탄사를 늘어놓았다. 게다가 양피지 지도를 만지는 청년의 동작은 마치 소중한 골동품이라도 다루는 양 섬세하기가 이를 데 없었다.

"어쨌든… 잘 보겠습니다."

백발문사는 흡족한 표정으로 정신없이 양피지를 훑어 내려갔다. 도대체 이 양피지는 무엇이란 말인가? 무엇이관데 저리도 소중히 다루는 것인가?

"어서 보고 외우도록 해요. 첫닭이 울기 전에 가져다 놔야 하니까."

"루접(淚蝶)께오서는 성급하신 분이군요."

"희신, 성급하다니요? 그대의 두뇌라면 첫닭이 울기 전에 그 지도들을 모조리 머리 속에 꿰어 차고도 남지 않나요?"

고운 여인의 목소리가 울렸다. 백발문사의 맞은편에는 얼굴에 면사를 드리운 루접이 흰 자기로 된 뜨거운 찻잔을 들고 후후 불어가며 차 맛을 보고 있다. 여전히 쓰고 있는 면사에 경장 차림. 하지만 다른 점이라면 항상 곁에 있던 흑의청년이 없다는 것이랄까? 면사여인의 말에 백발문사는 씨익 웃으며 계속해서 지도를 훑어 내려갔다. 이미 그의 발치에는 다 외운 것으로 보이는 양피지들이 수북히 쌓여 있었다.

"본 공자를 너무 과소평가하시는군요. 아마도 일 다경 정도면 전부 외울 수 있을 겁니다."

"역시 마교 최고의 두뇌라 불릴 만하군요."

면사여인은 만족스러운 듯 고운 아미를 둥글게 말아 올리며 눈웃음 지었다.

한쪽 구석에서 조용히 앉아 둘의 대화를 묵묵히 듣고만 있던 밀랍아가 불현듯 입을 열었다.

"…무슨 일을 꾸미시는지는 잘 모르겠습니다만 한동안 잠잠하던 배교(拜敎)에서도 나서기 시작했는데 이런 때에 교주께서 이렇듯 무림을 나돌아다니시는 것은 좋지 않습니다."

밀랍아의 음성에는 걱정스러움과 염려가 가득했다. 교주에 대한 그녀의 충성심은 상당히 깊은 듯 보였다.

"배교의 정세는 우리 천안에서도 살피고 있으니 너무 걱정 말아요."

"글쎄요, 나의 아이들의 보고에 의하면 배교의 움직임이 수상하다 하더군요. 거기다가 이승 사람이 아닌 자가 배교를 돕고 있다고 하던데요?"

밀랍아의 말에 면사여인은 얼굴을 굳혔다. 확실히 수상한 움직임이 포착되기는 했지만 그 외의 사실은 전혀 알 수가 없었던 것이다.

"역시 천안보다 밀랍아의 아이들이 훨씬 나은 것 같네요."

"이 아이들은 인간들의 눈으로는 볼 수 없는 것을 보기 때문이죠."

한동안 밀랍아의 얼굴을 뚫어지게 쳐다보던 면사여인은 다시 백발문사 쪽으로 시선을 돌렸다. 백발문사는 보고 있던 양피지들을 돌돌 말아 한데 묶고 있었다.

"다 외웠습니다."

그는 원래의 양피지 모습대로 돌돌 말아 끈으로 묶은 다음 면사여인에게 건네주었다.

"수고했어요. 긴말 하지 않아도 내가 무슨 생각을 하고 있는지 그대는 알 거라고 생각해요. 어쨌든 힘써주시길."

면사여인의 말에 백발문사가 고개를 끄덕였다. 이미 그녀의 생각쯤이야 다 예상하고 있었다는 듯한 태도로…….

한편, 이 시각 백염광노와 파랑군은…….

"이 육시랄 놈을 봤나?"

"지랄한다. 기껏 알아다 줬더니 육두문자부터 입에 올리는 건 뉘 집 법도냐?"

이렇듯 백염광노와 파랑군은 새벽부터 육두문자를 공중에 날려가며 열나게 설전 중이었다. 물론 점잖으신 분들답게 주먹은 오가지 않았지만 말이다.

"이 거지발싸개 같은 놈아, 얻어온 정보나 불어봐."

"헹, 지랄 떨고 자빠졌네. 맨입으로? 내가 그 어린 거지 두 놈을 떼어놓느라고 얼마나 고생했는데 어림 반 푼 어치도 없다, 이놈아!!"

파랑군은 입으로는 그렇게 말하면서도 이내 자신이 알아온 것들을 술술 꺼내놓기 시작했다. 처음에는 희희낙락(喜喜樂樂)하며 듣던 백염광노의 얼굴이 이내 팍 구겨지기 시작하면서 나중에 가서는 야차(夜叉)가 따로 없는 흉악범의 얼굴로 변해갔다.

"이젠 기루까지 뒤져야 한다는 거냐?!"

"아, 그래도 순천부 전체를 뒤지는 것보다야 낫지. 기루 골목이라는 곳의 기루들만 뒤지면 되니 이 얼마나 쉬우냐? 게다가 야들야들한 어린 계집들 속살 구경도 하고. 이거야말로 일석이조가 아니겠느냐?"

파랑군은 도대체 무슨 생각을 하고 있는 건지 얼굴 가득 흐뭇한 빛을 띠며 주책없이도 헤헤거렸다.

"쯧, 나이 값을 해라, 이놈아! 네놈 나이에 어린 계집이 가당키나 해?!"

"그렇게 말하는 네놈 입에서 흐르는 그 침은 뭐냐?!"

친구는 닮는다고 그 누가 말했던가? 이건 정말 틀린 것 하나 없는 소리였다. 오십 보 백 보인 저 두 사람을 보라!

*　　　　*　　　　*

은평은 갑자기 눈앞에 닥쳐온 무언가에 덮여 몸을 가누지 못하고 바닥에 주저앉았다. 머리 위에 덮어 씌워진 것을 걷어내고 보니 흰 옷자락이었다. 누가 던졌는가 싶어 앞쪽을 바라보니 문사 차림을 한 상부 공주였다. 맨 처음 보았던 모습 그대로 대갓집 귀공자 같은 품새에 섭선까지 쥔 차림이었다. 그가 여자라고 이미 알고 있음에도 요리 보고 조리 봐도 도저히 여자로는 보이지 않았다.

"뭐 하고 있어, 어서 걸치지 않고?"

"이게 뭔데… 요?"

"뭐긴 뭐냐, 미복이지."

"이걸 왜?"

"오랜만에 밖이나 나가볼까 하는데 너 데려갈까 하고."

그렇게 대답하며 어깨를 으쓱하는 상부 공주였다. 밖으로 데리고 나가겠다는 말에 은평의 눈이 화등잔만해졌다. 정말 할 일도 없이 여장 변태 놈과 좀비 얼굴의 시종들 사이에서 갇혀 있자니 몸이 근질거려 도저히 견딜 수가 없었던 것이다.

"와앗!! 어서 갈아입고 나올게요!"

옷을 든 채 쏜살같이 안쪽으로 뛰어들어 가는 은평을 보며 옆에 있던 옥이 빙긋 웃어 보였다.

"새장이 어지간히 답답했던 모양입니다."

"뭐, 그렇겠지. 여기는 웬만큼 정신이 비틀린 정신 이상자가 아니면 만족하고 있을 수가 없는 곳이니까 말야."

상부 공주의 한쪽 입술이 묘하게 비틀렸다. 비웃고 싶거나 무언가를 비꼬거나 할 때 나오는 그녀 특유의 버릇이었다.

"그럼 저는 정신 이상자입니까?"

"정신 이상자가 아니면 지금 네 녀석이 하고 있는 차림은 뭔데?"

아닌 게 아니라 현재 옥은 다소곳하고 여성스런 말투를 쓰고 있었으며 차림은 화사한 주홍빛의 발랄해 보이는 경장이었다. 여장을 할 때면 언제나 격식 높은 궁장에 화려한 치장을 우선시(!)하던 옥으로서는 꽤 이색적인 차림이라 말할 수 있겠지만 어쨌거나 보통의 사내가 갖추어야 할 모습과는 거리가 멀었다.

"…그리 말씀하시는 어느 분야말로 정신 이상자 아니시옵니까?"

순간 둘 사이에 뭔가 알 수 없는 위험한 파장이 오갔다. 그야말로 눈에서 뭔가가 번쩍한 것 같은 느낌이랄까?

상부 공주의 손이 자신의 키와 비등비등한 옥의 멱살을 잡아 들어 올렸다. 그다지 높이 잡아 올리진 않았지만 멱살만으로 쉽게 들어 올린 것을 봐서는 상부 공주의 힘이 아주 세거나 아니면 옥이 아주 가볍다거나 둘 중의 하나일 것이다.

"많이 컸구나, 사랑스런 동생아. 감히 나에게 대놓고 비꼴 생각을 다 하다니……."

이를 부드득 갈며 눈만은 웃은 채 입으로는 냉기 서린 음성을 내뱉는 상부 공주에게 옥 역시 절대 뒤지지 않았다.

"어머나! 비꼬다니요? 저는 어디까지나……."

상부 공주는 옥의 얼굴을 아주 가까이 맞댄 채 조용히 속삭였다

"유들대기는. 요즘 들어 왜 이리 구는 게냐?"

"반항의 계절인가 보죠."

옥은 멱살이 들어 올려진 가운데서도 상부 공주의 말에 꼬박꼬박 말대답을 했다. 한편 은평은 안에서 부리나케 옷을 갈아입고 나오던 중 상부 공주와 여장 변태가 서로 한 치의 오차도 없이 입맞춤이라도 할 것마냥 맞붙어 있는 것을 목격(?)하고야 말았다.

'캐애애액!! 저, 저게 뭐야아!!'

처음에는 고함을 치고 기겁했으나 생각하다 보니 은평 자신도 모르게 지금의 상황을 나름대로 해석하고 있었다. 어쩌면, 어쩌면 저 둘은……?

조용히 서로를 노려보고 있던 상부 공주와 옥은 뚫어져라 바라보는 시선의 따가움에 고개를 돌려보니 문 쪽에서 뭔가를 생각하는 듯 눈살을 찌푸린 채 얼굴색이 시시각각으로 변하는 은평이 보였다.

"와아! 맞아! 중국 황실에는 근친상간이 꽤 있다고 들었는데 어쩌면 잘 어울리는 한 쌍일지도……."

이제야 깨달았다는 듯 짝 하고 박수까지 쳐 가며 고개를 끄덕거리는

은평을 보며 순간 상부 공주와 옥의 머리 속에 번개같이 스치는 생각이
있었다. 설마 자신들을 엮은 것은 아니겠지?

　등골을 흐르는 오싹함에 둘은 동시에―누가 남매 아니랄까 봐―외쳤다.

　"멋대로 생각하지 마 !! 도대체 무슨 생각을 하고 있는 거야!!"

6

회(會)

회(會)

　가출의 전적과 그 악명이 자자한 상부 공주의 처소답게 금의위들이 철통같이 지키고 있었다. 한 번만 더 공주를 밖으로 순순히 내보냈을 시에는 모두 파직시켜 버리겠다는 황제 폐하의 엄명이 있었다고 엄포를 놓는 단장의 말 덕분에 그들의 감시는 그 어느 때보다 철통같았다.

　인간은 의식주가 위협받게 되는 상황에서는 자신도 모르게 초인적인 능력을 발휘하게 되는 법이다. 보통 때라면 꾸벅꾸벅 졸고 있을 자들마저도 핏발 선 두 눈을 부릅뜬 채 경비를 서고 있었다.

　사실 누가 들으면 그 자리에서 데굴데굴 구르며 박장대소를 터뜨릴 일인지도 모른다. 고작 공주 하나 때문에 금의위 오십 명가량이 처소를 빙 둘러싼 채 감시한다는 것은……

　하지만 금의위들에게는 언제라도 그 웃는 주둥아리를 찢어놓을 각오가 되어 있었다. 어떤 놈이 감히 비웃는단 말인가!

공주전에서 이렇게 경비를 서는 것이 얼마나 지옥 같은 일인지 아는 가? 웬만한 쇠심줄 정신을 갖지 않고서는 도저히 버틸 수가 없다. 한 번 서기 시작하면 한 달간은 공주전 앞에서 죽치고 살아야 하니 집에 두고 온 토끼 같은 자식들과 여우 같은 마누라 얼굴이 새록새록 그리워서 미칠 지경이다.

그것뿐이면 말도 안 한다. 공주는 무슨 심보인지 매일같이 남장을 한 채 금의위들을 쥐도 새도 모르게 한 명씩 때려눕히기가 취미이신 분이고 공주전에 매일같이 들락날락거리는 태자 역시 여장을 한 채 순진한 총각 금의위들을 유혹해서 코피를 터뜨리게 한다거나 과다한 손장난(?)을 유발시킴으로 인해 급기야 쓰러져 궁 밖으로 실려 나가게 하는 것이 취미인 분이시다. 그러니 웬만한 쇠심줄 가지고는 일주일도 못 버티고 홧병, 심각한 외상 내지는 내상, 그리고 지나친 출혈 과다와 정력 갈취, 상사병 등등의 병명으로 실려 나간다.

이 얼마나 슬픈 삶이냔 말이다. 그렇다고 명령 불복종을 하자니 그대로 목이 달아날 판이고 이런저런 이유로 오늘도 우리의 금의위들만 죽어 나는 형편이었다

현재 금의위들에게는 초긴급 비상 명령이 떨어져 있었다. 상부 공주의 환관이 전해준 말인 즉 분위기가 심상치 않다는 것이었다. 거기다가 초 위험 인물인 태자마저 여장을 한 채 공주전에 들어 있어 아무래도 오늘 밤 오백구십이 번째 가출을 감행할 것 같다는 보고였다.

가출!

이 얼마나 두려운 단어냔 말이다. 얼마 전에 있었던 오백구십일 번째 가출에서는 그나마 하룻밤 만에 돌아와 주었지만 이번에 나가게 되면 얼마나 있다가 들어올 것이며 그렇게 되면 그동안 금의위들은 얼마나 시달

했던 것도 잠시, 곁에 있던 남녀 둘이 소녀의 양팔을 잡아 경공으로 빠르게 달리기 시작했다.

─저, 저, 저것들이 감히!!

─막가야, 소리만 치지 말고 가서 잡아야 하지 않겠느냐?

주위 행인들을 밀치고 두 노인이 연한 잔영을 흩뿌리며 지붕의 기와 위로 날아올랐다. 기와 위에 사뿐히 올라선 둘이 애써 안력(眼力)을 돋우어 아래를 내려다봤지만 그새 어디로 꺼졌는지 세 인영은 도무지 보이질 않았다.

"겨우 찾았다 싶었는데 이렇게 어이없이 놓쳐 버렸군."

자신이 생각해도 한심한지 혀를 차던 백염광노의 눈에 번쩍 뜨이는 것이 있었다. 그것은 마치 반딧불의 꼬랑지를 잘라다 붙인 듯이 녹빛의 빛이 아른거리며 움직이는 것으로 가루가 휘날리듯 점점이 흩어져 사라지기도 하며 재빠르게 이동하고 있었다. 안력을 최대한 돋우니 대충 형상이 흐릿하게 눈에 들어왔다.

"찾았다!!"

흰 백의 유삼의 사내와 요염한 미녀, 그 중간에 끼어 있는 짧은 머리의 소녀! 어째서 백의 유삼 사내의 소매 끝 자락에서 저런 것이 휘날리는지는 알 수 없었지만 찾았으니 된 게 아닌가? 백염광노는 파랑군을 미처 챙길 새도 없이 공중으로 몸을 날렸다.

"저놈이 미쳤나?"

뒤에서 파랑군이 뭐라고 씨부렁대며 꽁지 빠지게 좇아오는 소리가 들려왔지만 별로 신경 쓰지는 않았다.

'아까 우리들이 바라보는 것을 느끼고 저렇게 피하고 있는 것이렷다?'

분명 저들은 자신과 파랑군을 경계하고 있는 것이 분명했다. 그렇다면 기껏 발견한 행적을 놓치지 않도록 신중에 신중을 기해 좇아야만 했다. 상대편 쪽의 무공이 더 강하다면 의미없는 일이 되겠지만······.

한데 뭔가 이상하다는 느낌이 들었다. 자신이 좇고 있는 상대가 다름 아닌 황궁 쪽으로 가고 있는 것이었다. 설마설마 했지만 만일 황궁 쪽의 사람들이라면 섣불리 건드려선 안 되었다. 황궁과 강호는 서로가 상호 불가침의 불문율이 존재하기 때문이다.

"뭔가 일이 더럽게 꼬이고 있어······."

그렇다고 자신들이 하늘에 두고 맹세한 주군을 눈앞에서 놓친다는 것도 역시 말이 안 되는 일, 만약 저들이 황궁으로 들어간다면 어찌할 것인지 몸은 경공을 시전하고 있었지만 머리는 지금까지 산전수전을 다 겪으며 살아온 특유의 노련함으로 쉴 새 없이 돌아가고 있었다.

설마 아니겠지라는 바람이 무색하게도 그들은 황궁의 외벽을 타고 담을 넘어버렸다.

"···하는 수 없지."

아랫입술을 꽉 깨문 채 백염광노는 돌아섰다. 살면서 이렇게 억울하고 원통했던 적은 없었다.

"야, 막가야! 갑자기 날아가 버리면 나보고 어쩌라는 게냐?"

뒤늦게 날아온 파랑군이 백염광노의 매끌매끌한 뒤통수를 퍽 하고 후려쳤다. 마치 수박 깨지는 듯한 소리가 나며 진중하고 진지하며 위엄이 잔뜩 서려 있었던 백염광노의 얼굴이 코 푼 종이마냥 구겨졌다.

"야, 이놈아! 기껏 무게 잡고 있었더니 뒤늦게 달려와서 쪽박 깨는 이 꼬락서니를 좀 보소? 네놈이 죽고 싶어 환장했구나?!"

"웃다 지랄 염병하고 자빠졌네. 네놈이 뒤늦게 잡을 무게나 있다더냐?!"

파랑군의 말에 미처 반박하지 못하고 백염광노는 못마땅한 듯 '에잉'

하는 소리와 함께 고개를 돌려 버렸다. 갈수록 첩첩산중이었다. 이제 겨우 찾았다 싶었더니 그 소녀의 신병을 쥐고 있는 자가 황궁에 관련이 있는 자이고 거기다가 빼내오고 싶어도 황궁의 지리를 모르는 자신들로서는 생각만 해도 골치 아픈 일이었다.

한편 정체를 알 수 없는 두 고수를 따돌리기 위해 무작정 월담한 것까지는 좋았지만 무턱대고 뛰어들다 보니 경비병들이 자객이라 소란을 피우고 그 소란에 금의위들과 수많은 병사들이 달려왔다. 거기에 소란의 여파로 수많은 환관과 시녀들까지 고개를 내미는 사태가 벌어져 버렸다.

"자객이다!! 침입자다!!"

목소리가 참 우렁차기도 하지. 상부 공주는 막 월담한 직후 운 나쁘게도 자신들이 뛰어내린 자리가 경비병들이 보초를 서고 있던 자리라는 점에 한숨을 내쉬었다. 조용히 지나가려고 했건만 이런 식으로 사태가 발전하다 보면 분명 자신의 아버지가 졸도할 일이 생길지도 모를 일이었다. 그나마 미복 잠행(微服潛行)하는 것에 대해서는 얌전했던 태자를 자신이 끌어들였다고 노발대발 날뛰는 부황(父皇)의 모습이 머리 속에 선연하게 비춰지자 한숨부터 나왔다.

"에게게? 이게 웬 난리야?"

양팔을 옥과 상부 공주에게 붙들린 채 횃불이 오가며 순식간에 소란스러워지는 황궁의 정경에 은평은 범죄자가 된 기분에 휩싸였다. 특히 병사들이 위협한답시고 창을 들이대며 벽쪽으로 몰아내는데 아무 말도 하지 않고 순순히 따르고 있는 상부 공주를 보고 있자니 자신도 가만있는 게 좋을 듯싶었다.

"공주님!!"

어떻게 알고 달려왔는지 상부 공주의 처소 주위에서 많이 보아왔던 금의위 하나가 경비병들 사이로 보였다.

"도대체 소신들의 목을 모두 쳐내려고 작정을 하신 것이옵니까? 황제 폐하께서 아시면 저희들은 그대로 뎅강이옵니다."

능력도 좋지, 멀리서 황궁에 침입자가 있다는 소식 하나만으로 그것이 공주라는 것을 짐작한 저 금의위는 대단한 선견지명을 가진 것 같았다. 하지만 이 소란이 이는데 설마 황제가 모를까 싶어 왠지 저 금의위에게 동정이 갔다.

"어서 처소로 돌아가시지요. 태… 자 마마와… 님도요."

옥의 차림새를 보니 차마 태자라는 말이 입에서 떨어지지 않는 듯 태와 자라는 글자 사이에는 상당한 시간이 걸렸다. 또한 은평에게 붙일 마땅한 호칭이 없었는지 그저 님이란 글자를 붙여왔다. 아까 무서운 맛을 봐서인지는 몰라도 은평을 바라보는 시선에 경외심이 깔려 있었다.

"황제 폐하께서 아시기 전에 제가 함구령을 내려놓겠사옵니다."

"…이걸 어쩌나? 아바 마마께서 이미 아신 것 같은데?"

평소 같지 않게 생긋 웃으며 금의위를 바라보는 상부 공주의 등 뒤로 황제의 직속 환관의 얼굴이 보이자 금의위의 안색은 푸르죽죽해졌다가 불그죽죽해졌다가 시시각각으로 변했다.

"…네놈이 드디어 노망난 게로구나! 뭐가 어쩌고 저째?! 황궁 벽을 월담해?! 네놈이 정말 제정……!"

"쉿! 목소리를 줄여. 누가 들으면 어쩌려고 그러는 게냐?"

노발대발하는 파랑군의 입을 틀어막으며 백염광노가 주위를 둘러보았다. 객잔으로 돌아온 터라 방엔 둘뿐이었지만 주위를 둘러보며 인기척을 살폈다.

"주군은 분명히 황궁 안에 계신다."

"…하나 만약 그 소녀가 우리들이 찾는 분이 아니라면?"

"너도 듣고 보지 않았느냐?! 그 목소리, 그 뒷모습. 분명히 우리가 찾던 주군이셨다!"

"그래서 어쩌자는 게냐? 무작정 월담해서 우리 둘이 사이좋게 손잡고 황천길 가자고? 황궁의 지리도 모르는데 괜히 갔다가는 죽는다, 이놈아."

"…황궁의 지도야 구하면 그만이다."

"황궁 지도를 구한다고 치자. 그 넓은 황궁 어디에 주군이 있는지 어떻게 아냐? 네놈 눈깔은 천리라도 내다보는 눈깔이었더냐?"

"믿는 구석이 없으면 내가 이러고 있지도 않는다."

백염광노는 자신의 생각대로만 된다면 며칠 내로 주군을 만날 수 있을 것이라 여겼다. 단목 머시기 공잔지 뭔지가 황궁으로 들어갔다면 황실 사람일 가능성이 높았다. 황궁과 연관이 없는 사람이라면 아무리 위급해도 자객으로 몰려 그 자리에서 죽음을 면치 못할 황궁으로 들어가진 않았을 것이다. 분명 전 한림학사까지 지냈던 그 친구라면 자신에게 '황궁의 지리'라는 중요한 정보 줄 수 있을 것이다.

*　　　　*　　　　*

붉은 주단에 금실로 수가 놓아져 촛불 아래 반짝이는 침상 위, 대륙에서는 좀처럼 찾아볼 수 없는 금발벽안에 까무잡잡한 피부의 여인이 비스듬히 앉아 있었다. 길게 허벅지까지 끌리는 금발은 촉촉이 젖어 있어 막 탕에 들어갔다 나온 것 같았다.

그 여인의 금발 못지 않게 방 안도 온통 금색 일색으로 휘황찬란했다. 침상에서 조금 멀찍이 떨어진 원탁 위에 올려진 자그마한 찻잔까지도 금세공을 가미한 것들로 우아하고 화려했다.

금발벽안의 여인은 금으로 된 빗으로 젖은 머리를 빗어 내리고 있었다. 그리고 바로 앞 침상 옆에는 면사를 쓴 여인이 서 있었다.

"어쩐 일인가요? 천하의 루접께서 본녀에게 청을 하러 오시다니?"

"너의 입장이라면 별것 아닌 일이니까 도와주기 어렵진 않을 거야."

"우선은 들어보고요."

자신의 금발을 사랑스러운 시선으로 바라보며 금발벽안의 여인은 몸을 일으켜 침상에 걸터앉았다. 하지만 빗질은 멈추지 않았다.

"환관이나 시녀의 몸 하나만 빌려줬으면 해."

"그것들은 뭐에 쓰시려고?"

"알 것 없어. 빌려주기만 해."

딱 잘라 말하는 루접의 얼굴을 빤히 바라보며 금발벽안의 여인은 의심스럽다는 시선을 감추지 못했다.

"뭐, 좋아요. 루접이 이렇게 직접 부탁하러 행차하셨는데 못 빌려 드릴 게 뭐가 있겠어요. 한데 몸을 빌려달라는 것을 보니 백발문사가 관련된 일이겠군요? 마교에서 탈백술(奪魄術)을 쓰는 사람이래 봤자 그뿐이잖아요. 안 그래요? 황궁으로 백발문사가 잠입할 일이라… 요즘 특별하게 일어난 사건이래 봤자 남장에 미친 공주가 데려온 소녀 정도일 텐데?"

"…남장……?"

남장이라는 말을 듣는 순간 루접의 목소리가 기기묘묘하게 변했다.

"왜 진작 총단(總團)에 보고하지 않았지?"

"어머! 총단과 연락을 끊은 지 벌써 십 년인 걸요."

"연락을 끊었든 하고 있었든 사사화화(死蛇火花) 나요(癩曜) 네년이 천안의 사람이라는 것에는 변함이 없다."

루접의 몸에서 살기가 뻗쳐 나오고 있었다. 하지만 나요라고 불린 여인은 별로 개의치 않는 건지 간이 부은 건지 살기 속에서도 배시시 웃어 보이기까지 했다.

"제가 천안의 사람이라는 점에는 변함없지만 제가 루접 당신의 명령을 따를 의무 따윈 가지고 있지 않다는 것 잘 아실 터인데……?"

"황궁에 들어와 황제의 애첩 노릇을 하더니 간덩이가 부어도 아주 단단히 부은 모양이구나. 네년이 내 명령을 따르지 않아도 되는 존재라고는 하나, 죄에 대한 처벌을 내릴 권한 정도는 나에게 있다."

말이 끝나기가 무섭게 덜컥─ 하는 금속음과 함께 루접의 허리에 매어져 있던 푸른색의 요대(腰帶)가 낭창낭창한 검신으로 화했다.

루접은 아무런 주저 없이 끝이 유연하게 흔들리는 푸른 청옥색의 연검(軟劍)을 나요의 목 언저리로 가져갔다. 검을 들이대는 것조차 보지 못했을 정도의 빠른 손속이었다. 낭창낭창한 연검이 목에 대어져 있는데도 나요는 태연자약 배시시 웃었다.

"검을 치우세요. 여기서 소동을 피우면 곤란한 건 루접이라는 거 아시잖습니까?"

"닥치고 아까 하던 이야기나 마저 해봐."

"아, 그 남장에 미친 공주의 이야기? 문무백관들이 알게 되면 혼삿길 망친다고 황제가 쉬쉬하긴 하는데 워낙 사고를 잘 치고 다녀서 알 만한 사람들은 다 알죠. 막 철이 들 무렵 공부상서(工部尙書)의 금지옥엽(金枝玉葉)에게 청혼(請婚)한 이야기는 너무나도 유명한 일화인걸요."

어렸을 적부터 너무나 남장을 좋아하던 공주의 이야기, 그리고 그와 반대로 너무나 여장을 좋아한 태자의 이야기. 그중 공주가 얼마 전에 기묘한 소녀 하나를 주워온 이야기와 그 소녀가 태자전에서 머물고 있다는 것 등을 나요는 줄줄이 늘어놓기 시작했다.

'…그, 그 백의 미청년이… 여자란 이야기는… 서, 설마… 아니겠지?'

시시각각으로 요상하게 변해가는 루접의 얼굴을 보며 나요가 혀를 찼다. '네 심정 내가 다 이해해. 믿고 싶지 않지?' 라는 표정으로 눈에는 동정의 빛이 어려 있었다.

한편 나요의 처소에서 그다지 멀지 않은 태자전. 옥이 화장을 지우러 간 사이에 상부 공주는 은평에게 꼬치꼬치 캐묻고 있었다.

"노인 둘이 날 노렸다구요?"

"그래, 널 뚫어져라 바라보기에 냅다 뛰었어."

상부 공주가 말하는 그 노인 둘이라면 자신이 깔아뭉갰던 그 노인들이 맞을 것이다. 얼마나 한이 깊었으면 자신이 있는 곳을 어떻게 알고 찾아와 그렇게 살기 어린 시선으로 노려봤던 것일까?

"…피할 필요가진 없었는데……."

"아는 사람들이야?"

"…그렇다고 할 수 있나? 어쨌든 안면은 있는 분들이에요. 제가 큰 잘못을 저질러서 사과를 드려야 하는 입장이죠."

자신이 살아왔던 한국의 노인 공경 사상에 입각해서 볼 때 자신은 뺑소니범(?)이다. 한국에서라면 저녁 9시 뉴스에 '십칠 세 모 소녀, 노인 둘을 깔아뭉개고 부상을 입힌 뒤 도주' 라는 기사가 나왔을지도 모르겠다.

"무슨 잘못인데?"

"아… 그러니까 내가 하늘에서 떨어지면서 두 분을 깔아뭉갰거든요. 그때는 저 때문에 두 분이 죽은 줄 알고 무작정 도망쳤었는데 그것에 원한을 품고 좇아온 것일지도……."

"…하늘에서 떨어져?"

"음…그러니까… 뭔가 하면……."

'트럭에 치어 죽어서 저승이란 곳에 갔더니 저승 사자란 녀석이 냅다 떠밀어서 이곳에 떨어졌어요' 라고 말하면 믿어줄 사람이 몇 명이나 될까? 설명을 하려다 보니 자신이 비참하게 느껴져서 관뒀다. 어차피 믿어줄 사실이 아닌 것을.

"에잇! 어쨌든 두 노인 분을 다치게 해서 제가 그분들에게 사과를 해야 하는 입장이라고요."

상부는 은평의 구구절절한 설명을 들었지만 단순히 사과받으러 쫓아다니는 사람들 같지는 않았다. 거기다가 무림의 인물들인 것을 보면 뭔가 사연이 있는 것 같기도 했지만 둘이 노리는 것이 은평이라면 절대로 내어줄 수 없다는 입장이었다.

*　　　　*　　　　*

한 채의 아담한 모옥(茅屋). 그 주위로 죽림(竹林)이 늘어서 한결 운치를 더하는 집이었다. 학창의(鶴氅衣:제갈량이 입었다고 전해지는 옷. 주로 문사들이 즐겨 입음)를 입은 유생이 죽림 사이를 거닐며 시라도 읊을 듯한 청렴한 분위기. 이 집이 전 한림학사(翰林學士) 황보영(皇甫暎)의 집이라 한다면 그 누구도 믿지 않을 것이다.

황제의 총애와 유생들의 존경을 한몸에 받았던 노학사. 얼마 전 노환을 이유로 한림학사를 사직하고 초야에 묻혀 있지만 그와 함께 학문을 논하고자 찾아오는 유생의 수가 아직도 적지 않다던가?

한데 이곳에 백염광노가 왠일이란 말인가? 도무지 어울리지 않는 분위기였지만 백염광노는 이곳이 아주 익숙한 듯 죽림 사이를 헤치고 모옥 안으로 들어섰다.

학사의 방이라는 것을 증명이라도 하는 듯 양피지에 곱게 싸인 서책들과 방 안 가득 퍼지는 묵향(墨香), 그리고 정갈하게 놓인 난을 친 종이 뭉치들. 그사이에 대나무로 엮어 만든 의자 위에 학창의 차림의 청수한 인상의 노인이 앉아 있었다.

"아니, 이게 누군가?!"

"오랜만이구먼. 잘 지냈나?"

노인은 자리에서 벌떡 일어나 백염광노의 손을 붙들며 호탕하게 웃어 젖혔다. 조용해 보이는 분위기와는 다르게 호방함이 넘쳐 제법 웃음소리가 컸다. 한바탕 웃으며 안부를 주고받은 뒤 자신의 반대 편에 백염광노를 앉히고 서둘러 찻잔과 차 주전자를 들고 와 그윽한 향기가 풍기는 벽라춘(碧螺春)을 따라놓았다.

"거의 팔 년 만인가? 영원히 연락 않고 살 것 같더니 어쩐 일로 나를 찾아온 겐가?"

백염광노는 자신의 대머리를 긁적이더니 이야기하기가 조금 염치없었던 듯 벽라춘을 한 모금 들이켰다. 따스한 온기와 그윽한 향기가 목구멍을 타고 식도로 넘어가자 이야기할 마음이 생기는지 조심스레 입을 열었다.

"거두절미하고⋯ 도움을 청하고자 왔네."

오랫동안 소식조차 주고받지 않다가 갑자기 찾아온 이유가 도움을 청하기 위해서라니, 아무리 낯짝이 두꺼운 인간이라도 망설이는 기색이 역력했다.

"도움? 검과 벗하며 사는 자네를 나 같은 벽창호 늙은이가 도와줄 일도 있나?"

노인이 껄껄 웃으며 손을 마주 비볐다. 호기심이 동할 때의 버릇인 듯싶었다. 백염광노는 미리 준비해 둔 초상화를 품에서 꺼냈다.

"이것을 좀 보게나."

전문적인 화공이 그린 것은 아닌 듯 볼품없지만 인물의 특징적인 면은 잘 나타나 있었다.

이 초상화의 실제 인물은 보기 드문 미청년일 듯싶었다. 한데 초상화를 보던 노인의 얼굴이 이내 이상하게 구겨져 갔다. 뭐랄까, 굉장히 기기묘묘하고 말하기 남사스럽다는 표정.

"…이자가 누군지 혹시 아나?"

"그럼 알다마다. 황궁에선 삼척동자라도 다 아는 분인걸."

"누군가?!"

노인의 말에 백염광노의 목소리에 화색이 돌았다.

"이 벽창호의 기억력이 틀리지 않는다면 당금 황제 폐하의 장녀이신 상부 공주 마마 같네만……."

순간 백염광노는 자신이 많이 늙었구나라고 생각했다. 생각지도 않은 환청이 들리니 말이다.

"…푸하하핫! 늙어서 가는귀가 먹나 보이. 다시 한 번만 말해 주겠나?"

"황제 폐하의 장녀이신 상부 공주 마마의 얼굴이라고 했네만……."

현실을 부정하고 싶은 듯한 백염광노를 바라보며 노인은 혀를 찼다. 아마 절대 믿고 싶지 않을 것이다. 하지만 남장이 너무나도 잘 어울리는 공주에 이어서 여장이 너무나도 잘 어울리는 태자의 이야기까지 해주면 그의 충격이 너무 클 것 같아 노인은 친우의 수명을 생각해서라도 그 부분에 대해서는 입을 다물었다.

"…말도 안 돼!! 나의 주군께서 그런 파렴치한―어째서 파렴치한 것인지는 알 수 없지만―변태(?)에게 붙잡혀(?) 계신단 말인가!?"

"이 사람이 누구 보고 변태라는 건가? 그럼 다음 대 황제가 되실 분도 변태란 소린가?"

자신이 어렸을 적 학문을 가르쳤던 태자의 성정을 보자면 절대로 변태는 아니었다. 그저 너무나 특이할 뿐. 다만 그 특이함이 도를 좀 넘어서서 그게 문제긴 했지만…….

"뭣?!

지금 뭐라고……?"

"…험험! 아무것도 아니네."

순간적으로 화를 내버린 노인은 무안한 듯 헛기침을 해대며 중얼거렸다. 하지만 백염광노는 뭔가 충격적인 말을 들은 것 같은 기분이 들었지만 더 이상 캐묻지는 않았다.

*　　　*　　　*

객잔의 한 방. 원탁을 둘러싸고 루접과 백발문사가 앉아 있었다. 그리고 그 뒤로는 죽은 듯 멍한 눈을 한 채 허리를 약간 숙이고 환관 하나가 서 있었다.

"환관입니까?"

"그래요. 우선은 급한 대로 나요에게 도움을 청해 구해온 자이니 요긴하게 써주세요."

평범하게 생긴 얼굴에 최면에라도 걸린 것인지 멍하니 허공을 바라보고 있는 환관은 사람들로 하여금 소름이 돋게 하는 인상이었다.

"그리고 그날 나요가 황제를 구슬려 아마 공주전 처소 쪽에는 금의위만 배치하고 환관이나 궁녀들은 배치하지 않도록 한다 했으니 그리 어렵진 않을 겁니다. 거기다가 통로의 위치쯤은 다 외우고 계실 터이니……."

백발문사가 곁에 서 있던 밀랍아에게 턱짓을 했다. 미리 준비하고 있었던 듯 쟁반에 향이 모락모락 피어오르는 분향을 받쳐 들고 서 있었다.

"그럼……."

가볍게 고개를 숙여 보인 뒤 루접이 방을 나갔다. 문이 닫히는 소리와 함께 방 안에는 정적이 감돌았다. 밀랍아도 백발문사도 아무런 말이 없었다.

그러기를 일 다경(一茶頃)쯤 되었을까.

"…너는 나의 이목이 된다. 너는 이 순간부터 자아(自我)도, 혼(魂)도, 그 무엇도 없다."

색소가 옅어 옅은 회색으로 보이는 백발문사의 눈동자가 환관의 멍한 동공을 응시했다. 그와 동시에 그의 목에서 나지막하지만 마치 쇠로 쇠를 긁는 듯한 소름 끼치는, 지금까지 들어왔던 백발문사의 음성과는 전혀 다른 목소리가 울려 퍼졌다.

*   *   *

야심한 밤. 불은 모두 꺼진 지 오래였고 어디에선가 축시를 알리는 종이 울려 퍼졌다. 검은 복면과 몸에 달라붙는 검은 옷으로 온통 무장을 한 두 노인, 아니, 백염광노와 파랑군이 황궁 외벽에 당도해 축시를 알리는 종소리가 울리자 서로 눈길을 주고받았다. 그 순간 백염광노가 위로 날렵하게 뛰어올랐다.

"없느냐?"

"조용히 들어와라."

벽에 몸을 딱 붙인 채 대화를 주고받던 파랑군이 그 뒤를 이어 담 위로 뛰어올랐다. 날렵한 동작으로 높은 담을 넘은 파랑군은 백염광노에게 중얼거렸다.

"길은 제대로 아는 거냐?"

백염광노는 못내 못 미덥다는 듯 구시렁거리는 파랑군의 목덜미를 잡아끌며 걸음을 재촉했다. 보통 무공을 모르는 병사들이야 속여 넘기기 어려운 일은 아니지만 금의위란 것들이 문제였다. 하필이면 자신의 주군은 들어가도 황궁으로 들어갔냐고 속으로 투덜댔다. 황궁에 몰래 잠입한다는 일이 얼마나 위험한 일인지는 알고 계시기는 한 건지······.

일단 가장 높은 외벽을 넘어 가장 외지다는 황궁 구석으로 들어오기는 했으나 흔한 병사 하나, 환관이나 궁녀들 역시 보이질 않았다. 하다못해 금의위마저도 말이다.

─이놈아, 어째서 금의위도 안 보이는 게냐?!

─그걸 내가 어찌 알아?!

두 노인은 전음을 주고받으며 주변의 기척을 살폈다.

아주 멀리서 들려오는 기척 소리는 있었으나 주변은 아무런 기척도 없는 것이 분명했다. 기척을 최대한 숨기고 살금살금 걸어가 불이 환히 켜진 곳으로 나오니 그제야 금의위들이 하나둘씩 보이기 시작했다.

하지만 예상했던 것치고는 너무도 적은 숫자였다. 일이 너무나 쉽게 풀리니 의심도 들었고 이상한 감도 들었지만 두 노인은 그저 하늘이 돕는가 보다라는 무책임한 생각으로 계속해서 걸어나갔다.

건청문(乾淸門)이라고 쓰인 문이 보이는 것으로 보아 거의 다 와가는 듯싶었다. 자신의 친우가 알려준 것에 따르면 황궁의 정문인 오문(午門), 그 다음으로 내금수교(內金水橋), 태화문(太和門), 태화전(太和殿), 중화전(中和殿), 보화전(保和殿), 건청문(乾淸門)이 나오고 황제의 집무실이라고 할 수 있는 건청궁(乾淸宮)이 나오며 그 뒤편으로 황제의 가족들이 거처하는 곳이 나온다고 했다.

물론 그 수많은 거처들 사이에서 상부 공주의 거처는 자신의 친우도 잘 알지 못했다. 다만 친우의 말에 따르면 분명 공주의 거처에는 금의위들이 공주의 가출을 막기 위해 거의 하루 종일 지키고 서 있는다 했으니 찾기는 쉬울 것이었다.

하나 세상일이란 것이 말처럼 쉽게 이루어진다면 좋겠지만 절대로 그렇지 않다는 것이 문제였다.

―저 많은 전각들 사이에서 무슨 수로 찾나?

―금의위가 많이 모여 있는 곳을 뒤져 보아라.

―뒤지는 것도 정도가 있지! 저건 너무 많잖아!! 게다가 위로 떠오를 수도 없고. 아무리 적은 수라지만 이 주변의 금의위에게 들킬 게 뻔해!

살기 어린 눈빛(?)으로 한참 전음을 주고받던 백염광노는 침음성을 냈다.

―하는 수 없군… 가라, 이놈아!!

백염광노는 대뜸 자신의 옆에 있던 파랑군의 혈을 짚었다. 갑작스런 공격(?)으로 온몸이 빳빳이 굳은 파랑군을 집어 들기는 공깃돌 놀이하는 것만큼이나 쉬운 일이었다.

"이, 이놈이… 갑자기 뭐 하는 짓이냐!!"

이곳이 황궁 한복판 것도 잊고 파랑군이 전음 대신 자신의 목소리를 높였다. 그리고 백염광노는 아무런 미련 없이 들어 올린 파랑군을 하늘 높이 던지는 것과 동시에 지공을 날려 짚었던 혈도를 푸는 묘기(?)를 보였다.

―금의위들을 부탁한다, 이놈아!

백염광노는 얼른 은신술을 이용해 몸을 숨겼고 졸지에 허공에 던져진 파랑군은 주변 금의위들의 시선을 모조리 잡아끄는 결과를 낳고 말았다.

"자객이다!!"

"놓치지 마라!! 침입자다!!"

주변 금의위들이 부산스러워지고 있었다. 그리고 파랑군 쪽으로 온통 몰려들었다. 파랑군은 간신히 풀린 혈도로 인해 일단 허공에서 경신술을 이용해 균형을 잡고 높은 전각들 틈으로 몸을 던졌다. 일단은 금의위들의 추격을 따돌리기 위해서였다.

주변 금의위들이 모조리 물려간 틈을 타 백염광노는 경공술을 이용해 하늘로 날아올라 공주의 거처로 짐작되는, 이른바 금의위들이 인간벽(?)을 만들고 있는 전각을 찾아낼 수 있었다. 혹시라도 금의위에게 들킬까 무서워 재빨리 내려온 백염광노의 귓가로 전음이 들려왔다.

— 이이… 죽일놈!! 일단 저놈들부터 따돌리고 보자!!

백염광노가 잠시 기다리고 있자 이내 주변에 파랑군이 나타났다. 여전히 씩씩대고 있는 폼새가 상당히 화가 난 듯했지만 무엇보다도 급한 일이 기다리고 있는지라 화를 삭히는 듯했다. 일 각이 여삼추라 둘은 지붕을 이용해 최대한 빨리 내궁 깊숙이 들어갔다.

— 저기 저곳이다. 일단 따라와라.

— 썩을 놈, 나중에 두고 보자.

상부 공주의 처소는 금의위들이 쫙 깔린 채 물샐틈없이 지켜서고 있었다. 환하게 횃불을 치켜든 채 기십 명은 되어 보이는 금의위들이 담을 둘러서 있었다. 고작 공주의 가출을 막기 위해 저런 철통같은 방비를 한다니 황제의 고초를 알 듯도 싶어 백염광노와 파랑군은 속으로 혀를 차댔다. 게다가 저렇게 금의위들이 지키고 서 있음에도 변함없이 꿋꿋하게(?) 가출을 하는 공주의 무공 역시 대단할 것이라 짐작되었다.

"게 누구냐?!"

잠시 방심하여 숨을 흩뜨려 버린 파랑군의 실수로 금의위 하나가 날카롭게 소리쳤다. 백염광노는 파랑군을 잔뜩 째렸다.

— 이 늙은이가 다된 밥에 재를 뿌려?

— 누가 하고 싶어서 했냐?

위기 상황이 닥쳐도 둘의 말싸움은 여전했다. 담력이 좋은 건지 아니면 간이 부어 배 밖으로 튀어나온 건지…….

"자객이다!! 저 두 놈을 잡아라!!"

"아니, 저 새끼가 누굴 보고 놈이래?!"

자신보다 새파랗게 어린것에게 놈 소리를 들으니 기분이 좋지 않은 듯 파랑군이 분개했다. 백염광노는 파랑군의 목덜미를 잡아 말리며 지붕으로 뛰어올랐다. 금의위들도 둘을 잡기 위해 지붕으로 오르려고 할 무렵,

"멈춰라!!"

검은 흑단의 구룡포와 면류관을 차려입은 태자의 목소리에 금의위들은 모두 흠칫하며 그 자리에 멈춰 섰다. 지금까지 보여준 적 없던 위엄으로 금의위들을 모두 굳게 만든 장본인은 공주전 밖으로 천천히 걸어나왔다.

"모두 물러가라."

"하, 하오나 저들은 위험한 자객이옵니다."

"나의 벗들이니 물러가도 좋다."

쭈뼛거리면서도 금의위들이 좀처럼 물러갈 생각을 하지 않자 옥이 일갈을 내질렀다.

"물러가라고 하질 않았느냐!!"

"폐하의 명이옵니다. 저희들은 한시도 여기에서 벗어날 수 없……."

"책임은 내가 진다. 물러가라!"

지금껏 한 번도 보여준 적 없는 위엄과 격노한 일갈. 언제나 방실방실 웃는 얼굴에 꽃같이 아름다운 태자의 여장만을 보아온 금의위들에게는 그 모습이 꽤 충격적이었다.

"지금 나의 말을 거역하겠다는 것이냐? 이 나라의 태자인 나를?!"

"…아, 아니옵니다. 물러가겠나이다."

이미 기선을 제압당해 버린 금의위들은 하나둘씩 공기를 가르는 소리를 내며 사라졌다. 그리고 태자는 막 도망치려다가 옥의 고함에 놀라 굳어버린 두 노인에게로 천천히 다가갔다.

"간들이 크십니다그려. 보아하니 무림인들 같소만 감히 공주전에 잠입할 생각을 하다니 말이오."

두 노인은 옥의 얼굴이 그때 자신들의 주군과 같이 있던 절세의 미녀라는 것에 잠시 굳어 있던 참이었다. 분명히 지금의 행색은 남자인데 둘의 기억 속에 있던 옥은 절세의 미녀이니 어떻게 대해야 할지 막막한 표정이었다.

"이곳은 벽에도 눈과 귀가 있으니 우선은 들어가십시다. 당신네들은 다시 나가면 그만이겠지만 나는 아니니 말이오."

뭔가 의미심장한 말과 함께 옥이 등을 돌렸다. 무림인들인 두 노인이 공격을 가해올 수 있음에도 그의 태도는 유유자적하기만 했다.

"거기 계속 서 계실 참이오?"

도대체 상황이 어떻게 돌아가는 건지 어안이 벙벙해진 둘은 그 말에 화들짝 정신을 차리고 옥을 따라 안으로 들어갔다. 공주전 안은 환관과 궁녀들이 코빼기도 보이지 않았다. 아까부터 계속 느꼈던 것이지만 황궁 안에서 환관과 궁녀들이 모두 잠적이라도 해버린 것 같다. 도대체 이게 있을 수 있는 일이란 말인가?

도저히 여성의 규방(閨房)이라고는 볼 수 없는 풍경이었다. 황궁 특유의 화려함이 있지만 그 흔한 향료 냄새 하나 나질 않고 여성다운 장식품 또한 보이질 않았다. 누가 봤다면 공주전이라고는 믿지 않을 그런 방이었다.

그 안쪽으로 들어가니 바닥에 깔린 붉은 융단이 서걱거리며 발에 부드럽게 감겨왔다. 그리고 벽쪽에 붙여진 안락의자에는 푸른 자기의 찻잔을 든 여성이 앉아 있었다. 머리에는 그 흔한 옥잠(玉簪) 하나 꽂지 않은 채 그저 곱게 빗어 긴 머리를 풀어 내리고 있었다. 옷 역시 능라로 만든 고급스러운 궁장이었지만 장신구를 모두 빼내 버린지라 뭔가 빠진 것 같은 느낌의 옷이었다.

"아, 수고했다."

옥을 향해 고개를 끄덕인 상부 공주는 찻잔을 내려놓고 자리에서 일어났다. 앉아 있을 땐 몰랐지만 남자 못지 않은 훤칠한 장신이었다.

"…이곳까진 무엇 하러 왔소?"

자신들이 이곳에 올 줄 미리 짐작이라도 한 듯싶었지만 왜 왔는지까진 짐작하지 못하는 듯했다. 백염광노는 가슴을 펴며 상부 공주를 노려보았다.

"그분은 어디에 계시오?"

"…그분?"

"당신이 납치(?)한 소녀 말이외다!"

이번에는 공주와 옥이 어안이 벙벙한 듯 잠시 고개를 갸웃거리다가 그들이 말하는 것이 은평인 줄 짐작하고 눈살을 찌푸렸다.

"내가 내 돈을 주고 산 내 것이다. 너희 같은 하찮은 것들이 상관할 일이 아냐!"

공력이 실린 듯 듣는 순간 귀가 얼얼할 정도의 충격이 전해져 왔다. 잠시 귓가를 어루만진 둘은 자신들의 공력이 심후하지 않았다면 상당한 충격이었을 거라고 짐작했다. 하지만 그 둘에 비해서 바로 곁에 서 있던 태자는 아무렇지도 않은 듯 싱긋 웃는 옥용(玉容)을 유지하고 있었다.

"그대들이 황궁에 잠입할 줄은 짐작하고 있었다. 내가 아는 최대한의 경공을 사용했는데도 용케도 쫓아왔으니 말이다. 무슨 수를 쓰더라도 들어오리라 생각했지. 하지만 내 것을 건드리면 살려두지 않을 것이니 목숨이 아깝다면 돌아가라!"

"우리의 주군은 어디에 계시오니까? 우린 이미 하늘에 대고 맹세를 하였소이다. 그분을 주군으로 모시겠다고."

"우습군, 백염광노와 파랑군. 무공 하나 모르는 소녀를 주군으로 모시겠다?"

무림인도 아닌 공주가 어찌 자신들의 정체를 짐작했을까? 뭔가 심상치 않은 느낌에 둘은 염두를 굴렸다. 자신들의 주군은 이곳에 있을지 아니면 다른 곳에 피납되었을지도 모르겠다는 생각을 했다.

그때 '펑' 하고 밤하늘을 밝게 수놓는 불꽃과 청천벽력 같은 소리에 모두의 시선이 문쪽으로 집중되었다.

"…신호탄의 냄새로군. 네놈들의 또 다른 패거리들이냐?"

희미하게 퍼지는 화약 냄새를 감지한 듯 상부 공주의 눈가에 살기가 어렸다. 좌중들 중 누구도 감지하지 못했던 것을 감지해 내다니 과연 이 중에서 가장 공력이 심후한 자는 상부공주일 듯싶었다.

"우리도 모르는 일이오. 우리는 항상 개인으로 행동할 뿐 집단 같은 것은 거느리고 있지 않소."

"그래, 확실히 그런 보고를 들었었지."

그 순간 멀리서 작게 외마디 비명이 들려왔다. 꽤 떨어진 거리였지만 좌중 모두 들은 듯 소리가 난 쪽을 향해서 우르르 몰려가기 시작했다. 소리가 난 곳은 공주전 뒤편의 문쪽에 장식처럼 꾸며둔 작은 화원이었다.

"은평아!"

그곳에 은평이 있었던 듯 주위를 둘러보며 옥과 공주가 소리를 질렀지만 아무도 보이지 않고 벽력탄을 쏘아 올린 듯 화약 냄새만 가득했다.

"…이럴 줄 알았으면 혼자 두는 것이 아니었거늘……."

공주는 옥과 환관들을 같이 있게 할 걸 그랬다고 뒤늦게 후회했지만 이미 때는 늦었다.

"…누님, 설마……?"

뭔가 기척을 느낀 듯 옥이 아무것도 없는 돌벽 쪽으로 다가가 무언가를 더듬었다. 옥의 그런 행동을 보고 공주 역시 뭔가 짐작 가는 것이 있는 듯 백염광노와 파랑군을 죽일 듯 노려보았다.

"네깟 것들이 어찌 황족만이 알고 있는 비밀 통로를 알고 있었는지는 모르겠다만… 감히 내 것을 빼돌려?"

비밀 통로의 비 자도 들어본 적이 없는 두 노인은 팔짝 뛰고 싶은 기분이었다. 하지만 변명이 통할 것 같은 얼굴이 아니었다. 공주의 얼굴은 이미 나찰같이 변해 살기를 가득 머금고 있었다.

"거기 서라!!"

벽을 더듬어 통로를 열어낸 옥은 누군가를 발견한 듯 날카롭게 소리쳤지만 갑자기 비명을 지르며 물러났다. 그도 그럴 것이 수많은 벌들이 달려들었던 것이다.

윙윙거리는 소리를 내며 달려드는 벌들은 혐오감을 일으키기에 충분했다. 갑자기 몇만 마리에 달하는 벌들이 어디서 생긴 건지는 잘 알 수 없었지만 특히 곤충 공포증을 안고 있던 옥으로서는 고문에 가까운 일이었다.

"으아아악! 누님! 저것들 좀 어떻게 해봐요!"

옥이 뒤로 물러나자 벌들은 갑자기 여러 갈래로 나뉘어 상부 공주와 백염광노, 파랑군 등을 향해 공격해 들어왔다. 자신이 아는 최대한의 권(拳)을 이용해 벌들을 때려죽여 보았지만 수가 너무 많았다. 게다가 이미 그들의 발치에는 벌들이 침을 쏘고 나가떨어진 사체들로 가득했다.

"옥아! 향을 가져다 뿌려!!"

벽력탄의 연기가 아직 가시지 않아 벌들이 연기 쪽으로는 가까이 가지 않는 것을 보고 그곳으로 신형을 움직인 상부 공주는 이리저리 벌들을 피해 다니고 있는 옥에게 소리쳤다.

"우리도 연기 속으로 들어가자!"

백염광노와 파랑군 역시 연기 속으로 들어가자 한결 공격해 오는 벌들의 수가 줄어들었다. 하지만 이미 천천히 가셔가고 있는 연기가 얼마나 갈지 알 수 없었다.

안에 들어가서 방충용으로 피워두었던 향을 잔뜩 들고 나온 옥은 연기를 이리저리 흩뿌려 댔다. 이내 벌들이 힘을 잃고 하나둘씩 땅바닥에 떨어지고 있었다.

"…제법이군요."

아직 죽지 않고 살아 있었던 벌들이 갑자기 목소리가 난 쪽으로 날아들기 시작했다. 어느새 나타났는지 온몸과 심지어는 얼굴마저 조금의 틈도 없이 붕대로 친친 동여맨 얇은 초의(草衣)를 입은 여인이 홀연히 서 있었다. 수많은 벌들은 모두 일사불란하게 초의여인의 소맷자락 속으로 사라져 가고 있었다.

"너, 너는 밀랍아……?"

어째서 그녀가 이곳에 있는 것인지는 알 수 없었지만 밀랍아가 자신들을 방해하고 있다는 데 큰 충격을 느낀 듯 백염광노의 목소리가 심하게 떨리고 있었다. 아마도 밀랍아가 이곳에 있다면 백발문사가 자신들의 주군을 빼돌렸을 것이다. 저 둘은 거의 항상 같이 붙어 다닌다는 소문이니 말이다.

"네년이 벌을 조종한다는 이야기는 많이 들었지만 이 정도일 줄은 몰랐구나."

그녀가 곤충을, 특히 벌들을 부린다는 이야기는 들었지만 이 정도일 줄은 몰랐다. 그저 벌들을 부리면 얼마나 부리겠거니 하고 웃어넘겼거늘.

"밀랍아라… 들은 적이 있다. 마교 교주의 가장 가까운 측근 중 한 사람이자 곤충을 부리는 여자."

"듣던 대로 신위가 대단하십니다, 공주 마마."

무심한 음성이었지만 비아냥거리는 투인 것 같아 상부 공주는 입술을 질끈 깨물었다.

"…내 것을 어디로 빼돌렸느냐(상부 공주)?"

"은평님은 어디에 계십니까(옥)?!"

"우리의 주군을 돌려다오(백염광노)!"

"주군은 무사하신 게냐(파랑군)?!"

갑자기 네 마디 음성이 동시 다발적으로 쏟아져 나왔다. 밀랍아는 한동안 아무 말 없다가 좌중을 둘러보며 입을 열었다.

"그 소녀의 가치가 어느 정도인지는 모르지만 나의 주군 또한 그분을 원하고 계십니다. 주군께서 원하시니 신하된 도리로 따라야겠지요."

밀랍아의 두 손이 치켜 올려지고 소맷자락에서 아까의 벌들과는 비교도 되지 않을 만큼 큰 몸집을 가진 벌들이 쏟아져 나오기 시작했다. 크기도 보통 벌들의 다섯 배나 되는 것들이고 푸르스름한 빛이 감도는 몸뚱이에 날개도 오색 빛의 광채가 서려 있어 화려했다. 그리고 그 벌들이 나오면 나올수록 밀랍아의 손끝에서부터 붕대가 흐물흐물 풀어지며 양팔에 담겨 있던 소맷자락이 헐렁해져 갔다.

"…설마 이 아이들까지 쓰게 될 줄은 몰랐습니다만 어디 한 번 막아내 보시죠."

벌들이 모두 나오고 나자 팔이 있어야 할 두 소맷자락엔 팔은 간데없고 헐렁한 소매만 펄럭여 댔다. 붕대도 밀랍아 그녀의 발치께로 떨어져 있었다. 소매와 붕대로 휘감은 팔이 모두 벌을 담고 있었다니 모두는 그저 놀랄 따름이었다.

"저, 저건 남만사독봉(南蠻死毒蜂)!"

"이 아이들을 알아보다니 대단하시네요. 이 아이들은 아까의 보통 벌들과는 다를 겁니다. 흡혈(吸血)을 즐기는 아이들이거든요."

벌들이 내는 날갯짓 소리에 귀가 멍멍해질 지경이었다. 수는 아까보다 적을지 몰라도 절대로 만만치 않은 것들이었다. 상부 공주 그녀가 읽은 기록에 따르자면 저 벌들은 집단으로 떼를 지어 사람을 공격하는데 순식간에 피가 완전히 다 빨려 시체가 마치 마른나무처럼 변해 나가떨어진다고 했다. 서식지는 그저 남만의 습지대라고 짐작만 할 뿐 보통의 벌들처럼 군락을 이루고 사는지조차 명백하게 밝혀진 바 없는 곤충들이었다.

"나의 아이들아, 한동안 굶주렸지? 신선한 피가 저기 있다. 포식하고 오렴."

마치 갓난아기를 어르는 듯한 다정한 음성으로 밀랍아는 벌들을 다독거리기 시작했다. 그걸 신호로 벌들이 일제히 네 사람에게 날아들었다.

"으아아아악!!"

곤충 공포증이 있는 옥이 체통이고 뭐고 다 버리고 비명을 지르며 이리저리 날뛰기 시작했다. 공포에 질리기 시작하니 무공이고 뭐고 쓸 겨를도 없이 날뛰어대는 동생을 보며 도와줄 수가 없는 상부 공주는 이를 악물며 자신에게로 날아오는 독벌들을 막아내는 데만 급급했다. 한번 방심하여 물리고 나니 거머리에게 빨린 것마냥 커다란 상처와 함께 피가 뭉클뭉클 솟아 나왔다.

"제길!"

최대한 공력을 끌어올려 선천강기를 형성했지만 지닌 무기가 없어 권으로만 상대하긴 역부족이었다.

"무무강(武舞疆)! 무무진(武舞進)!"

백염광노는 쉴 새 없이 도를 뻗어 독벌의 몸을 두 동강 내었다. 베는 순간 이미 검붉게 변해가는 핏물과 함께 내장이 툭툭 터져 나오며 옷과 얼굴 등지에 튀고 있었다. 피가 묻기 시작하자 피 내음을 맡고 더욱더 날뛰는 벌들 때문에 베면 벨수록 더 불리해졌다.

"폭랑(暴狼)!"

파랑군은 최대한 공력을 끌어올려 호신강기를 형성해 보았지만 오래 버티지 못할 듯싶었다. 선천강기에 자신이 쓸 수 있는 최대한의 무공들을 모두 사용해 보았지만 전혀 숫자가 줄지를 않았다.

"빌어먹을!"

한낱 미물에 불과한 벌에게 이런 수모를 당할 줄은 꿈에도 생각지 못했던지라 울분을 토하며 상부 공주가 사자후(獅子吼)를 내질렀다. 물러간 금의위들이 듣기는 바라는 마음도 함께 실어서.

"…제 아이들이 충분히 놀아드릴 겁니다. 저는 이만."

밀랍아는 뒤돌아서 비밀 통로로 몸을 던졌다. 그녀를 삼키고 난 통로는 과연 그 자리에 통로가 있었나 할 만큼 금세 다시 그 본래의 모습으로 되돌아갔다.

"크아아악!"

째지는 듯한 비명에 주위를 돌아보니 여전히 옥은 이형환위(移形換位)로 이리저리 날뛰고 있었다. 단순히 경신법으로 도망 다니는 것이지만 어찌나 빠른지 남만사독봉 역시 옥에게는 손끝 하나 대지 못했다.

'…여전히 경신술만은 따를 자가 없네.'

'풋' 하고 실소한 상부 공주는 순간 잠시 방심하여 벌에게 물리고 말았다.

"이 녀석아, 정신 차리고 가서 금의위를 불러와!!"

하지만 이미 정신이 반쯤 나가 버린 옥에게는 잘 들리지 않는 것 같았다. 개똥도 약에 쓸려면 없다더니, 속으로 투덜거리며 얼굴 쪽으로 돌진해 오는 벌을 권으로 쳐냈다.

'하는 수 없지. 쓰고 싶지 않았지만.'

곁눈질을 하니 백염광노와 파랑군도 그다지 좋은 상황은 아닌 것 같아 보였다. 벌은 죽이면 죽일수록 더욱더 날뛸뿐더러 죽은 동료의 사체로 몰려들어 피를 빨아대었다. 마치 피에 미친 악귀 같은 몰골들이었다.

"만천화우(滿天花雨)!"

사천당문(四川唐門)의 으뜸가는 무공이나 이미 근 이십 년 전에 실전되어 사라졌던 절기가 지금 상부 공주의 손에서 펼쳐지고 있었다. 마치 꽃비가 내리는 것마냥 암기가 공중에서 남만사독봉을 쳐내고 있었다.

벌은 암기가 닿는 순간 퍼석거리는 소리와 함께 원형의 모습을 잃고 피와 육괴 덩어리로 변해갔다.

'…이십 년 전 멸문당한 사천당문과 함께 실전된 절기가 어찌……?'

백염광노의 등골로 식은땀이 스치고 지나갔다. 사천당문이 멸문지화(滅門之禍)당하여 그 가주였던 귀왕려곤(鬼王黎棍) 당백지(唐柏知)의 죽음과 더불어 실전된 무공이었다. 후에 다른 문파에 파견 나가 있어 몇몇 살아남은 그 후예들이 다시 당문을 세웠으나 예전의 위세를 찾아보기 어려운 처지였다. 만천화우나 비황지(飛蝗支) 등의 많은 절기들이 실전되었고 더불어 당문의 실질적인 실세들이 멸문 때 거의 죽어 나가 암기는 물론 당문의 뼈대라 할 수 있는 근본적인 것들을 구현해 낼 수 없었다. 한데 그것이 어찌 무림도 아니고 황실 공주의 손에서 펼쳐지고 있단 말인가?

"쳇, 별로 쓰고 싶진 않았는데……."

공주는 암기에 찍혀 널브러진 남만사독봉의 사체를 발로 차며 툴툴댔다.

"으아아악!! 누님! 이것들도 좀 어떻게 해봐요!"

여전히 벌들을 피해 이리저리 날아다니고 있던 옥을 보며 상부 공주는 혀를 찼다. 저 녀석도 자신만큼은 아니지만 어느 정도 구색은 갖추어 만천화우를 쓸 수 있음에도 뭐가 저리도 무섭다고 저 난리인지.

"힘이 넘치는구나. 계속 쫓겨 다니고 있으렴."

멍하니 굳어서 예사롭지 않은 눈빛으로 자신을 바라보는 두 노인네를 무시한 채 공주는 벽으로 다가갔다. 밀랍아가 나간 기관인 듯한 한곳을 눌러 통로를 연 상부 공주는 주저없이 안으로 뛰어들었다.

"……"

그 안은 보통 성인이 허리를 구부려야 서 있을 수 있는 높이다. 어두워서 아무것도 보이지는 않았지만 안력을 돋우고 잠시 기다리니 이내 사물의 형체가 눈에 들어왔다.

공주는 어렸을 적부터 교육을 받아와 눈 감고도 다닐 수 있는 익숙한 통로를 이내 달리기 시작했다. 보통 사람의 키보다 훨씬 낮은 통에 경공술을 쓸 수가 없으니 답답할 따름이었다.

'황궁의 바깥으로 통하는 통로로 나갔겠지?'

돌들을 일정한 배열로 쌓아 가도가도 똑같은 길의 연속인 것 같은, 마치 미로처럼 이리저리 얽히고설킨 길들 중에서도 용케 갈 길을 찾아 계속 앞으로 나아가기를 한 시진쯤 되었을까, 옅은 달빛이 새어 들어오며 천장 쪽으로 출구가 보였다. 그런데 그 출구의 바로 아래에 환관 하나가 쭈그리고 앉아 있지 않은가?

'…이자는?'

정신을 잃은 듯 눈을 꼭 감은 채 온몸을 웅크리고 있는 환관의 얼굴을 찬찬히 살펴본 상부 공주의 눈가에 노기가 서렸다. 자신과 일면식이 있는 자였다.

'내 기억대로라면 이자는 분명 강숙비(講淑妃)의 거처에 배정되어 있던 놈이다.'

상부 공주는 분노를 주체하지 못해 손을 꼭 쥔 채 부들부들 떨었다.

7
대 면

대면

　"에구구, 내 신세야!"

　은평은 화단 한구석에 옷이 더러워지든 말든 털버덕 주저앉았다. 하늘
위를 올려다보자 매연에 찌들어 볼 수 없었던 별들이 까만 융단 위에서
반짝이고 있었다.

　"괜히 이곳으로 오겠다고 했나? 이상한 변태 남매한테 잡혀서 오도 가
도 못하고……."

　은평은 먹여주고 재워주고 입혀주는 건 고맙지만 말끝마다 내 것, 내
것 소유권을 주장해 가며 사람을 피곤하게 만드는 남장 변태와 말투는
존대지만 하는 소리마다 사람 속을 벅벅 긁어놓는 여장 변태. 이 두 인
간 때문에 바람 잘 날 없는 하루하루였다. 거기다가 소리없이 불쑥불쑥
무표정한 얼굴로 나타나서 사람을 놀라게 만드는 환관이나 궁녀들은 또

어떻고.

　오늘따라 남장 변태는 기분이 안 좋은지 시종들을 모두 물리고 자신보고는 나가 있으라고 소리를 버럭버럭 질러댔다. 문득문득 예전의 생활이 그리워졌다. 마치 새장 속에 갇혀 사는 새의 신세. 차라리 예전은 지루하긴 했지만 이렇듯 갇혀 지내는 신세는 아니었다.

　『쯔쯔쯔, 이럴 줄 알았어. 역시 인간들이란 변덕이 죽 끓듯 한다니까.』

　어디선가 들려오는 목소리에 벌떡 자리에서 일어났지만 어디에도 사람의 그림자는 보이지 않았다.

　『여기야, 여기.』

　앵앵대는 소리와 함께 자신의 주위에 모기 한 마리가 날아다니고 있었다. 이윽고 '펑' 하는 소리와 함께 모기는 검은 옷의 염화로 변해 있었다. 오늘은 중국 풍의 검은 치파오 차림에 머리에는 옥을 박은 띠를 두르고 있었다. 거기다가 머리는 변발이었다.

　『아직 좀 이르긴 해도 청조 시대의 복식을 해봤지.』

　"…너, 일 안 하니?"

　은평이 어이없다는 듯 묻자 염화는 당당하게 고개를 끄덕였다.

　『염라대왕 자식 놈한테 일하라고 깨길 사자가 어디 있겠어?』

　"…네 녀석이야말로 세습 부정 비리의 근본이구나. 또 왜 나타났어?"

　『네 처지를 비웃어주려고.』

　몇백 년, 아니, 몇만 년이 지나도 얄미울 놈이었다, 저 염화란 놈은. 은평이 상종도 하기 싫다는 듯 고개를 홱 돌려 버리자 기미 낀 듯한 음산한 눈으로 염화는 키득대며 웃어댔다.

　『이거 너무한걸? 선물을 가져왔는데…….』

　"무슨 선물?"

　뭔지는 몰라도 저 변태 남매에게서 멀리 떨어지게 할 수 있는 거였으면 좋겠다는 바람으로 은평은 반짝반짝 눈을 빛냈다.

『별 건 아냐.』

은평의 뺨에 염화의 손이 닿았다. 손가락을 들어 쓱 훑어 내리는 손길이 마치 뱀의 피부인 양 서늘하고 소름 끼치는 느낌을 주었다.

"…변태는 저기 저 남매들만으로도 충분해. 가지고 온 선물이나 내놓고 사라져."

은평은 뺨을 훑어 내리는 손길을 뿌리치며 중얼댔다.

『선물은 내가 갖고 있지 않아. 네가 직접 가서 찾아와야지.』

"어디에 있는데?"

『무산에.』

무산? 무산? 어디서 많이 들어본 지명이라고 생각하며 은평이 고개를 갸웃거리자 친절하게도 염화는 설명을 곁들여 주었다.

『네가 맨 처음 떨어진 곳이 무산이야.』

은평은 어이없음에 고개를 푹 숙였다. 저 염화란 놈은 그 이름처럼 사람 염장에 불을 질렀다. 뭐가 어쩌고 저째? 그럼 차라리 그곳에 있을 때 줬으면 좀 좋은가? 이제 와서 다시 무산으로 가라고? 거기다가 더러운 기억이 서린 그곳에?

"거기까지 가기 귀찮아. 네가 가져와."

『가져오고 말고 할 물건이 아냐. 네가 직접 가야 해.』

은평은 염화에게 푹 숙이고 있던 고개를 빳빳이 쳐들고 뭐라 쏘아붙여 주기로 마음먹었다. 가면 갈수록 점점 이상한 소리만 해대는 염화였다.

"웃기지 좀 마."

막 소리를 지르려다가 자신의 앞에서 벙해져 굳어 있는 환관 때문에 은평은 말소리를 죽였다. 염화 녀석은 간데없고 웬 환관이 서 있었던 것이다.

"무, 무슨 일이라도 계시옵니까?"

말을 더듬거리며 자신의 기분을 살피는 환관을 보며 은평은 이놈의 저승 사자가 갑자기 환관으로 변했나 하고 의심해 보지만 그런 것 같진 않았다.

"아뇨, 아무 일도 없어요."

"그럼 다행이옵니다."

"…에?"

환관의 거칠고 축축한 손이 은평의 입을 내리덮었다. 환관의 갑작스런 돌발 행동에 은평은 눈을 크게 떴다.

"가만히 계십시오."

아까의 간사한 음성과는 다른 목소리가 환관으로부터 흘러나왔다. 한 사람의 목소리가 이렇게 달라도 되는 건가 싶을 정도로 전혀 판이하게 다른 목소리였다.

"당신을 이곳에서 나가도록 해드릴 겁니다."

귓가에서 속삭여지는 목소리에 은평은 가만히 머리를 굴렸다. 이자는 누구일까? 그리고 환관 같은데 그 목적은 무엇일까?

"는느느야(넌 누구냐?)?"

"차차 알게 되실 것이니 얌전히 계셔주십시오."

웅웅대는 소리를 어떻게 알아들었을까라는 의문은 접어두고 환관의 뒤로 온몸에 붕대를 친친 감아댄 여자가 소리없이 나타났다. 달빛이 반사되어 얼굴 쪽이 검게 그림자로 가려져 더욱더 음산해 보였다.

'저건 또 뭐야? 지가 미이라야? 왜 온몸에 붕대를 감고 있지?'

"서둘러야 합니다. 시간이 얼마 없어요."

그 말을 들은 환관이 은평의 입을 막은 채 몸을 번쩍 들어 올려 어디론가 부지런히 걸어갔다. 아무것도 없는 돌 벽으로 다가서더니 무슨 순서

가 있는 듯 벽돌을 꾹꾹 눌러댔다. 그러자 드르륵거리는 소리와 함께 조
그맣게 바닥에 통로가 열렸다.

그들이 통로로 사라지고 나자 아무것도 없던 허공에서 뚱한 표정의
염화가 걸어나왔다.

『조금 도와줘 볼까나?』

창백한 빛의 손을 들어 올려 휘두르자 어느새 아무것도 없던 손에는
달걀만한 크기에 은박지로 감싸져 있는 둥근 물체가 생겨났다. 염화가
다짜고짜 물체를 땅으로 던지자 화탄이었던 듯 꽤 큰 굉음과 함께 하늘
위로 불꽃 하나가 솟아올랐다.

『과연, 저 애로 선택한 보람이 있군. 꽤 잘해주고 있는걸…….』

혼자서 중얼댄 염화는 품에서 검푸른 가루를 꺼내 '후' 하고 불었다.
염화의 손에서 허공으로 흩어진 그 가루는 허공에서 하늘하늘 녹아내리
듯 금세 사라졌다.

『그리고 연출도 있어야 보는 맛이 있겠지?』

염화는 천천히 그 푸른 빛의 입술을 열어 외마디 비명을 질렀다. 분명
히 염화의 목에서 나온 목소리임에도 은평의 목소리와 똑같았다.

『이크! 인간들이 오네.』

아직 뭉게뭉게 퍼지고 있는 화탄의 연기 속으로 염화는 몸을 감추었다.

*   *   *

강숙비의 침전 앞. 이제 막 황제가 침전에 드셨으니 자신도 눈 좀 붙
여야겠다고 생각한 환관은 순간 눈앞의 광경에 소스라치게 놀라고 말았
다. 그도 그럴 것이 살기등등한 상부 공주와 태자가 야밤에 강숙비 전에
배속되어 있던 내관을 교룡삭(蛟龍索)에 친친 동여맨 채로 끌고 온 것이

다. 그것도 황제가 막 잠이 든 숙비전에 들어가겠다면서.

"공주 마마, 태자 전하, 아니되옵니다. 내일 폐하께오서 기침하시면 그때 말씀하시옵소서!!"

황제를 모시는 환관은 지금 막무가내로 들어가겠다고 난리를 피우는 공주와 태자를 막지 못하면 목이 잘린다는 굳은 믿음 하에 온몸으로 막아서고 있었다.

"비키지 못하겠느냐?!"

공주는 소리치며 옥의 허리춤에 장식용으로 걸려 있던 금빛의 폭 좁은 검을 빼 들어 환관의 목 언저리에 가져다 댔다. 보석으로 치장되어 있던 장식용이라 하나 목에 대고 찌르니 피가 배어 나왔다.

"이 검날의 날카로움을 네놈의 목으로 직접 시험해 보고 싶다면 계속 그곳에 서 있거라!"

"공주 마마, 제발……."

그때 환관에게 구원의 손길이 미쳤다. 뒤늦게 보고를 받고 달려온 금의위들이었다. 특히 공주전 처소를 지키도록 한 총괄단장은 똥줄이 타는 심정이었다. 태자의 불호령에 찔끔해서 공주전을 잠시나마 비웠다는 것도 큰일인데 이젠 새벽에 황제가 침수에 든 침전에까지 난입한 것이다.

"공주 마마, 제발 그 검을 거두시지요."

공주의 바로 앞에까지 와서 무릎 꿇고 애걸하는 그의 말에도 공주는 눈썹 하나 까닥하지 않았다.

"나에게서 검을 거두게 하고 싶으면 저 환관을 물러서게 하거라."

대답은 갈수록 점입가경(漸入佳境)이었다. 황제도 슬슬 두 손, 두 발을 다 든 공주라고는 하나 정말로 황제의 진노를 산다면 살아날 수 없음에도 왜 이 한밤중에 난리를 치는 것인가?

"마마, 제발… 폐하의 침수를 깨운다면 소인은 살아남지 못하옵니다."

"지금 비켜서지 않는다면 아바 마마께 죽기 이전에 네놈은 내 손에 먼저 죽을 것이다!"

상부 공주의 태도가 워낙에 완강하자 단장은 불경하나마 강제로라도 그녀를 데려가기로 마음먹었다. 어차피 태자야 공주의 무공에 비하면 호신술 수준이니 걱정할 것이 없다지만 공주의 경우 자신과 실제로 맞붙었을 경우 거의 비등할 것이었다. 물론 단장의 착각이었다.

"우린 아바 마마께 볼일이 있는 것이 아니라 숙비에게 볼일이 있다."

지금까지 입을 다물고 있던 옥이 입을 열었다.

"하지만 이 소란에도 깨지 않는 아바 마마가 존경스럽구만."

옥은 자신의 누님이 꽤 시끄럽게 굴었음에도 깨는 기척조차 없는 자신의 아버지를 존경하고 싶어졌다.

"태자 전하, 공주 마마, 소신의 불경함을 잠시 용서하시옵소서."

단장이 자신의 부하들을 시켜 둘을 포획(?)하기로 잠정적인 결단을 내리고 뒤에 포진하고 있던 자들에게 손짓을 했다. 그 손짓에 따라 일사불란하게 짓쳐들어오는 금의위들을 보며 상부 공주가 옥에게 눈길을 보냈다.

"걱정 마십시오, 누님."

상부 공주에 비해 겨우 몸을 지키는 호신술 정도를 익혔으리라 예상한 태자가 그 예상을 깨고 금의위들 사이로 들어가 파란을 일으키기 시작했다. 태자에게 칼을 들이댈 수 없으니 권으로만 상대하라는 명령에 따라 맨주먹을 휘둘렀다가 금의위들은 된통 당하고 있었다. 금의위들이 방심한 틈을 타 허리춤에 끼워져 있던 검집을 휘두른 것이다.

검집인지라 맞아도 크게 내상을 입거나 하진 않겠지만 사혈만을 악랄하게 노리는 그 손속에 마치 정말로 검인 것 같은 환상이 일 정도였다.

"황실의 금의위들이 겨우 이 정도였나?"

조소를 흘리며 이름조차 알 수 없는 무공을 펼쳐 내는 태자 덕분에 금의위들은 이리저리 땅바닥을 굴러야 했다. 자신의 하수일 것이라 방심했던 결과였다.

단장과 정신을 잃지 않을 정도로 두들겨 맞아 바닥에 나가떨어진 자들은 누가 태자의 무공이 얕다고 했느냐고 원망하고 싶은 심정이었다.

"옥아, 그만 됐다."

옥은 상부 공주의 음성에 휘두르던 검집을 거두고 궁신탄영(弓身彈影)을 이용해 순식간에 공주의 곁으로 되돌아갔다.

앞을 가로막은 환관—이놈 역시 넋이 나가 있었다—의 머리를 가격해 가볍게 옆으로 치워 버린 상부 공주는 문을 열고 안으로 뛰어들어 갔다. 방 안으로 들어가자 아직 가시지 않은 향탕(香蕩) 냄새가 가득해 눈살을 찌푸렸다. 공주는 향이라면 질색하는 탓인지 골치가 아파올 정도였다.

"쯧쯧, 아바 마마도 연세를 생각하시지. 그러다 계집의 몸 위에서 복상사(腹上死)하시면 그게 무슨 개망신이야."

황제가 들었으면 복상사하기 전에 복장 터져 죽었을 법한 가공할 언사를 태연하게 내뱉은 상부 공주는 검을 뒤에 있던 옥의 검집에 꽂아 넣고는 화려한 색채의 융단에 발을 올려놓았다. 강숙비를 개인적으로 면식해 본 적은 없었지만 먼발치에서는 본 적이 있었다. 서역 지방의 사신들이 왔을 때였던가?

서역의 사신들이 감사의 뜻으로 여러 공물과 함께 바친 이국의 여자였다. 내륙에서는 볼 수 없는 금발벽안을 지녔으며 그와 비례해 백설처럼 흰 피부가 인상적이었던 미녀였다. 후에 그녀의 진짜 정체를 알아내고는 아연했던 적이 있지만 그다지 자신에게 해만 끼치지 않으면 황궁에서 무슨 짓을 하든 상관하지 않고 있었다. 하지만 감히 자신의 소유물을 빼돌려?!

방 안은 서역에서 건너온 여자답게 좀처럼 볼 수 없는 이국적인 물건과 장식으로 가득 차 있었다. 벽 한편에 장식되어 있는 칼끝이 휜 단도도 그러했고 향을 피우고 있는 푸른색의 향로도 그러했다.

"옥아, 그놈을 데리고 여기서 기다리거라."

거침없이 안쪽으로 들어간 상부 공주는 방향이 은은한, 베일에 가려져 있는 호화로운 침상 하나를 발견할 수 있었다. 흐릿하게나마 보이는 두 인영과 고요한 숨소리에 저기 누워 있는 사람들이 자신의 아버지와 강숙비라고 짐작했다.

"아바 마마!!"

우선 한 번 불러보았지만 역시 황제는 깨어나지 않았다. 잠귀가 어두운 것을 믿고 무작정 쳐들어온 것도 있지만 잠이 깊은 아버지를 배려해 약간 공력을 실어 한 번 더 크게 소리쳤다.

공력을 실은 효과는 커서 한 번 잠이 들면 잘 깨지 않는 황제가 벌떡 일어났다.

"누, 누구냐?"

아직 잠이 좀 덜 깬 목소리로 베일을 걷어낸 황제와 헝클어진 금발을 바로 하며 망사의의 옷깃을 여미는 강숙비가 보였다.

황제는 잘 안 떠지는 눈을 치켜떠 침상 옆에 서 있던 상부 공주를 보자 잠이 깬 분함과 짜증을 듬뿍 담아 버럭 화를 냈다.

"향아! 이 무슨 무례한 짓이더냐?! 감히 짐의 잠을 깨우다니!!"

"아바 마마는 빠져주시죠. 강숙비한테 볼일이 있어서 찾아온 거니까."

단 한 문장으로 황제의 말을 묵살해 버린 상부 공주는 황제의 옆에 있는 강숙비에게로 시선을 돌렸다. '난 아무것도 몰라요'라는 얼굴로 의아한 듯 바라보는 강숙비가 그렇게 미워 보일 수가 없었다.

"저에게 무슨 볼일이신가요, 공주 마마?"

"옥아, 그놈을 끌고 와!"

밖을 향해 상부 공주가 소리치자 옥이 기세등등하게 환관 하나를 끌어

다 놓았다. 잔뜩 겁에 질린 얼굴의 그 환관은 황제와 강숙비를 보자 오체
투지한 채로 벌벌 떨고 있었다.

"강숙비 마마, 이 얼굴을 아시겠지요?"

"어머, 알다마다요. 제 밑에 있는 환관 같사옵니다만……."

"이자가 제 것을 빼돌렸습니다. 어찌 된 일인지 설명해 주실까요?"

잔뜩 살기 서린 음성임에도 불구하고 강숙비는 오히려 배시시 웃으며
시치미를 뗐다.

"아까부터 보이질 않기에 아침에 다른 환관들을 시켜 찾아볼까 하던
참이었사옵니다만……."

웃는 얼굴에 사근사근한 목소리였지만 상부 공주는 약이 오를 대로 올
라 있었다. 분명히 강숙비의 눈은 무언가가 있다는 빛을 띠고 있었는데
얼굴만은 아니라고 시치미를 떼고 있으니 미칠 노릇이었다.

"공주는 어서 물러가라! 이 무슨 무례냔 말이다! 짐이 자는데 다짜고
짜 쳐들어와서는 봉창 두드리는 소리만 해대고 있으니 황당하구나!"

잠시 말문이 막혀 어버버거리고 있던 황제가 뒤늦게 체면을 차려볼 요
량으로 호통을 쳤다. 상부 공주는 보기 드물게 성난 얼굴로 이를 부득부
득 갈며 돌아서야만 했다.

"누님, 우선은 물러갑시다."

옥 역시 상부 공주의 표정과는 다르지 않았다. 항상 방실방실 웃어대
던 얼굴에 웃음기는 가시고 노여움만이 남아 있을 뿐이었다.

─사사화화, 나요. 오늘 일은 두고두고 잊지 않으마.

상부공주는 강숙비, 아니, 정확히는 사사화화 나요에게 한줄기 전음을
남긴 채 아직 분노가 가시지 않은 듯 지축을 쿵쿵 울리며 자신의 남동생
과 함께 강숙비의 침전을 빠져나왔다.

             *   *   *

　은평은 자신을 정중하게 대하는 태도로 보아서 어디론가로 팔려가거나 하는 것은 아니라는 생각이 들어 우선은 잠자코 얌전히 있었다. 환관에게서 온통 백색 일색인 사내에게로 넘겨졌을 때 이자라면 대답해 주겠지 싶어 가만히 물어보았다.

　"당신들은 누구죠?"

　"…마교의 교도들입니다."

　'설마 사람 처 죽이면서 우가우가 좋아하는 그런 종교 단체는 아니겠지?'

　이름에서 자연스럽게 연상되는 마교의 이미지를 상상하며 가만히 있자 이내 사내가 다시 말을 이었다.

　"무례를 용서하시기 바랍니다. 제가 아가씨를 모실 것입니다."

　은평이 무슨 무례냐고 묻기도 전에 그는 은평을 안아 들었다. 자신을 안고도 어쩜 그리 날렵한지 사내는 무서운 속도로 달려나갔다. 그 뒤로 붕대로 온몸을 친친 감은 미이라여인(?)이 뒤따라오고 있었다. 그들은 아직 날이 밝지 않아 어둑한 새벽의 밤 공기를 가르며 인적없는 길을 이동하고 있었다.

　'나에게 해를 끼칠 것 같지는 않으니… 우선은 얌전히 있어보자.'

　얌전히 안겨서 얼마를 더 갔을까? 셋은 조그만 서책방 앞에서 멈추었다. 주위가 모두 캄캄했지만 서책방의 등은 희미하게 불씨가 밝혀져 있었다. 안에 사람이 아직 자지 않고 있다는 소리였다.

　백발문사가 익숙하게 문을 열자 밀랍아가 먼저 안으로 들어섰고 그 다음으로 은평과 백발문사가 들어가자 문이 닫혔다.

　"이젠 내려주세요."

내려달라고 부탁하자 그는 약간 흠칫 놀라더니 정중한 태도로 은평을 내려놓아 주었다. 땅에 발을 딛게 된 은평은 희미하게 불이 밝혀져 있는 서책방 안을 둘러보았다. 책 특유의 냄새가 배어 있는 안은 방을 빙 둘러 서 있는 책장과 그 책장에 빼곡히 꽂혀 있는 책들로 덮여 있었다.

"이쪽으로 오시지요. 당신을 만나고 싶어하신 분이 계십니다."

백발문사의 말에 은평은 그의 옆으로 쪼르르 걸어갔다. 백발문사가 책장에서 책을 한 권 뽑자 미동도 하지 않을 것 같던 책장이 양 옆으로 그그긍거리는 기계 음과 함께 열리며 서책방 안보다 훨씬 더 넓은 방이 드러났다.

"들어오십시오."

이곳은 서책 냄새가 가득했던 곳과는 달리 정갈한 분위기에 은은한 향취가 감도는 방이었다. 학사의 방 같기도 하고 아리따운 여인의 방 같기도 했다. 방 주인을 가늠하긴 어려웠지만 기품있는 자라는 것만은 확실해 보였다.

비단 융단이 깔려 죽 늘어진 것을 따라 안으로 조금 이동하니 이내 엷은 비단 장막이 쳐진 침상이 중앙에 보이고 침상 옆으로 난 조그만 입구를 통해 좀 더 걸어가니 둥근 곡선의 자단목 탁자와 의자가 놓여져 있는 별실이 보였다.

"교주님, 모셔왔습니다."

검은 무복 차림의 말쑥한 청년과 같은 여자가 봐도 탄성이 일 정도의 미인이 의자에 앉아 자기로 된 찻잔을 앞에 두고 담소를 나누고 있었다.

"희신, 수고했어."

희신이라 불리는 백발문사가 서 있는 곳으로 고개를 돌린 청년은 무표정 일색으로 짤막하게 감사의 인사를 전했다. 백발문사는 청년을 향해 조용히 고개를 숙여 보이고는 다시 별실을 빠져나갔다.

"당신이 나를 데려오라고 한 사람인가요?"

여전히 무표정을 유지하고 있던 사람은 은평의 얼굴을 빤히 바라보고 있었다. 아무런 말 없이 계속 바라보기만 하니까 왠지 무안해졌다. 자신도 남의 얼굴을 빤히 바라보는 걸 좋아했는데 이제 보니 꽤 무안하다고 느끼며 다음부터는 그런 짓을 자제해야겠다고 새삼 다짐했다.

"이쪽으로 앉아요."

계속 바라보고 있기만 하는 청년을 대신해 아름다운 미인이 자리를 권해 왔다. 그리고 새 찻잔을 가져와 은평의 앞에 놓아주었다.

"단, 거기 주전자에 있는 차 좀 따라주겠어요?"

청년은 자신의 바로 앞에 놓여져 있던 차 주전자를 들더니 갑자기 찻잔이 아닌 탁자에 차를 붓기 시작했다.

"뭐 하는 거예요?"

청년의 괴이한 행동에 은평이 어이없어했다. 그건 미인 역시 마찬가지인 듯했다.

"왜 이상한 곳에 차를 따라 버리는 거예요?"

"아……?"

청년은 조금 당황해하더니 다시 은평의 찻잔에 차를 부었다. 하지만 이번에는 찻잔에 차가 넘칠 때까지 계속 부어댔다.

"앗, 뜨거!"

뜨거운 차가 몸에 튀고 만 듯 은평이 눈썹을 찌푸리며 황급히 일어나 몇 발자국 뒤로 물러났다.

"아……!"

자신이 무슨 짓을 하고 있었던 건지 그제야 알아차린 청년이 황급히 차 주전자를 거두었다. 하지만 기이한 행동은 거기서 그치지 않았다.

"죄송합니다, 제가 실수를 했군요."

"…단, 전 능파예요. 손님은 단의 반대 편에 계시잖아요?"

바로 자신의 옆에 앉아 있던 미인을 보고 은평에게 해야 할 사과를 하는 청년을 보며 미인은 한숨을 내쉬었다. 갑자기 백치라도 된 건지 아니면 시력이 엄청나게 나빠진 건지…….

그렇다고 허둥대는 표정이면 '당황했구나' 라고 생각할 텐데 이건 무표정 그대로였으니 왜 저러는지 헷갈리고 있었다.

"저분, 왜 저러세요?"

자신을 향해 어이없다는 듯 물어오는 소녀를 보며 미인은 어깨를 으쓱하며 자신도 잘 모르겠다는 의사를 전했다. 꽤 오랫동안 인연을 맺어왔지만 오늘은 도통 모를 짓만을 골라 해대고 있었다. 왠지 얼이 빠진 것 같다는 느낌을 도저히 지울 수가 없었다.

"아, 따뜻하다."

차를 한 모금 들이킨 은평이 자신도 모르게 중얼댔다. 약간 서늘한 밤기운에 으스으슬 한기가 들던 참이었는데 따스한 차를 마시고 나니 기분이 한결 안정되는 느낌이랄까? 물론 차 맛은 쓰기만 하고 전혀 아무런 맛도 느낄 수 없었지만 은은하고 부드러운 향기만은 일품이었다.

"근데 절 보려고 하신 이유가 뭐예요?"

은평은 아직 풀지 못한 의문을 풀기 위해 재차 질문했지만 청년이 갑자기 앉아 있던 의자에서 굴러 떨어져 버리는 바람에 무산되었다. 멀쩡히 잘 앉아 있던 사람이 어이없이 굴러 떨어져 바닥을 구르고 있는 모습을 보고 있자니 황당하기가 이를 데 없어 은평은 할 말을 잃었다.

"우선은 저희 소개부터 하지요. 섭능파(燮凌芭)라고 합니다."

"단화우(端化雨)라고 합니다."

굴러 떨어진 그를 의자에 앉히고 소개하기까지는 능파의 공이 컸다. 계속 실수 연발인 그를 겨우 진정시키고 어리둥절해하는 은평의 긴장감을 풀어주니 은평은 그저 화우가 무척이나 재미있는 사람이라고 인식한 것 같다.

"한은평(翰闇珏)이라고 해요."

모두들 이름을 소개하는 마당에 그냥 입을 다물고 있을 순 없어 은평도 자신의 이름을 소개했다.

"어쨌든 황궁에서 구출해 주신 거 감사해요. 보답은 후일 꼭 할게요."

"별말씀을……."

이젠 앞으로 혼자서 살아가는 게 문제였다. 지금까지는 변태 남매에게 빌붙어 먹고 살았다지만 이젠 자신의 힘으로 아무것도 모르는 세상에서 살아가야 하는 것이다.

그저 막연히 무언가를 보고 싶다고 의식주 걱정도 하지 않고 이곳으로 온 게 잘못이었다. 염화 그놈을 무슨 일이 있어도 붙들어 그 정도는 해결할 수 있도록 해야 했는데 말이다.

"가족들은 있나요?"

능파가 보기에 은평의 행동거지에 기품이 흐른다던가 그런 것은 아니었지만 그렇다고 해서 천박하게 보이지도 않았다. 어쨌든 일정한 교육은 제대로 받았다는 느낌이었다. 짧게 단발로 자른 머리가 거슬리긴 했지만 머리야 다시 자랄 테니 별로 문제될 것은 없었다. 하지만 노예 경매 시장에서 팔려온 것으로 보아서는 납치되었을 것이라 단정 지었다.

"이곳에는 없어요. 아마 죽으면 만날 수 있을 거예요."

은평의 말뜻은 이곳에는 없고 현대에 있을 것이며 다시 만날 수 있는 것은 자신이 죽어 저승에 간 뒤에나 가능할 것이란 얘기였지만 능파와 화우는 전혀 다른 방향으로, 가족들이 모두 죽어 현재 고아라는 것으로 은평의 의도와는 달리 해석하고 있었다.

"그럼 거처할 곳은 있나요?"

"아는 사람도 없고… 아마도 없을 거라고 생각해요."

현재 은평의 생각은 될 대로 돼라였다. 한 번 죽어봤더니 죽음도 그다지 별다른 것이 아니라서 죽는 게 두려운 것도 아니고 그렇다고 이곳에서 입시니 뭐니 해서 신경 써야 하는 것이 있는 것도 아니니 한마디로 무념무상(無念無想)의 경지라고나 할까?

"은평 소저, 잘됐소이다. 우리와 함께 지내지 않겠소이까?"

소저란 말을 듣는 순간 온몸에 닭살이 돋아 은평은 질색했다. 소저라니? 게다가 저 느끼한 말투는 도대체 뭐란 말인가?

"그렇게 말씀해 주시니 고맙긴 한데요, 소저란 말은 빼고 그냥 이름만 불러주시면 안 될까요?"

"그렇게 하면 같이 지내시겠습니까?"

"네."

"그럼 소저께서도 제게 말씀을 놓으시고 그냥 편히 불러주십시오."

어쨌든 의식주는 대충 해결된 듯해서 은평은 마음을 놓았다. 뭐, 설마 저쪽에서 먼저 같이 살자고 한 건데 갑자기 쫓아내진 않겠지 싶었다.

"우선 마교로 돌아가야겠소, 능파."

"저, 저기, 잠깐만요."

"왜 그러세요?"

능파가 무슨 일이냐는 듯 옥용 가득 부드러운 웃음을 띠었다. 은평은 문득 염화가 가보라고 했던 곳이 마음에 걸려 말을 꺼내긴 했지만 약간 걱정이 앞섰다.

"저… 무산에 가봐야 할 일이 있는데요, 마교인지 뭔지에 가기 전에 그곳에 들를 수는 없을까요?"

"안 될 건 없습니다만… 한데 무슨 일로?"

"선물을 찾으러 가야 돼요."

"선… 물?"

8

염 화 의 선 물

염화의 선물

"폐하! 큰일이옵니다! 큰일 났사옵니다!!"

"폐하! 크, 큰일이옵니다!!"

동시에 얼굴이 새빨개져서 달려오는 두 환관은 각각 공주전과 태자전에 배속되어 있는 자들이었다. 어지간히도 마주친 덕에 얼굴을 익혀 버린 두 환관의 소란에 황제는 얼굴을 찌푸렸다. 두 골칫덩이들이 이번에는 또 무슨 사고를 친 것일까 하고 걱정부터 앞섰다.

"큰일 났사옵니다!"

"저도 큰일 났사옵니다!"

거의 동시라고 해도 좋을 만큼 황제의 앞으로 달려와 무릎을 꿇고 소맷자락에서 서찰을 한 통씩 꺼내 올리는 동작은 가히 쌍둥이라 할 만큼 똑같았다. 황제는 왠지 맥이 빠지는 기분으로 우선 태자전의 환관이 가져온 서찰부터 펴 들었다. 얇은 쪽종이 중간에 깨끗하고 왠지 모르게 가늘고 여성스러운 필체로 씌어 있는 글 한 줄이 보였다.

금일출가(今日出家).

이 글귀를 보는 순간 황제는 쓰러질 뻔한 몸을 간신히 다잡고 떨리는 손으로 이번에는 공주전의 서찰을 환관에게서 받아 펴 들었다. 역시 얇은 쪽종이에 힘차고 거친 필체로 쓰인 글 한 줄이 보였다.

이하동문(以下同文).

황제는 할 말을 잃었다. 옆에서 보고 있던 몇몇의 대신들도 할 말을 잃은 듯한 표정이었다. 황제의 집무실인 건청궁(乾淸宮)에는 침묵만이 감돌고 바람만이 스산한 소리를 내며 흐를 뿐이었다. 잠시 후, 황궁이 떠나가라 내지르는 한 절규가 궁 내에 울려 퍼졌다.
"이 자식드으으을!! 반드시 황궁 계보(系譜)에서 파버리겠다! 꼭 파버리고야 말겠노라아아아!!"
영락제, 그는 자식 농사에 실패한 불쌍한 황제였다.

*   *   *

향긋한 향기를 풍기는 안개가 자욱히 깔려 마치 신비로운 꿈속 같기도 하고 신선들이 산다는 선계 같기도 한 산골짜기였다. 어디선가 풍겨오는 그윽한 향기와 이름 모를 새들의 지저귐, 그리고 온통 신화 속에서나 나올 법한 그런 영수(靈獸)들이 뛰놀고 있었다. 온통 길게 가지를 뻗어 내린 기화이초(奇花異草)들 사이로 아랫춤에 얇은 속의만 하나 달랑 걸친 노인이 걸음아 나 살려라란 기세로 달려오고 있었다.

"하, 할멈!!"

"저 빌어먹을 영감탱이가! 거기 서지 못해?!"

노인의 뒤로는 무시무시한 표정으로 나무 지팡이를 들고 휘두르며 쫓아오는 또 하나의 노인이 있었다. 백발이 성성한 머리를 높게 틀어 올리고 주렁주렁한 금보요들과 머리에는 장신구를 가득 매달고 치렁치렁한 궁장을 입고 있었지만 그런 것에 아랑곳하지 않고 저렇게 달릴 수 있는 것을 보면 대단한 노친네였다.

"하, 할멈! 살려주오!"

"이 망할 영감탱이야! 내가 못살아! 세상에 그 나이를 먹고서도 밝히는 놈은 내 평생 처음이네! 이리 못 와?!"

아까까지만 해도 신비스러움이 가득하던 별천지가 이내 아수라장으로 변해가고 있었다. 노인들의 괴력이 얼마나 대단한지 지팡이를 한번 휘둘러 맞는 나무나 바위치고 무사한 것이 없을 정도였다. 지저귀던 새들과 영수들도 입을 다물고 묵묵히 두 노인을 바라보며 어이없는 눈을 하고 있는 것으로 봐선 이런 일이 자주 되풀이되는 듯싶었다.

[거의 만 년에 가까운 나이를 먹었을 텐데도 저렇게 뛰어다닐 수 있다니 정말 신기할 따름이야.]

마치 새빨간 불꽃이 타오르는 듯한 꼬리 깃털을 가진 새가 중얼거렸다. 어린아이 목소리인 것 같다.

[어디 한두 해 일이야? 그냥 그러려니 해야지.]

새하얀 몸뚱이에 선명한 검은 줄무늬를 가진 백호(白虎)가 고개를 설레설레 흔들며 자신의 등 뒤에 앉아 있는 불사조에게 동의를 구하듯 돌아보았다. 백호와 불사조 말고도 전설에서나 나올 법한 여러 신수들이

옹기종기 모여 앉아서 두 노인의 작태를 구경하고 있었다.

[한데 조금 있으면 염라대왕의 자식새끼가 부탁하고 간 인간이 올 시간 아닌가?]

백호의 말을 재빨리 받은 것은 온통 하얀 털에 이마의 한중간에 엷은 주홍색 묘안석(猫眼石)이 박혀 빛나고 있는 영묘(靈猫)였다. 금색의 눈동자에 새까만 동공이 일품인 영묘는 고양이 특유의 안구를 빛내고 있었다.

[거의 다 와간답니다.]

[그럼 저 둘을 대신해서 내가 가봐야 하나?]

백호의 말에 그곳에 모여 있던 모든 영수들이 만류하며 저마다 한마디씩 중얼거렸다. 인간들 사이에서 숭배의 대상이 되고 있는 백호가 산을 내려간다면 큰 소동이 일어날 것이라는 것을 주축으로 하여 그렇지 않아도 수다스럽던 분위기가 아주 시장판이 되어가고 있었다.

[백호님, 그럼 제가 가겠습니다.]

백호의 거대한 몸집에 비해 크기는 그냥 보통의 새끼 고양이만하지만 타고난 신력과 날렵함만큼은 이곳에 있는 그 누구에게도 뒤지지 않는 영묘가 나서자 모두들 별말이 없다. 이마의 한중간에 박힌 진귀한 묘안석만 아니라면 사람들 눈에 뜨일 일은 없을 터였다.

[좋다. 우리는 저 두 노친네들의 싸움을 말리고 있겠다.]

백호는 자신들이 수다를 떠는 사이 주위가 점점 황폐화되어 가고 있음을 깨닫고 어서 저 싸움을 말려야겠다고 생각했다. 제법 매끈했던 바위는 이젠 형체를 알 수 없는 먼지가 되어 풀풀 휘날리고 귀한 나무들이 그 뿌리를 드러내며 쓰러져 가고 있었다. 백호는 그 투박한 앞발을 이마에 가져다 대며 한숨을 내쉬었다.

[이번에는 어떻게 말린다?]

       *   *   *

　장강의 뒷 물결이 앞 물결을 밀어내듯 언제나 새로운 신예로 떠오르는 사람들이 있기 마련이었다. 호사가(好事家)들이 말하기를 무림에는 무림삼미(武林三美)와 신진사군(新進四君)이 있다고 하였다.

　무림삼미로는,

　화중화(花中花) 금난영(金蘭永),

　미성(美聖) 정련선자(情戀仙子),

　아연미랑(娥燕美瑯) 연다향(燃茶香),

　이 세 미녀를 일컬음이었고

　신진삼군으로는,

　환형지수(煥炯之帥) 헌원가진(軒轅柯眞),

　옥선신룡(玉蟬神龍) 남궁제강(南宮製鋼),

　옥면소낭군(玉面笑郞君) 모용화수(慕容和酬),

　만학신귀(萬學神鬼) 제갈묘진(諸葛昴陣),

　이 네 청년을 일컬음이었다.

　한데 언제부터인가 갑자기 강호에 등장한 두 선남선녀의 이야기가 소리없이 퍼져 나갔고 그 소문을 듣거나 혹은 그 두 사람을 직접 본 사람들 사이에서는 그 둘을 무림삼미와 신진사군에 각각 한 명씩을 더 넣어 불러야 한다는 소리가 나돌고 있었다.

"자네, 소문 들었나?"

제법 규모가 큰 객잔이었다. 무림인들도 제법 드나든다고 알려진 곳이라서 그런지는 몰라도 허리춤에 도(刀)나 검(劍) 등을 차거나 색 다른 무기를 지닌 사람들이 제법 눈에 뜨이고 있었다. 그중 별로 무공은 높아 보이지 않는 무사 둘이 한자리를 차지하고 앉아 여아홍(女兒紅)를 주거니 받거니 하며 강호에 퍼지고 있는 여러 소문을 제법 그럴듯한 가설까지 제기해 가며 술안주 삼아 이야기하고 있었다.

"무슨 소문?"

반대 편에 앉은 사내가 여아홍 한 잔을 털어 마시며 시큰둥하게 대꾸했다. 한참 재밌게 이야기하던 화제를 상대가 깨뜨리고 다른 화제를 꺼냈기 때문이었다.

"아직 못 들었나? 잔월비선(殘月飛扇)과 잔혹미영(殘酷美影)의 이야기 말일세."

"듣지 못했는데 왜 그러는가?"

사내는 혀를 차며 귀 어두운 자신의 친구를 동정했다. 그 유명한 이야기를 아직도 모르고 있는 사람이 있었다니……

"대단한 미남 미녀가 나타났다고 하네. 무림삼미나 신진사군에 비교해도 될 만큼이라고 하는데 아직 이름은 밝혀진 바 없고 그냥 잔월비선과 잔혹미영이라는 별호로 부르고 있다고 하더군."

"어느 문파 사람들이라던가?"

"글쎄, 그게 수수께끼야. 들려오는 바에 의하면 대단한 무공들이라는데 자신들은 문파가 없다고 말하니 그게 참 신기하지."

보통은 그런 고강한 고수들, 더구나 이미 청년기에 커다란 성장을 이룬 자들이라면 대부분이 이름 높은 문파의 제자들이었다. 하지만 다른 신예들과 비교해서도 절대 뒤지지 않는 무공에 문파는 없다고 하니 여러 강호의 호사가들은 은거한 전대 기인의 제자들이라고도 하는 등 여러 억측이 난무했다.

"그 잔월비선은 절세의 미남으로 항상 섭선을 지니고 다니며 백색의 문사의를 입고 있다고 하고 잔혹미영은 절세의 미녀로 연푸른 옥색의 궁장 차림이라고 하더구만. 둘이 나누는 대화를 봐서는 남매지간 같은데 항상 누굴 찾는다며 이곳저곳을 들쑤시고 다닌다네."

전대의 기인들이라 칭해지는 백염광노와 파랑군 역시 한동안 자신들의 주군을 찾는답시고 강호를 헤집고 다녔는데 이번에는 미인 남매들이 그것을 똑같이 반복하고 있었다.

그들이 찾는 사람은 이름이 은평이라는 소녀로 머리가 짧다고 해서 혹시나 그들이 찾는 사람이 역시 두 전대 기인들이 찾는 인물과 동일인이 아니냐는 추측이 나오고 있었다. 더불어서 이들이 애타게 찾고 있는 그 은평이라는 소녀가 도대체 어떤 인물인지에 대해서도 궁금해했다. 얼마나 대단하길래 두 기인이 주군으로 모신다며 쫓아다니고 두 미인 남매가 애타게 찾는 것일까?

*   *   *

문득 생각해 보니 은평은 무산의 어디로 가야 할지 전혀 모르고 있는 상태였다. 무산의 넓이가 얼마만한지는 모르겠지만 산(山) 자가 붙은 것으로 봐선 제법 넓을 텐데 그곳 어디에 가서 선물을 찾아야 한단 말인가.

'에이, 몰라. 어쨌든 오라고 했으니까 가보자.'

은평 자신은 깨닫지 못하고 있었지만 염화에 대한 믿음은 상당한 것이었다. 어쨌든 자신을 이곳에 오게 한 인물이었고 저승 사자라는 신분적

위치 때문인지는 몰라도 만약 자신의 신변에 이상이 생겨 죽을 고비에 처하더라도 구해주리라는 그런 기대감 같은 것이 섞여 있었다.

"어디로 갈 건가요?"

순천부에서부터 쭉 이곳까지 자신을 데리고 날아와―경공을 은평은 날아다닌다고 표현했다―준 능파와 화우가 목적지가 어디냐고 물어왔다. 하지만 대답해 줄 말이 없으니 은평으로서도 상당히 답답한 노릇이었다. 어쨌든 무작정 오기는 왔는데 과연 어디서부터 뒤져야 할지가 고민이었다.

사냥꾼이나 나무꾼들이 제법 많이 이용한다는 인적 드문 산기슭께의 길에 서서 은평은 과연 어디로 가야 할지 심각하게 생각했다. 머리를 쥐어뜯다시피 하며 고민하는 것을 보고 능파와 화우는 말려야 할지 말아야 할지 갈팡질팡했다.

"저, 저건… 영묘……?"

능파가 자신들 쪽으로 천천히 걸어오는 한 마리 백색 고양이를 발견했다. 새하얀 몸체에 이마에 박힌 주홍색 묘안석을 비롯하여 주먹만한 크기의 작지만 심상치 않은 기도를 보이는 그 고양이는 능파 자신이 보기에는 말로만 듣던 영묘인 듯싶었다.

[의외입니다. 날 아직 알아보는 사람이 있었다니…….]

"얼레? 고양이잖아?"

화우과 은평도 새하얀 영묘를 발견했지만 반응은 현저히 달랐다. 화우는 여차하면 영묘를 베어버릴 기세로 내공을 일으킬 자세를 하고 있었고 은평은 웬 새하얀 새끼 고양이인가 하며 신기해하는 반응이었다.

[무산의 주인이신 무산신녀(巫山神女)님을 모시고 있는 영묘라고 합니다.]

성인의 주먹 두 개를 합한 것만한 영묘가 고개를 숙여 인사하는 모습이 제법 귀여웠다. 은평은 고양이가 말을 한다는 사실에 신기해하며 만약 저런 게 한국에 있었으면 돈을 많이 벌 수 있었을 텐데라고 속으로 중얼대며 입맛을 다셨다.

[저는 묘기를 부리는 동물이 아닙니다! 영물이라고 칭해지는 동물이란 말입니다!]

영묘는 자신을 재롱이나 묘기를 부리는 그런 하찮은 동물과 비교하자 자존심이 상한 듯 털을 잔뜩 곤두세우며 갸르릉거렸다.

"얼레? 난 그냥 생각만 했을 뿐인데… 혹시 너, 독심술이라도 익혔니?"

쪼그만 게 갸르릉대니 더 귀엽게만 보였다. 은평은 영묘를 덥석 안아 들고 목덜미를 간질이며 쓰다듬었다.

"너, 귀엽다. 자, 손!"

애완 동물 취급에 화가 나던 찰나 은평이 손을 내밀자 자신도 모르게 '냐아' 하고 귀엽게 우는 소리와 함께 본능적으로 앞발을 가져다대고야 말았다. 영묘는 뒤늦게 자신의 실수를 깨달았지만 이미 늦은 뒤였다. 처음에는 영묘라고 자신을 대하는 태도가 꽤 조심스럽던 화우와 능파의 눈이 가늘어져 곱지 않은 시선이었다.

[흠흠, 은평님이시죠?]

뒤늦게 체면을 회복하고자 영묘는 헛기침을 두어 번 해댄 후 은평의 얼굴은 이미 알고 있었지만 확인을 위해서 다시 한 번 물어보았다.

"고양아~ 멍멍 하고 짖어봐."

[저는 개가 아닙니다!]

"뭐, 어때? 고양이는 멍멍 하고 짖지 말라는 법이라도 있어?"

영묘는 한숨을 내쉬고는 은평이 뭐라 말하든 그냥 내버려 두기로 했다. 왠지 무산신녀보다 더 피곤한 존재인 것 같아 자신의 고생길이 보이는 듯했다.

[어쨌든 따라오시지요.]

은평의 손아귀에서 벗어나 땅바닥에 보기 좋게 착지한 영묘는 마치 자신을 따라오라는 듯 꼬리를 높이 쳐들고 앞장서 갔다. 사실 마음 같아선 염라대왕의 자식새끼가 부탁했든 어쨌든 그냥 확 버리고 오고 싶었지만 세상사가 어디 자기 맘대로 되는 것이던가?

[당신들은 제외입니다.]

갑자기 영묘가 몸을 홱 돌리더니 뒤따라오던 능파와 화우에게 일침을 놓았다. 염라대왕 자식새끼가 부탁한 건 저 소녀뿐이니 나머지 둘은 자신이 책임질 필요가 없는 것이었다.

"그럼 여기서 기다리고 있어요. 금방 다녀올게요."

능파는 도대체 은평이 뭐 하는 사람이기에 저런 영물이 데리러 오는 걸까 하고 심각한 고민에 빠졌다. 단과 그녀를 만나게 해준 것이 과연 잘한 일인지 회의가 들었다. 혹시 단에게 해가 될 인물이라면 미리 제거해 버리는 것이 좋을지도……

한편 은평은 영묘를 따라가다 보니 굉장히 숨이 가빴다. 조그만 새끼 고양이가 얼마나 재빠른지 달려도 도저히 좇지 못할 정도였다. 거기다가 깊은 심산유곡 쪽으로 자신을 유도해 가니 길은 점점 험해지고 따라가기는 더욱 힘들어졌다.

"고양아, 좀 천천히 가!"

금방 숨이 넘어갈 듯한 상태가 되어 자신을 부르는 소리에 영묘는 속으로 혀를 차댔다. 적어도 염라대왕의 자식새끼가 부탁한 인간이라서 한 가닥 하는 줄 알았더니 그것도 아닌 모양이었다.

[여기서 좀 쉬시지요. 곧 백호께서 오실 것입니다.]

아직 반도 가지 못했는데 벌써 지쳐 떨어져 버렸으니 백호가 오는 수밖에 별 도리가 없을 것 같았다. 사람들의 눈에 뜨일 염려가 되긴 했지만 이곳은 산길 쪽이 아니고 사람들이 다니지 않는 험한 곳이니 별문제는 없을 거라고 판단했다.

얼마 지나지 않아서 바람을 가르는 쾌속성과 함께 거대한 체구의 백호가 영묘의 연락을 받고 도착했다. 한참 싸움을 말리다가 온 듯 매끈했던 털이 잔뜩 곤두서 있고 지팡이에 맞은 흔적까지 있었다. 고래 싸움에 새우등 터진다는 말은 여기서 비롯된 것이 아닐까라고 생각될 정도였다.

"에에? 호, 호랑이?"

동물원이나 옛날이야기에서나 볼 수 있는, 그것도 새하얀 범을 보니 은평은 신기하기도 하고 무섭기도 해서 경계의 빛을 띠고 있었다.

[처음 뵙습니다, 신녀의 후계 분이시여!]

"…여기 동물들은 다 말을 하나?"

[저는 금수들 중에서도 큰 깨달음을 얻어 선계의 경지에 들었고 영수라는 칭호를 얻었습니다. 물론 백호님의 경우는 저희와는 입장이 다르시며……]

영묘가 대답을 했다. 한낱 평범하기 그지없는 미물들과 자신들을 똑같이 말하지 말라는 듯 그 목소리에는 자부심이 넘쳐흘렀다.

[말이 너무 많구나, 영묘.]

영묘의 말을 백호가 잘랐다. 영묘는 고개를 푹 수그린 뒤, 백호의 뒤쪽으로 가 섰다. 백호는 마치 자신의 등에 타라는 듯 은평에게 등을 들이밀었다. 제대로 섰을 때 은평의 목까지 오는 크기의 백호였기에 타기 쉽도록 약간 다리를 구부린 자세를 취했다. 어쨌든 자신에게 별로 해만 끼치지 않으면 아무래도 좋다는 생각으로 은평은 겁도 없이 백호의 등에 덥석 올라탔다.

산중의 왕이라는 별칭답게 백호는 은평을 등에 태우고서도 가뿐히 달리기 시작했다. 영묘는 백호의 옆에 바짝 붙어서 따라오고 있었는데 몸집은 작아도 백호에 못지 않은 속력을 보이고 있었다.

"어디로 가는 거지?"

[몽중유곡(夢中幽谷)이라는 곳입니다.]

무산신녀가 기거하는 몽중유곡은 무산 가장 깊은 곳에 위치한 곡으로 무산 일대의 영수들과 신선들이 모이는 곳으로도 유명한 곳이었다. 물론 범인들은 감히 범접치 못하는 곳으로 위치를 아는 사람은 아무도 없다고 한다.

*　　　　　*　　　　　*

"빌어먹을 영감탱이, 다시 한 번만 그랬단 봐라!"

분한 듯 거칠게 숨을 들이쉬는 노파가 있었다. 영수들이 간신히 둘을 떼어놓았지만 노파는 아직도 분이 풀리지 않은 듯 지팡이로 연신 땅을 쳐대며 노한 얼굴이었다.

그와 비례해 멀리 떨어진 곳에서는 잔뜩 기가 죽어 노파의 눈치만 살피는, 잔뜩 맞아서 여기저기 팅팅 부은 추레한 몰골의 노인이 보였다.

[신녀께서 참으세요.]

[그럼요, 그럼요. 참는 게 이기는 거래요.]

여러 조그만 영물들이 달라붙어 노파를 말리고 노인에게는 몇몇 영물들이 다가가 상처를 치료해 주고 있었다. 늙어서 주책없이 감히 하늘 같은 마누라에게 밉보인 불쌍한 남편의 전형적인 상이었다.

"백호와 영묘는 어디 갔느냐? 보이질 않는구나."

[염라대왕의 자제 분이 부탁하고 간 인간을 데리러 갔습니다.]

"그래?"

얼마 전 염화가 자신에게 부탁한 인간을 떠올리며 노파는 자리에서 일어났다. 무산 일대의 신령들과 신선들을 모두 총괄하는 무산신녀라는 이름에 걸맞지 않게 남편을 패는 폭력의 전형을 보여준 노파는 엉망이 된 주위를 둘러보면서 지팡이를 휘둘렀다.

한차례 평지풍파가 지나간 듯 엉망이 된 것들이 지팡이가 휘둘릴 때마다 새롭게 피어나고 자라나며 원래의 그 신비한 분위기로 다시금 변모해 갔다. 과연 서왕모(西王母)에 버금가는 신녀였다.

아수라장 같은 분위기는 간데없고 몽중유곡이 본래의 모습으로 되돌아가 있을 무렵 백호와 영묘가 돌아왔다. 소녀 하나를 데리고서.

"저 계집애냐?"

가당찮다는 시선을 은평에게 준 무산신녀는 별로 마음에 들지 않는 듯 혀를 끌끌 차댔다. 상관은 제법 괜찮았지만 한가닥 하는 인간 같지도 않고 기대했던 것과는 조금 달라 보였다. 어린것이 벌써부터 무념무상의 경지에 오른 듯 아무래도 상관없다는 듯한 얼굴을 하고 있는 것도 마음에 들지 않았다.

"염라대왕 자식새끼가 특별히 부탁하고 가기에 어떤 인간인가 했더니 별볼일없구나."

무산신녀는 백호의 등에서 조심스레 내려와 주위를 휘휘 둘러보고 곧장 자신에게로 걸어오는 은평을 바라보며 혼잣말로 중얼거렸다. 저런 인간에게 이 자리를 넘겨야 한다니 왠지 가슴이 아팠다. 적어도 자신만한 능력을 가진 후임자에게 넘기고 싶었지만 그냥 아쉬운 대로 살아야지 어쩌겠는가? 사실 신녀의 능력은 대대로 전승되는 것으로써 후계자의 능력이 특별히 뛰어나지 않아도 상관은 없는 것이지만.

"네가 은평이라는 아해냐?"

"안녕하세요, 할머니?"

어쨌든 노인 공경 사상에 입각해 무산신녀에게 정중히 인사했지만 무산신녀는 할머니라는 말을 듣는 순간 발끈하는 표정이었다. 이 모습의 어디가 할머니란 말인가(하지만 실제로 엄청 폭삭 늙은 노파였다)?

"안녕 못하다."

"왜요?"

"내 남편이란 작자가 다 늙어서 주책을 피웠거든."

"어머, 고생이 많으시겠어요."

"그럼그럼, 고생 많지."

무산신녀는 다시 한 번 무산신군을 쫙 째려보았다. 무산신군은 무산신녀가 노려보자 '깨갱' 하고는 영수들 뒤로 몸을 숨겼다. 은평은 무산신군을 동정하며 속으로 혀를 찼다. 다 늙어서 마누라에게 잡혀 사는 남자의 모습만큼 추한 것도 없을 것이다.

"저기요, 염화가 말한 선물을 찾으러 왔는데 어디 있죠?"

"네 눈앞에 있잖느냐?"

"…네?"

신녀가 한 말이 잘 이해가 가지 않아 고개를 갸웃하며 다시 한 번 물었다. 자신의 앞에는 신녀 할머니 한 사람밖에 눈에 띄지 않는데 뭐가 있단 말인가? 설마 저 말하는 신기한 짐승들이 선물이라는 말인가?

"네 선물은 나다."

"엑?!"

노파가 어떻게 선물이 될 수 있을까? 설마 불쌍한 노인을 데려다가 먹이고 입히고 공양하란 소리?!

'만약 그런 거라면 염화 이 자식 죽었어!'

"누굴 공양해? 그 반대다, 이 녀석아."

지팡이로 은평의 머리를 때리며 무슨 가당치도 않은 소리를 하느냐는 듯 무산신녀가 핀잔을 주었다.

"누가 가서 무산신군께 가까이 오시라 전해라."

신녀의 명이 떨어지자 불사조가 무산신군에게로 날아갔다. 겨우 의관을 추스르고 맞은 상처를 치료해 겨우 신선다운 모습을 하고 무언가 초월한 듯한 무게를 풍기는 무산신군이 쭈뼛대며 천천히 걸어왔다.

"인사해라. 나의 부군(夫君)인 무산신군이시다."

"처음 뵙겠습니다."

"오냐, 아주 귀엽게 생겼구나."

무산신군은 방금 전에 그렇게 혼나놓고도 아직도 정신을 못 차린 듯 은평을 보자 헤벌쭉 웃어댔다. 신녀는 차마 은평 앞에서 아까의 그 아수라장을 만들고 싶은 생각은 없었으므로 무산신군의 옆구리를 꼬집는 것으로 경고를 내렸다.

"그런데… 제 선물은 도대체 어디 있는 거예요?"

"네 눈앞에 있다니까."

"제 눈앞에는 두 분밖에 안 계시잖아요?"

은평은 노인들이 뭔가 특별한 존재 같긴 했지만 별다른 기분은 들지 않았다. 그냥 바람 피는 남편과 그 남편을 못 죽여서 안달 난 부인의 느낌뿐이었다. 하지만 선물이 두 노인일 리는 없을 테고.

"선물은 나다. 네가 내 능력을 흡수해서 무산의 다음 대 신녀가 되는 거지."

현재 은평의 상태를 표현하자면 망치로 머리를 얻어맞은 느낌일까? 은평은 무슨 말도 안 되는 소리냐며 반박하려다가 짐짓 심각한 두 노인의 표정을 보고는 입을 다물었다. 저토록 진지한 것을 보니 농담하는 것 같지는 않았지만 너무 황당무계하지 않은가.

"…할머니, 할아버지, 어디가 많이 아프신가 봐요."

"이 녀석이!!"

신녀는 무슨 말도 안 되는 소리냐며 은평의 머리를 다시 한 번 지팡이로 세게 내려쳤다.

"아얏! 아프잖아요!"

"기껏 진지하게 말해 줬더니 뭐가 어쩌고 저째?!"

"하지만 제가 무슨 수로 할머니를 흡수해요? 토막 내어 구워 먹을까요? 이건 정말 말도 안 되는 소리라구요."

무산신녀는 대대로 선대의 능력이 전승되는 것과 동시에 선대를 몸에 받아들여서 흡수해 다음 대 신녀가 탄생되곤 했다. 흡수라고 해서 나쁜 의미로 받아들일지도 모르겠지만 그런 것은 아니었다. 전대의 육체는 무로 돌아가고 대대로 계승된 신녀 본연의 능력과 전대 신녀들의 정신이 모두 후대의 정신 속에 깃드는 것으로써 상대의 능력만을 모조리 흡수해 버리는 인간들의 흡혈대법(吸血大法) 같은 것과는 차원이 달랐다.

"우리를 토막 내다가 구워 먹는다? 재미있구나."

무산신녀는 뚱했던 얼굴에 웃음을 띠었다. 은평의 말이 마음에 든 듯 보는 눈이 많이 고와져 있었다.

"영감, 당신은 이곳에 있어."

무산신군에 대한 화가 아직 풀리지 않은 듯 신군에게 이곳에 있으라고 명한 뒤 신녀는 은평의 손을 잡아끌고 몽중유곡에서도 가장 깊은 곳에 위치하는 빙원(氷原)으로 발걸음을 옮겼다.

가장 깨끗하고 순수한 얼음만이 존재하는 빙원은 한마디로 말하자면 시체 보관소(?)였다.

온통 삼 장 정도 되는 높이의 빙벽(氷壁)이 들어서 있었는데 분명 얼음임에도 불구하고 전혀 춥지가 않았다. 게다가 그 안에는 기이하게도 사람이 들어가 있었다. 고대 은, 주 시대의 복식을 하고 지금은 이미 쓰이지 않는 약간은 원시적인 머리 장신구를 한 여자, 그리고 춘추전국 시대의 복장을 한 남자와 나이도, 하고 있는 복식도 전부 제각각인 이들의 공통점이라면 마치 시체같이 얼굴빛이 창백하고 파르스름하다는 것과 대단한 미남, 미녀들이라는 점이었다.

"일세(一世)를 풍미했던 자들이란다. 인간치고는 제법 괜찮다 싶은 자들은 전부 모아났으니 마음대로 고르거라."

"…뭘요?"

"네가 앞으로 쓰게 될 육체 말이다."

"왜 골라야 하는데요?"

"넌 너무 평범해. 신녀의 후계답게 조금은 될 필요가 있다."

은평은 빙벽 속에 들어 있는 시체들을 바라보았다. 이미 죽은 자들이겠지만 금방이라도 감은 눈을 부릅뜰 것같이 생생했다.

"싫어요."

"뭐?"

"싫다구요. 난 나예요. 어째서 다른 사람의 육체에 들어가서 살아야 한다는 거죠? 전 싫어요!"

은평은 절대 말도 안 되는 이야기라며 부르르 진저리를 쳤다. 자기 자신에게 만족하는 사람이 이 세상에 얼마나 될까? 하지만 그렇다고 남의 육체를 도둑질해 그 안에서 살아가다니 정말 말도 안 되는 이야기였고 생각만 해도 끔찍한 이야기였다. 더구나 염화의 선물이 저런 것이었다면 그놈은 더 더욱 죽일 놈이 되는 것이고.

"하지만 저들 중 누구를 선택한다면 그가 지녔던 모든 능력을 네가 쓸 수 있다. 그래도 싫으냐?"

꽤 의외라는 듯 무산신녀는 약간 어르는 듯한 말투로 은평을 달랬다.

지금까지 육체를 바꿔주겠다고 했을 때 '싫어' 란 거절의 말을 들어본 것이 처음인지라 혹시 은평이 예의상 한 번쯤 거절하는 것이 아닌가라는 생각도 들었던 것이다.

"싫어요! 절대 싫어요!!"

은평의 표정을 찬찬히 살펴보던 신녀는 그게 거짓이 아니라고 판단했다.

"제법 다부진 아해구나. 좋아, 아주 맘에 들었다."

처음에 봤던 인상과는 달리 무산신녀는 점점 은평이 마음에 들고 있었다.

*   *   *

"어떻게 되어가고 있습니까?"

무심함이 깃든 음성이 바람을 따라 흩어져 갔다. 문사의로 머리를 고정시키고 있지만 채 묶이지 못한 몇 가닥이 이리저리 흔들리는 청의청년과 음산한 인상을 주는 노인이 갈대밭에 서서 서로를 마주하고 있었다.

핏빛인지 자색인지 구분이 모호한 장삼을 걸친 중년인은 전음을 쓰는 듯 얄팍한 입술을 조그맣게 움직이고 있었다.

"그대는 그대를 잠입시킨 이유를 다 잊은 것 같군요."

여전히 무심한 음성 그대로였지만 그 말에 노인은 옷이 더러워지는 것도 마다하지 않고 땅바닥에 엎드려 오체투지했다.

"그런 것은 아니오이다, 주군! 하지만 교주의 얼굴을 도무지 볼 수가 없었습니다! 마교의 수뇌부들도 모르는 듯합니다. 교주가 누구인지를."

항변이라도 하는 듯이 그는 변명을 늘어놓았다. 하지만 청의청년의 반응은 여전히 차가웠다.

"그런데도 놓치다니, 쓸모없는 인간 같으니……."

노인은 청의청년 앞에 무릎을 꿇고 공포에 질린 목소리로 용서를 구했다. 주군의 뜻에 거슬려 유명을 달리한 동료를 여럿 봐왔기 때문에 그는 그 누구보다도 자신의 눈앞에 있는 청의청년을 두려워하고 있었다.

"의외의 변수가 등장했습니다. 별로 생각지도 않았던 자들입니다만 이들의 감시도 확실히 해두시기 바랍니다. 다른 자들에게도 연락을 취해 주십시오. 그리고 잔영문은 어찌 됐습니까?"

"…자, 잔영문은 아무래도 무림 본래의 세력이 아닌 듯하옵니다."

"그게 무슨 소립니까?"

"아무래도 우리가 멸문시켰던 사천당문을 계승한 듯 보이며 또한 익히고 있는 무공들도 무림의 것이 아닙니다."

무서워서 벌벌 떨면서도 노인은 또박또박 답했다. 잔영문이 무림만의 세력이 아니라는 소리에 흥미가 돋은 듯 청의청년이 다음 말을 재촉했다.

"그래서?"

"…그것은 잘 모르겠습니다만 침투시키기가 여간 힘든 일이 아닙니다. 외부에서 세력을 받아들이는 것이 아니고 일종의 친족 세력들로 묶여 있는 듯하여……."

노인의 말에 청의청년이 코웃음을 치며 웃기지도 않는다는 듯 팔짱을 낀 채 냉혈한 시선으로 자신의 발치 아래서 오체투지하고 있는 노인을 노려보았다.

"잠입시키기 어렵다는 이야기군요. 그건 자신이 무능하다고 시인하는 꼴밖에는 되지 않습니다. 좀 더 그럴싸한 변명을 늘어놔 보시지요."

"……."

노인에게서 돌아선 청의청년은 창백할 정도로 흰 얼굴에 표정과는 거리가 먼 듯한 인상이었다. 인형과도 같은 느낌으로 살아 있는 사람의 분위기라고는 믿어지지 않을 만큼 냉막했다. 노인이 머리를 땅에 박고 있는 사이 청의청년은 마치 연기가 사라지듯 홀연히 사라졌다. 청의청년의 무공이 대단한 경지인 것만은 틀림없었다.

"휴~"

청년이 사라지자 비로소 안도의 한숨을 내쉰 노인은 등줄기가 식은땀으로 젖어 차가운 것을 느끼고 혀를 찼다. 자신의 주군의 기도는 대단했다. 가까이 있는 것만으로도 긴장되어 식은땀이 흐를 정도이니…….

*　　　*　　　*

"이리 좀 와봐라."

손가락을 까닥거리며 멀찍이 떨어져 서 있던 은평을 부른 무산신녀는 주름살 가득한 얼굴을 들이대며 은평의 몸 이곳저곳을 자세히 살피기 시작했다.

머리카락을 들어 올리더니 감촉을 확인해 보고 몸의 골격을 살피는 것인지 어깨와 등의 척추 부분을 어루만졌다.

"…영~ 성에 안 차는구먼. 까짓, 육체를 바꾸면 안 되겠니?"

"절.대.로 싫어요!"

절대로란 단어를 뚝뚝 끊어 말하며 강조하는 은평이었다. 하지만 무산신녀는 계속 훑어보아도 영 마음에 들지 않는지 혀만 끌끌댈 뿐이었다.

"이거 견적 좀 많이 나오겠는데?"

"…견적?"

'웬 견적?'

견적이란 소리를 들으니 마치 도축장에서 무게 시험을 받는 가축의 기분이었다. 하지만 무산신녀는 그런 은평의 생각을 아는지 모르는지 은평을 이리저리 돌려가며 세세히 살피고 난 후 손을 탁탁 털었다.

"하는 수 없지. 네가 정 이 육체를 고집하겠다면 말리지는 않겠지만 왠지 돌연변이가 나올 것 같은데……."

무산신녀는 신녀 노릇은 그만두고 유전자 개량에라도 나서겠다는 건지 돌연변이 운운했다. 은평은 이제 신녀가 뭐라고 하든 신경 끄기로 작심하고 입을 굳게 다물었다. 오랜만에 노인 공경 좀 해보려 했더니 웬 이상한 늙은이한테 걸려서는…….

"이상한 늙은이라니? 그게 신보고 할 소리냐?"

어느새 은평의 생각을 읽었는지 지팡이로 은평의 머리를 여지없이 가격했다. 그 솜씨가 보통이 아닌 것으로 보아 상당한 수련(?)을 쌓은 것 같았다.

"쓸데없는 생각은 집어치우고 날 따라오너라."

빙원에서 나온 신녀는 여기저기 널려 있는(?) 영수들을 향해 호령했다. 별로 큰 소리가 아니었음에도 메아리치듯 쩌렁쩌렁 울리는 것이 마치 강호의 고수들이 쓴다는 천리전음(千里傳音) 같았다.

"진짜로 줄 선물은 이제부터니까."

"……?"

뭐가 그리도 좋은지 은평은 웃음을 참지 못해 입가로 희미한 웃음이 새고 있었다. 무산신녀는 몽중유곡에서도 가장 경치가 좋은 곳으로 알려져 있는 취화정(取華亭)으로 은평을 안내했다. 조금 전, 부부 싸움으로 인하여 무참히 부서졌던 곳이었지만 신녀의 능력에 힘입어 다시 원래의 모습이 되어 희미한 안개를 감싸 안고 포근한 분위기가 되어 있었다.

"이곳이 좋겠군, 조용하니."

"…도대체 선물이 뭐길래 이런 조용한 곳까지 와야 하나요?"

은평은 별거 아니라면 노인 공경 사상이고 뭐고 없다고 다짐했다. 신녀는 그런 은평을 보며 의미심장한 웃음을 지었다. 무언가 벗어나고 해방되었다는 느낌으로 악동의 웃음과도 같은 느낌이었다.

"천지여래(天地如來), 이혼지합(離魂之合), 체일격흡(體一激吸)……."

신녀는 은평의 이마에 검지와 중지만을 가져다 대고 눈을 감은 채 이전까지와는 달리 진지하고도 엄숙하게 주문을 외우기 시작했다. 은평은 왠지는 모르지만 어쨌든 눈을 감아야 할 것 같다는 분위기에 눈을 감고 도대체 무얼 하는 걸까 하는 생각으로 잠자코 기다리기로 했다.

주문이 끊겼다고 생각한 순간 갑자기 은평의 앞으로 눈도 뜨지 못할 정도의 거센 바람이 불어닥쳤다. 날카로운 듯하면서도 유유하고 마치 온몸을 감싸안는 듯한 느낌에 은평은 어렵사리 실눈을 떴다. 자신의 앞에 도대체 무슨 일이 일어난 것인가 싶어 앞을 바라보자 마치 희고 투명한 수천 가닥의 실들이 자신의 몸을 휘감아 도는 것 같은 환상이 일어나고 있었다.

풍사(風絲)는 귀와 코, 그리고 입으로 순식간에 넘쳐 들어와 전신에 바람을 불어넣고 있었다. 숨도 제대로 쉬지 못하고 소리조차 지를 수 없을 만큼 괴로워서 땅바닥에 털버덕 주저앉아 한참을 몸부림치다가 아마도 그대로 정신을 놓아버린 것 같았다.

*　　　*　　　*

구름이었다.

손으로 헤치듯이 건드리면 이리저리 손가락 사이로 흩어지듯 빠져나가 새로운 형태를 만들고 잡으려고 움켜쥐면 따사로운 감촉의 물로 화해 손목을 타고 흘렀다. 손목을 타고 흐르는 물은 몹시도 그리운 물 내음이 되어 전신을 둘러싸고 안식을 주었다. 온통 구름밖에는 보이지 않는 이 곳은 어디이고 난 누구일까?

눈이 엷은 피 막에 가려진 듯 온통 흐릿한 핏빛이었다. 구름은 부지불식간에 흔적도 없이 사라지고 그리운 물 내음 대신 비릿한 피비린내가 코를 찔러왔다.

온몸을 감싸 안아주던 느낌 대신 마비가 찾아왔다. 몸에 딱 맞는 관 속에라도 넣어진 듯 움직일 수가 없었다. 그 느낌은 점점 조여들어 가서 마침내는 온몸에 온기가 돌지 않는 듯한 멍한 상태가 되었다.

'…죽는다……?'

죽는다는 뜻이 무엇일까? 온몸이 괴로워지자 불현듯 은평의 머리 속에 떠오른 한마디는 죽음이었다. 무슨 뜻인지 알 수 없었다. 무슨 의미인지 모르겠다. 어째서 이 말이 떠올랐는지도.

조이는 느낌은 점점 더 강해져 온몸이 괴로웠지만 정신만은 평안했다. 고통스럽지만 마음만은 위안과 안식으로 가득 차 있었다.

—정신 차려! 이렇게 불안정한 상태에서 죽음을 생각하다니! 정말로 골로 가고 싶은 게냐?!

머리 속을 멍멍하게 울리며 귓전을 때리는 목소리가 있었다. 누굴까? 누구지? 누구이기에 내 귀에다 대고 말을 할 수 있는 거지?

—넌 다시 태어나고 있는 중이다. 처음부터 다시. 세속의 때와 허물을 모두 벗어내 버리고 생의 의미와 조화를 깨달을 수 있다면 생이 기다릴 것이고 네가 이대로 그냥 있는다면 정말로 골로 가게 돼!

잘 모르겠다. 트럭에 치어서 비참한 몰골로 죽었던 것까지는 기억이 났지만 어째서 자신이 이곳에 있는 것일까란 의문은 아직 풀리지 않았다.

자신은 분명히 죽었었다. 이곳에 오기 전 난 도대체 뭘 했던 걸까? 모든 것에 싫증 내고 모든 것에 지쳐서 원망하며 그 책임을 남에게 전가시키고 짜증만 부렸다. 개선해 보려는 노력과 의지는 상실되어 메마른 사막 속에 처박아지고 어떤 것도 내 앞에서는 갑갑함의 산물이 되어 겁없이도 차라리 죽어버렸으면 했다.

한심하고 미련스러웠고 동시에 지금은 혐오스러워 견딜 수가 없는 내 자신. 나뿐만이 아니라 이 세상의 모든 사람이 다람쥐가 쳇바퀴를 굴리듯 살아가며 사회를 형성하고 그것이 뭉쳐서 세상이 되고 더불어 그 개개인은 세상의 일부분으로써의 책임을 다했…….

'하지만… 책임을 다하기 위해서 그렇게 산다는 건… 바보 같잖아?'

마음 한구석에서 다른 생각이 일어났다. 그것 역시 얼마나 바보스러운 일인가? 단지 세상을 이룬다는 책임감만을 위해서, 다들 그렇게 살고 있으니까 자신 역시 그런 식의 삶을 살아야 했단 말인가?

정작 자아는 지루하고 따분해서 숨도 쉬지 못할 만큼의 괴로움에 시달리는데도?

몸의 괴로움에 동조라도 하려는 듯 마음은 제각각 분리되어 각기 다른 소리로 육체를 지배하기 위해 떠들어댔다.

'저건 뭐지?'

눈앞에 흐릿한 잔영이 스치고 지나갔다. 분명히 사람인 듯한 형상의 그것은 사람이 아닌 듯한 속력으로 순식간에 은평의 앞에 나타나 손을 들어 올리고 있었다.

"……!"

사지를 여러 갈래에서 서로 잡아당기는 것 같은 통증과 함께 살과 살이 찢기는, 질퍽질퍽대는 소리와 함께 사지와 목이 서로 나누어진 느낌이 왔다. 소리조차 제대로 나오지 않는 고통 속에서 귓전으로 자신의 고동 소리를 들을 수 있었다.

큰북을 귓가에 가져다 놓고 빠른 박자로 울리는 그 소리에 아직은 자신이 살아 있다는 걸 잠시나마 느낄 수 있었다. 시계(視界)가 불안정하게 비틀리며 온통 주위가 캄캄해져 갔다. 그리고 사지가 갈가리 찢겨져 나가 멍하고 흐릿한 눈으로 피눈물을 흘리고 있는 자신을 보았다. 죽어가고 있는 자신을 정면에서 지켜볼 수 있다는 건 꽤나 짜릿한 경험일까?

"…치워……."

속삭이는 듯한 중얼거림으로 은평은 어딘가에 있을 다른 누군가에게 말을 걸었다.

―저건 과거의 너다.

사방이 둘러싸이는 듯한 공명음으로 목소리가 전달되어 왔다. 다시 엉망진창이 되어 널브러져 있는 자신이란 고깃덩어리 쪽으로 시선을 돌리는 순간 몸을 움직인 것이 아닌데도 점점 확대되어 눈으로 들어왔다.

끼이이이이!!

그 고깃덩어리들은 순식간에 검붉은, 뭐랄까, 끈적끈적한 체액으로 젖은 촉수(觸手) 같은 것들이 순식간에 돋아나 좀 전의 모습과는 확연히 다른 모습으로 순식간에 변모해 갔다. 듣기 싫은 음을 내지르며 순식간에 길게 변한 그것들은 끔찍할 뿐만이 아니라 징그러웠다.

인간의 혐오감을 자극시키는 그런 모습… 마치 살아 있는 듯 몸부림쳐 대며 촉수들은 뱀처럼 움직였다. 그리고 입으로, 콧속으로, 귓가로, 혹은 살 속을 뚫고 들어와 요동 치며 혈관과 근육과 신경을 헤집어놓았다.

치미는 구토감과 고막이 터질 듯한 아픔, 그리고 질퍽대는 촉수와 살점이 맞부딪치는 소리가 크게 귓가에서 소용돌이쳐 댔다.

[앗! 일어났다!]

[정말? 정말?]

재잘재잘대는 소리가 웅성거림으로 들리는 것을 보면 꽤 많은 수가 모여서 만담(漫談)이라도 하고 있는 것 같았다. 아직도 머리가 어질어질하다. 보여지는 푸른 하늘이 일그러져 보였지만 머리가 멍한 것만 빼면 그다지 못 견딜 정도는 아니었다.

[아직 멍하신 것 같은데?]

[누가 가서 지엽선목(志燁仙木)의 수액(樹液) 좀 가져와!]

웅성거림에 약간 걱정하는 빛이 비치더니 이윽고 은평의 입이 힘없이 벌어지며 진득한 액체가 한 모금 정도 입 안으로 들이부어졌다.

맨 처음 혀끝에서 감지해 낸 수액의 맛은 떫은 맛이었다. 혀를 지잉하고 울릴 정도의 떫은 맛에 차마 넘기지 못하고 계속 입속에 넣고 있었는데 떫은 맛은 점점 변하더니 이윽고 청량하고 상쾌한 맛으로 변해갔다.

"…뭐야, 이건……?"

성대를 울리지도 못할 만큼 목이 텁텁해서 말하는 게 힘겨웠지만 목구멍이 수액으로 적셔지고 나니 기계에 기름 칠을 한 듯 그래도 조금이나마 말을 할 수 있게 되었다.

[드디어 깨어나셨군요. 축하드립니다.]

붉은 적안에 검고 하얀 줄무늬의 백호가 눈앞에 그 커다란 얼굴을 갑자기 들이대 은평은 적잖이 놀랐다. 이미 그 덩치만으로도 놀랄 일인데 커다란 돌덩이 같은 것이 눈앞에 갑자기 나타났으니 안 놀랄 사람이 어디 있겠는가마는 반쯤 상체를 들어 올리자 양 미간이 쿡쿡 쑤셔서 은평은 자신도 모르게 눈살을 찌푸렸다.

온몸을 저릿저릿하게 감쌌던 감각도, 고통도 골치가 쑤시는 걸 제외하고는 모두 사라져 있었고 몸이 굉장히 가뿐하고 상쾌한 느낌이었다.

[기대고 계십시오.]

백호가 은평이 등을 기댈 수 있도록 자신의 몸을 대어왔다. 푹신푹신한 모피 속에 몸을 덮고 동물 특유의 따끈한 체온을 접하고 있으려니 그렇게 고통스러웠던 게 마치 꿈만 같았다.

"뭣 좀 물어보겠는데요……."

[무얼 물으실지 압니다.]

미리 예상했었다는 듯 백호는 아기를 어르듯 잔잔한 목소리로 이야기를 시작했다.

[신녀의 후계로서 새로운 신녀가 되신 겁니다. 그리고 막 의식을 치르고 깨어나신 겁니다. 앞으로 잘 부탁드립니다.]

'에? 뭘?'

신녀의 후계라느니 의식이라느니 모두 황당한 소리뿐이었다. 무슨 후계자? 의식? 그 고통스러웠던 게 의식? 은평은 잠시 입술을 꽉 다물었다가 차근차근 기억을 더듬었다.

"그러니까… 고통스러웠던 그게 의식이라는 거고… 내가 신녀의 후계인지 뭔지라면 그 할머니는 어디로 가신 거죠?"

[당신의 몸속에 계십니다. 전대의 신녀님뿐만이 아니라 그 전대의 모든 신녀 분들의 정신이 몸속에 한데 깃들어 계시는 거지요.]

"이해가 안 가요, 무슨 말을 하고 있는 건지."

혼란스러운 머리를 정리하려고 애써보았으나 점점 표정이 구겨져 갔다. 짜증이 치밀어 올라 견딜 수 없다는 그런 얼굴이었다.

—왜 그리 말을 못 알아들어! 난 네 속에 있고 넌 다음 대 무산신녀가 됐다는 소린데!

머리 속에서 '펑!' 하고 울리는 소리에 은평은 자신도 모르게 머리를 두 손으로 감싸 안았다. 꽤 충격이 커서 머리가 아직도 그 여파로 울려대고 골이 흔들리는 것 같았다. 분명히 그 할머니의 목소리 같은데 어째서 목소리가 자신의 머리 속에서 지잉거리며 울려대는 건지……

―둔치 같으니라고. 몸을 전부 뜯어고치느라 원기를 소진한 관계로 조용히 좀 쉬어볼까 했더니 그것도 할 수가 없구나. 잘 들어라. 그 염라 대왕 자식새끼가 와서 그러더구나. 신녀께서도 슬슬 은퇴할 나이이니 후계에게 그 자리를 물려주는 게 어떻겠느냐고.

"그래서요?"

―뭘 그래서야?! 그래서 너한테 물려줬다는 소리지.

"그게 무슨 뜻인데요?"

―뭐긴, 네가 내 대신 신녀가 됐다는 소리다!

신녀? 신녀가 뭐 하는 물건이지? 구워 먹는 거? 현재 은평의 머리는 단어를 이해하길 거부하고 있었다. 그 단어의 뜻을 모른다기보다도 은평의 머리가 해석하길 거부한다고 하는 쪽이 맞을 것이다.

―잘 부탁한다, 다음 대 무산신녀.

[잘 부탁드립니다.]

머리 속의 목소리를 필두로 일제히 주위에 모여 있던 백호 등의 영수들이 한결같이 외치며 고개를 숙였다.

*   *   *

"언제까지 이러고 있을 순 없어요. 우선은 마교로 돌아가야 합니다."

은평이 영묘를 따라 무산으로 입산(入山)한 지도 어언 한 달이 넘어가고 있었다. 금방 오겠다던 은평이 한 달이 넘도록 나타나지 않자 그에 따라서 단화우 역시 산 사나이(?)가 되어가고 있었다.

몇 주 전에는 기어이 움막까지 지어놓고 그곳에서 기거하는 열렬한 정성을 보였었다. 하지만 마교를 벌써 두 달 이상이나 비워두었기 때문에 능파와 다른 그의 측근들은 걱정이 대단했다. 아무리 얼굴조차 알려지지 않은 교주라지만 이렇게 오래 비워두는 것은 곤란했다. 게다가 그가 아니면 해결할 수 없는 교 내(敎內)의 여러 가지 일들이 산적해 있는 상태였다.

"뭐가 말인가? 분명히 돌아오겠다고 했으니까 돌아올 거야."

"산을 아무리 뒤져도 영묘와 은평의 흔적은 발견할 수가 없었단 말이에요. 사람을 이곳에 남겨두어 돌아오는 즉시 마교로 연락을 취할 테니 우선은 돌아가요."

능파는 답답했다. 분명 그 소녀는 죽었거나 아니면 나타나지 않을 것이 분명한데 어째서 저리도 고집을 피우는 것인가? 게다가 그가 가지 않으면 의귀(醫鬼) 단운향(端藑香) 녀석을 말릴 사람은 아무도 없었다.

"…교도들의 불평이 쌓이고 있다구요. 단이 아니면 의귀를 말릴 사람이 아무도 없잖아요."

능파는 부드럽게 동생의 일로 꼬드기듯이 데려가 볼 작정으로 운향의 일을 꺼냈다. 의귀라 불리며 마교의 교도들에게는 교주보다 더한 공포의 존재가 되어버린 단운향은 단의 친동생으로 한마디로 의술에 미친 놈이었다.

의술에만 미쳤으면 그나마 낫겠는데 사람 몸을 해부한다든가 사람 뼈를 수집하는 악취미를 가지고 있어 현재 약당전주(藥堂殿主)의 자리에 있지만 그 누구도 섣불리 치료를 부탁하는 사람이 없었다. 단운향이 유일하게 말을 듣는 상대가 그 형인 단화우인데 그가 교를 비운 지금 단운향이 거의 날뛰고 있다는 혈수비연(血手費蓮) 냉옥화(冷玉華)의 보고를 받고 능파는 마음이 더 급해졌다.

"…운향이 난리를 피운다던가?"

"네, 그것도 아주 크게요. 가서 좀 말려주세요."

어떤 이야기로 회유해도 꿈쩍도 않던 그가 동생의 이야기가 나오자 조금 흠칫했다. 역시 피는 물보다 진하다는 건가? 능파는 조금만 더 하면 넘어올 것 같다는 확신이 들었다.

"정 안심이 안 되겠다면 이곳에는 취흥(醉興)이나 취홍(醉虹) 중 한 사람을 남겨놓을게요. 그 애들이라면 안심할 수 있겠지요?"

"알았어. 교로 귀환한다."

겨우 단을 구슬린 능파는 한숨을 내쉬며 약속한 대로 뒤에 서 있던 두 자매 중 취홍에게 이곳에 남도록 명했다.

"이곳에 오 일 정도 머물러 있으면서 전서구로 연락하고 그래도 내려오지 않을 시 천안의 사람들을 풀어 한번 더 산을 뒤지거라. 그 이후에도 없다면 돌아와도 좋다."

"존명. 명을 받드나이다."

능파는 한숨을 쉬며 화려한 옥잠(玉簪)으로 쪽을 찐 머리를 어루만졌다. 한 달간이나 산에 머물면서 거친 음식만을 입에 댔더니 입이 제법 깔깔했다.

'배가 부른 모양이구나, 능파야.'

투정하는 자신을 질책하며 능파는 오두막을 지은 통나무의 벌어진 틈 사이로 보이는 시리도록 푸른 하늘을 바라보았다.

*   *   *

화려한 내실이었다. 들어가는 입구에는 두 명의 아리따운 소녀가 고풍스런 능라의 궁장 차림과 머리에는 값비싼 장신구로 치장한 채 향로(香爐)를 받쳐 들고 고개를 약간 숙이고 서 있었다.

입구를 시작으로 서역(西域)의 것으로 보이는 기하학적인 무늬의 융단이 깔려 있고 새하얀 양지옥(羊脂玉)으로 된 이국적인 느낌의 둥근 탁자가 방의 분위기를 한결 더했다. 소녀들이 받쳐 드는 향로로부터 피어오르는 은은한 연기가 내실의 공기를 타고 돌면서 좋은 향취가 풍겼다.

"…용정차(龍井茶)이옵니다. 오신다는 연락을 받지 못했기에 급히 구해온 것이라 입에 맞으실지 모르겠사옵니다. 용정차가 입에 맞지 않으시면 벽라춘(碧螺春) 등 육 대 명차들도 구비해 두었사오니 불러주시옵소서."

야릇한 색 향이 풍기는 여인이었다. 머리카락은 군데군데 희끗희끗하게 새어 있음에도 얼굴은 이십 대의 그것처럼 주름살 하나 없이 탱탱하니 신기한 노릇이었다.

단아하고 오밀조밀한 느낌의 여인은 예의 바르게 고개를 숙인 채 무릎을 꿇고 앉아 탁자 앞에 앉아 있는 인영을 향해 조용히 읊조렸다. 여인은 무릎을 꿇은 채 탁자까지 걸어가 연푸른 색조의 김을 모락모락 피어올리는 다기를 바치듯 올렸다. 절도가 있으면서도 공손한 동작은 흠잡을 데하나 없었다.

게다가 치렁치렁한 궁장을 입고 있음에도 사락거리는 옷자락 스치는 소리 하나 들리지 않고 차를 옮기는 동작도 매끄러운 것으로 보아 상당한 교육을 받은 여인임이 분명했다. 하나 태양혈(太陽穴)의 돌출이 없는 것으로 미루어 짐작해 볼 때 무공은 익히지 않은 듯했다.

"…그동안의 일을 보고해 봐라."

탁자 앞에 앉은 인영은 백의 차림에 등을 돌리고 있어 얼굴은 볼 수 없었지만 냉막한 음성으로 보아 자연스레 차가운 인상의 사내가 연상되었다. 백옥 같은 손을 들어 다기를 받쳐 들고 입 쪽으로 가져가는 동작 하나하나, 한 가닥 흐트러짐없이 잡아 맨 문사건은 그 사람의 철저하고 깔

끔한 성미를 보여주는 듯했다.

"꽤 여러 가지 일이 있었사옵니다. 문주(門主)께서 자리를 비우신 사이 지하에서 배교의 잔존 세력들의 움직임이 여러 번 있었사옵고 마교의 교주가 비밀리에 잠행을 나왔나이다. 그리고 새로운 신진 고수로 잔월비선(殘月飛扇)과 잔혹미영(殘酷美影)이라는 두 남녀가 주목을 끌기 시작했사옵니다. 그 둘은 사람을 찾는 것으로 유명한데 이것이 전대의 두 노괴인 백염광노와 파랑군이 찾는 주군이란 인물과 일치하는 것으로 밝혀져 과연 이 소녀가 누구인가에 대한 의문도 점점 커지고 그에 따라 사칭하는 인물도 적잖이 늘어났다고 하옵니다."

여인은 한 치의 틀림도 없이 긴 내용을 한결같은 높낮이로 말하고 있었다. 하지만 차를 '후후' 부는 인영의 행동에는 별 변함이 없었고 그저 지루하고 따분하다는 느낌을 주었다.

"그 인물에 대해서 조사를 강화해라. 찾으면 반드시 나에게 보고하고. 그리고 마교 교주의 움직임을 주시하라."

"존명."

여인의 몸이 희미하게 연기처럼 변하더니 흔적도 없이 사라지고 말았다. 여인이 사라지고 나자 그제야 고개를 돌린 인영은 반쯤 마신 다기를 내려놓고 자리에서 일어났다. 용정차의 향기가 입 안을 맴돌았다.

"…내 손을 벗어날 순 없지. 반드시 찾아주마."

의미없는 소리를 내뱉은 인영은 '큭' 하고 웃었다. 사라졌던 여인과 마찬가지로 인영 역시 사르륵 흔적도 없이 사라져 갔다.

*   *   *

"이게 뭐야아아아아앗?!"

심금(?)을 울리는 절규가 몽중유곡 깊숙이까지 울려 퍼졌다. 영수들은 이게 무슨 일인가 싶었지만 굳이 소리가 울린 지점으로 달려가는 실수를 범하진 않았다. 달려가서 무슨 불똥이 튈 줄 알고 가겠는가?

"이게 뭐야? 내가 백발의 노파야?"

조금 몸을 가눌 수 있게 된 후 샘물에 비춰진 자신의 모습을 우연히 보게 된 은평은 기겁했다. 검던 머리카락이 새하얗게 변해 있는 것이었다.

길이도 어깨에 겨우 닿을까 말까 한 길이였는데 어느새인가 발끝까지 자라 있었다. 어지러이, 마치 은사(銀絲)같이 가닥가닥 흩뜨러진 머리카락은 은평이 붙잡고 절규할 때마다 그 위치를 달리하였다. 멀리서 보면 꽤 멋진 모습이었을 텐데도 정작 본인은 백발이 성성한 노파 같다고 여기며 매우 싫어했다. 한국에 있을 때도 염색이나 탈색 한 번 해본 적 없던 머리가 어떻게 하루아침에 이렇게 변할 수 있단 말인가?

[저… 진정을 좀 하시고… 새하얀 머리는 선계(仙界)의 상징입니다. 노인의 머리가 아니라니까요!]

백호는 은평을 진정시키기 위해 안간힘을 쓰고 있었다. 신녀의 자리를 대물림하며 자연스레 일어나는 몸의 현상이건만 이번 신녀는 뭐가 그리도 맘에 안 드는지 온몸으로 거부해 대었다. 머리가 새하얄수록 부리는 영수(靈獸)들의 수와 주술(呪術), 신력(神力) 역시 강한 것을 의미하는 것이다. 백호 자신의 흰 털 역시 강한 영력(靈力)의 상징이었다.

"이봐요, 할머니! 듣고 있겠죠? 이 머리, 원래대로 만들어 줘요!"

자신의 몸속에 들어 있을 전대의 신녀에게 머리를 쥐어뜯어 가며 사정했다. 이것만 보아도 지금의 흰머리를 얼마나 싫어하는지 조금은 짐작이 갔다. 하지만 머리 속에서는 아무런 대답이 없었다.

"이 꼴로 어떻게 나다니라는 거야!"

샘물에 다시 한 번 비참하기까지 한 머리를 비추어 보다가 은평은 문득 드는 위화감에 머리카락에서 시선을 옮겨 좀 더 아래를 내려다보았다. 전체적으로, 또한 부분적으로 훑어보아도 자신의 얼굴이 분명하건만 이 위화감은 도대체 무얼까? 머리가 희어서 그런지 유독 눈에 뜨이는 검고 짙으며 긴 눈썹과 붉은 입술……?

'잠까아아안!! 눈썹이… 짙고 길어?

자신의 눈썹은 이제까지 아무리 생각해도 짙지도 않았고 그렇다고 길지도 않았으며 별 특징 없는 눈이었다.

은평은 좀 더 세세히 관찰해 보기로 했다. 자신의 얼굴에 대해서 말이다.

피부 색은 원래 짙은 상아색으로 그저 평범한 황인종이었던 자신의 피부가 백인을 방불케 할 정도의 흰빛과 투명함이 보이는 건 웬 조화이며 십수 년간 보아왔던 얼굴이 맞기는 맞는데 이목구비의 위치와 생김새가 약간씩 달라 보이는 건 뭔 놈의 조화일까나? 약간씩 불완전한 상태에 있었던 것들이 완벽한 균형을 찾아 맞추어진 느낌이 들었다. 갸름한 얼굴형에 모든 이목구비가 완전무결(完全無缺)한 상태로 박혀진.

"…이게… 뭐야……?!!"

몽중유곡의 영수들은 또 한 번 울려 퍼진 절규에 깜짝 놀라야만 했다.

잠시 뒤, 겨우 진정하고 주저앉아서 은평은 자신의 몸속에 있을 전대의 신녀를 불렀다. 자신의 몸을 이 꼴로 만든 것은 십중팔구 그 노파의 짓일 게 뻔할 테니.

"…당장 원래대로 돌려놔요! 이런 게 선물이라면 절대 필요 없으니까! 내가 동물원 원숭이도 아니고 이 나이에 흰머리가 뭐냐구요?!"

하지만 문답무용(問答無用)이었다. 아무리 물어도 대답은 없고 그렇다고 몸을 다시 돌려놓거나 자신의 몸에서 빠져나온 것 같지도 않았다.

[신녀님, 제발 그만두십시오. 지금 전대의 신녀께서는 신녀님의 육체에 깃들어서 신녀의 영력을 완벽하게 다루도록 도와주시고 있는 것입니다! 무리해서 그러시면 두 분의 혼이 위험해집니다!]

"내가 곤란해지면 그 할머니도 마찬가지다 이거지?!"

은평은 눈썹을 찡긋거리며 모습을 비추어 보고 있던 샘물로 뛰어들었다. 어차피 수영이라면 맥주병이었으니 자기도 죽기 싫으면 튀어나오겠지라는 무대뽀적인 생각으로 말이다.

샘은 제법 깊고 깨끗했다. 물에 들어가자 기다란 머리카락이 물속에서 마치 수초(水草)처럼 흐느적대었다. 고기들이 사는 것은 아니었지만 어디선가 흘러들어 오는 것인 듯했다. 연한 푸른색이 뒤섞인 물속 풍경은 제법 멋졌다.

"이러고도 안 나오고 배기나 보자!"

물속에 들어가 자신감있게 외치던 은평은 뭔가 이상하다는 걸 깨닫고 지금의 상황에 대해서 곰곰이 생각해 보았다. 방금 분명히 자신이 말한 것을 귀로 들었으니 소리를 내어 말한 게 분명했다. 물속에서 저렇게 완벽한 발음을 한다는 건 불가능한 일일진대 어째서 자신의 귀에는 똑똑히 사람 말소리로 들린 걸까? 그리고 원래대로라면 물속에 가라앉게 되면서 숨을 쉬지 못해 괴로워야 할 텐데 뭍과 다름없이 편안했다. 마치 물고기들처럼 물속에서도 숨을 쉬는 것 같다.

'지금 내가 물속에서 지금 숨을 쉬고 있는 거야?!!'

그리고 보니 물속에서 눈을 뜬 채였지만 아무 느낌도 들지 않았다. 마치 태어날 때부터 그랬던 것처럼 너무도 자연스럽게 그렇게 숨을 쉬고 물속에서도 말을 하고 뭍과 다름없이 부력(浮力) 따윈 애초부터 없었던 것처럼 느껴졌다.

"나… 괴물이 되어버린 거야?"

허망한 기분에 젖은 생쥐 꼴이 되어서 뭍으로 올라와 몸을 뉘였다. 괜찮냐는 듯 백호가 얼굴을 들이밀고 뭐라고 말하는 것 같지만 귀에 들어오지 않았다.

＊　　　　＊　　　　＊

　귀환은 조용하고도 은밀히 이루어졌다. 어차피 얼굴이 알려지지 않은 교주이다 보니 얼굴이 들킨다 어쩐다 하는 그런 걱정은 없었지만 교주란 사람이 두 달 넘게 교를 비웠던 것이 외부에 알려지는 건 그다지 좋은 일이 아니었다.

　마교 뒤편의 우거진 숲을 이용해 어쨌든 무사 귀환하여 한참 곤하게 자다가 일어난 화우는 불만스러운 눈으로 주위를 둘러보았다. 자신의 실질적인 침소라 할 수 있는 효마각(效魔閣)에 자신의 사매인 혈수비연 냉옥화를 비롯하여 지금은 태상장로로 물러나 있는 자신의 아버지 녹혈환마(綠血幻魔) 단절강(端切强)과 여타 다른 장로들이 전부 모여 있었던 것이다. 모두들 자신의 얼굴을 아는 마교의 실질적인 수뇌부들이다.

　“…이곳에는 어쩐 일이십니까?”

　화우는 모처럼 쉬고 싶은 것을 방해받았다는 투였다. 모두를 대신해 단절강이 입을 열었다. 불만스러워하는 자신의 아들의 기분은 알고 있었지만 꼭 해둘 말이 있어서였다.

　“교주라는 자각이 있는 것이더냐? 어찌 교주라는 자가 교를 두 달이나 비워둘 수가 있단 말이냐?!”

　단절강은 녹빛의 마기를 풀풀 날려가며 짐짓 꾸짖어보지만 별로 효과는 없는 것 같았다. 왔으면 용건이나 얼른 이야기하고 꺼지라는 듯한 태도.

"무슨 말씀이 하고 싶으신 겁니까?"

"…그래, 어떤 아가씨냐?!"

"……?"

모두들 눈을 반짝반짝 빛내며 효마각으로 쳐들어와 듣고 싶어했던 이야기는 이것이었다. 누구이기에 두 달이나 밖에서 헤매 겨우 찾아낸 사람인가 하는…….

"…그것 때문에 여기까지 오신 겁니까?"

모두들 당연하다는 투로 고개를 끄덕여 대는 통에 화우는 심화(心火)를 다스리기 위해 우선 깊이 숨을 들이쉬었다. 태상장로가 저 모양이니 다른 장로들이나 자신의 사매도 다 저런 꼬락서니들인 것이다. 고작 하루 종일 경신법을 사용해 힘겹게 귀환한 자신의 처소로 쳐들어온 이유가 고작 저것이란 말인가? 내일 인사를 드리러 가면 물어보아도 충분한 것들이거늘…….

"하지만 궁금하잖느냐. 도대체 어떤 아가씨길래 네가 그……."

"조금만 더 말씀하신다면 전 아버지께 칼을 들이대는 패륜을 저지를지도 모릅니다. 제가 부디 패륜을 저지르지 않도록 도와주십시오."

노곤하고 지쳐 한시 바삐 침상에 몸을 묻고 자고 싶은 생각뿐이었건만 그 잠을 깨워서 모두 우르르 몰려와 물어본단 소리가 고작 저것이란 말인가?

"아버님, 제가 꼭 시성현앙(翅星玄殃)을 꺼내 들어야 한단 말입니까?"

시성현앙이란 화우의 애병으로 천하에 몇 안 되는 보검이었다.

"아, 아니다! 핫핫핫! 편히 쉬거라!"

단절강은 자신의 아들이 평소에는 물에 물 탄 듯 술에 술 탄 듯 무른 듯 보여도 시성현앙을 꺼내 들면 인간이 바뀐다는 것을 익히 알고 있었기 때문에 더 이상 신경을 거스르지 않도록 조용히 효마각에서 물러가기로 했다. 듣고 싶던 대답을 듣지 못한 건 가슴 아픈 일이지만…….

청각을 곤두세우고 자신의 뒤를 그림자처럼 좇아다니는 삼마영(三魔影)이라 불리는 세 명을 제외하고는 아무도 없다는 사실을 깨닫고 시성현앙을 내려놓았다. 오랜만에 바깥 세상을 구경할 수 있는 기회였는데 놓쳐서 아쉽다는 듯 시성현앙이 자신을 감싸고 있는 검집 밖으로 웅웅대는 소리를 퍼뜨렸다.

'그나저나… 어쩌고 있을까?'

무산으로 들어가 버린 뒤 갑자기 행방불명이 되어버린 은평을 떠올리자 우울함이 밀려왔다. 왜 그 소녀에게 자신이 이렇게 신경 쓰이는 것인지는 자신도 잘 알 수 없었지만 애써 기분을 되돌리려고 노력하며 화우는 침상에 들었다.

한편, 화우가 그리도 신경 쓰고 있는 은평이 어쩌고 있는지 잠시 살펴보자면…….

"어라라? 뜬다, 떠!"

은평은 자신이 물속에서 숨 쉴 수 있는 것 이외에도 상당히 여러 가지 이상한 기능(?)과 신체 변화에 대해서 작동법(?)도 익힐 겸 적응 중이었다.

옆에서 백호가 여러 가지 잡다한 사항들을 가르쳐 주고 있었다. 맨 처음에는 혼란스러워하던 은평도 많이 익숙해져서 이젠 어떤 걸 말해도 별로 놀라워하지 않아 한결 편했다. 물론 머리 색만은 죽어도 바꿔놓으라고 고집을 피워대는 바람에 전대의 무산신녀가 다시 검은 머리로 바꾸어 주긴 했지만…….

그렇다고 지금의 상황을 은평이 마음에 들어하는 건 절대 아닌 듯하여 조언을 하고 있음에도 항상 마음을 졸여야 했다. 사실 은평이 보통의 인간의 몸이었다면 단숨에 휘어잡을 수 있겠지만 지금은 신녀의 능력을 전승받아 함부로 건드릴 수도 없을뿐더러 조정 능력이 형편없다지만 어쨌든 반사적으로라도 신녀의 능력을 쓸 수 있으니 말이다. 지금은 자칫 잘못하면 자신이 골로 갈 수도 있는 꽤 위험한 상황이었다.

"와아, 뜨잖아! 호랑아! 나 뜨고 있어!"

[기쁘십니까?]

산중의 왕이자 모든 범들 사이에서도 가장 존경받는 백호인 자신을 보고 호랑이란다. 호랑이, 이게 어디 가당키나 한 표현인가? 하지만 어쩌랴, 힘 없는 놈이 참아야지. 과거에야 어쨌든 자신의 주인의 입장에 있으니 함부로 덤비기도 뭣하다.

[아직 멀었습니다. 기를 좀 더 느끼실 수 있는 입장이 되어 대기에 자신을 내맡기는 경지에 오르셔야 합니다.]

별로 기뻐할 일이 아니라는 듯 어린애처럼 들떠 있는 은평에게 딱 잘라 말했다.

사실 아직도 멀었다. 같이 전승된 신녀 대대로의 지식 때문인지는 몰라도 습득 속도는 상당히 빨랐지만 제대로 다 다루기까지는 몇 년이 걸릴지 모르는 일이었다. 겨우 공중 부양을 성공해 낸 것을 가지고 기뻐하긴 백만 년은 이르다. 몸에 완전히 익숙해지도록 습득하기 위해선 인간들의 시간으로 적어도 반 년은 필요했다.

*   *   *

금릉. 백도무림의 총본산(總本山)이라고도 할 수 있는 백의맹이 자리 잡고 있는 금릉은 명의 옛 수도이자 고대 중국 여러 나라들의 옛 고도(古都)답게 유서 깊은 유적들이 많이 남아 있었다. 현재 명의 수도인 순천부(順

天部)에 비하면 조금 퇴색해 가는 감이 없지 않지만 아직까지는 사람들의 이동도 활발하고 물자도 많이 모이는 요지(凹地)였다. 백의맹과 더불어 대류 상권의 중심이라고도 불리는 금황성(金皇城)이 있기 때문에 타 지역에 비해 더욱더 상인들의 활동이 두드러졌다.

이 금릉에는 신진사군(新進四君)과 무림삼미(武林三美)라고 꼽히는 인물이 둘이나 있었다. 그 첫째가 바로 신진삼군의 첫 번째를 당당히 차지하고 있으며 이제 갓 약관의 나이에 들어선 현 백의맹의 맹주라고 알려진 환형지수(煥炯之帥) 헌원가진(軒轅柯眞)이었다. 그는 그야말로 무림의 여러 후지기수들 가운데서 가장 주목을 받고 있는 사람이자 정말 이례적이게도 백의맹의 맹주 자리에 추대된 사람이었다. 그것도 구파일방의 장문인들의 만장일치로 말이다.

무림오대세가 중 하나이고 남궁세가(南宮世家)와 더불어서 정파무림의 대들보라 일컬어지는 헌원세가(軒轅世家)의 가주(家主)라는 입장이기도 한, 한마디로 출신은 말할 것도 없고 실력—이제 갓 약관의 나이에 맹주직에 추대된 것만 봐도 능히 짐작할 수 있지 않은가—뿐만 아니라 고대의 송옥이나 반안에 비견될 만한 미남이라는, 그야말로 남자의 이상형이다라고 칭해도 좋을 자다.

그와 쌍벽을 이루는 명성을 지닌 무림삼미의 일석을 차지하고 있는 화중화(花中花) 금난영(金蘭永).

금씨라는 성씨를 보아 짐작 가는 바가 없는가? 그렇다. 그녀는 바로 대류 상권의 중심이라는 금황성의 금지옥엽(金枝玉葉) 중의 금지옥엽, 그야말로 장중보옥이었던 것이다. 형제들 중 가장 총기가 발랄하고 재기가 뛰어나 그 아버지인 금충(金蟲) 금적산(金適算)의 사랑을 독차지하는 데다가 꽃 중의 꽃이라는 별호를 지닐 정도로 꽃 같은 미모를 지녔다. 무공은 평범한 수준이지만 그녀를 차지하는 자가 곧 다음 대류 상권의 주인이 된다는 점에서는 여러 무림세가의 자제들에게 주목받는 그녀였다.

마교가 강호로 더 이상 나오지 않고 그렇다고 이렇다 할 사파의 세력 역시 뜸했으며 서역 역시 잠잠해진 데다가 크게 이렇다 저렇다 할 사건이 없어 평화로운 무림이었다.

평화로운 시대인데 어째서 백도무림의 연맹체인 백의맹 같은 것이 있어야 하느냐는 생각이 들 수도 있겠지만 꼭 평화를 지키자라는 모임은 아니었다. 그러니까 이를테면 관리자와도 같은 입장이라서 각 문파끼리 시비가 붙었을 때의 중재적인 입장이라든가 시시비비(是是非非)를 가려낸다는, 그런 점에서 볼 땐 여러모로 편리했다.

그리고 백의맹의 맹주라는 입장은 그런 모두를 한데로 모으는 일종의 구심점 같은 존재였다. 그래서 어쩌면 헌원가진이 그 자리에 올라야 했는지도 모른다. 현재의 평화에 안심하여 이리저리 흩어지기 쉬운 백도 사람들을 다독이고 이끄는 상징적인 존재로.

"난청비검(難聽飛劍) 제일식 낭화천변(浪花天邊)!"

초식이 펼쳐질 때마다 그걸 외치는 청년의 몸이 흰 무복 자락과 함께 팔다리가 마치 물이 흐르는 듯 유연한 움직임을 따라 이동해 나갔다. 낭화천변이라는 말 그대로 마치 꽃이 휘몰아치듯 검은 희미한 잔영조차 남지 않을 정도로 빠르게 움직이며 더불어 높고 외길인 길을 걷듯이 아슬아슬한 걸음걸이를 완성시켰다.

"제이식! 우헌선검(宇獻鮮劍)!"

"변함없이 이곳에 계셨구려, 맹주."

그때 오랫동안 써온 듯 손때가 묻은 염주를 또르륵또르륵 굴리며 청년에게로 다가오는 노인이 보였다. 마치 누더기들만 주워다가 기운 듯한 승복 차림에 목에는 제법 알이 굵은 염주를 건 이 노인의 이름은 영혜(永

慧)였다. 소림의 십계십승(十戒十僧) 중의 하나인 살계승(殺戒僧)이었다. 소림의 제자들이 십계를 어기는 것을 단속하고 경계를 주는 위치로서 현 소림사의 방장인 공우 대사(空宇大師)보단 한 배분이 낮았다.

"언제 오셨습니까?"

수련을 멈추고 입가에 미소를 내건 청년은 그렇게 움직였는데도 땀 한 방울 흘리지 않고 숨을 헐떡이는 것조차 없었다. 그가 빠르게 움직일 때는 몰랐지만 얼굴을 찬찬히 훑어보니 대단한 미남자였다. 그다지 짙지도 옅지도 않은 매끈한 눈썹과 콧날의 선이 반듯하고 웬만한 여자들과는 비교도 안 될 만큼 흰 피부에 온화한 기운이 넘쳐나는 눈매가 인상적이었다. 천하에 몇 없을 것 같은 이 미청년의 이름은 헌원가진(櫶元柯眞)으로 현 백의맹의 맹주였다.

"노납이 맹주의 수련을 방해한 것이 아닌지 모르겠소이다."

제법 길게 자라난 수염을 쓰다듬으면서 영혜가 껄껄대고 웃었다. 가진은 당치도 않는다는 듯 얼굴을 붉히며 머리를 긁적였다.

"아닙니다, 방해라니요. 그렇지 않아도 그만 들어가서 차나 한잔 하려던 참이었습니다. 선사께서도 같이 들어가시지요."

수련장 바로 옆에 지어져 있는 아담한 모옥이 보였다. 소탈하고 정겨운 분위기로 백의맹 안에 있는 건물이라는 것이 믿기지 않을 정도였다.

"생활하시는 데 불편함은 없으신지요?"

"저는 괜찮습니다. 오랜만에 찾아오셨는데 저야말로 누추한 곳으로 드시라 해서 송구스러울 따름입니다."

겸손한 태도로 고개를 숙여 보인 가진은 모옥의 문을 열고 안으로 들어섰다. 약 이 장 남짓한 작은 실내가 드러나고 밥 짓는 솥과 화로가 있는 비좁은 뒷채가 보였다. 안에 들어 있는 가구들도 모두 대나무를 얼기설기 엮어 만든 것으로 검소한 그의 성품이 돋보였다.

"초라해서 송구스럽습니다."

가진은 오래전부터 끓이고 있었던 듯 김이 모락모락 솟는 주전자를 들고 와 작은 찻잔에 차를 부었다. 그리고 이제 막 돋아난 듯한 연녹색의 새순을 차 위에 살그머니 얹어놓았다.

"아직 자라지 않은 차의 새순을 발견하고 뜯어왔습니다. 위에 얹으면 색다른 향이 나서 좋더군요. 음미해 보시죠."

다도(茶道)에 관해서도 일가견이 있는 듯 가진은 찻잔을 영혜 선사 앞으로 밀었다. 과연 그의 말대로 찻잔에서는 다 큰 잎과는 또 다른 새순 특유의 풋풋한 향기가 피어오르고 있었다.

"과연 다도에도 일가견이 있으시구려."

"과찬이십니다."

한동안 둘 사이에 무거운 정적이 내려앉았다. 대나무 탁자 앞에 마주 보고 앉아서 차 맛을 음미하며 둘 다 입을 열지 않는다. 영혜는 가만히 가진을 응시하다 조심스런 태도로 주위를 살폈다. 주위에 누가 있나 경계하는 듯했다.

"이 묘옥 주위에는 제 호위인 사혼(死昏)을 제외하고는 아무도 없습니다. 걱정 마시고 하실 말씀이 계시면 해보시지요."

그의 보표이자 호위인 사혼을 제외하고는 아무도 없다는 소리에 영혜는 겉으로는 무표정을 유지하고 있었지만 속으로는 소스라치게 놀랐다. 자신이 느끼기에는 반경 오 장 내로 자신과 맹주를 제외하고는 그 누구의 기척도 느끼지 못했건만 사혼이 있었다니…….

"사혼은 어릴 적부터의 제 호위입니다. 여타 다른 무공은 둘째 치더라도 은잠술(隱潛術)과 경신법, 암기의 사용이라든가 암습은 그 누구보다도 뛰어나지요."

영혜의 생각을 읽기라도 한 듯 가진이 빙긋이 웃으며 겸손히 말을 이었다. 어차피 그는 그런 것들에 뛰어나니 기척을 느끼기 못했다 하더라도 전혀 이상할 것이 없다는 내용이었지만 영혜로서는 맹주가 가지고 있을 무공에 경외감을 느꼈다. 아직 그의 무공 수위와 정확한 것들은 밝혀진 바 없지만 세간에서는 이미 삼화취정(三花聚頂), 오기조원(五氣朝元)의 경지라 하는데 무림의 역사상 그런 경지에 오른 사람은 알려진 바 없고—혹시 엄마 뱃속에서부터 죽을 때까지 은거하면서 무공을 닦은 사람들 중에서는 있을지도 모르겠지만—영혜의 생각 또한 맹주를 존경하는 무리들이 만들어낸 과장된 소문이라 생각했다.

'어쩌면… 거기까지는 아니더라도 맹주는 이미 비슷한 경지를 이루어냈을지도 모른다.'

절로 가슴이 뿌듯해지는 순간이었다. 하지만 가슴 뿌듯한 건 둘째 치고 우선은 이곳에 온 용건부터 꺼냈다.

"맹주, 서역 쪽의 움직임이 심상찮다고 하더군요."

"…서역이라 하심은?"

"천축을 다녀온 소림의 제자가 저에게 이르기를 서역 쪽에서 슬슬 움직임이 일고 있다고 하더이다."

"서역이라면… 포달랍궁(布達拉宮)과 여러 기타 세력들을 비롯해서 이십 년 전의 그 일로……?"

"말을 끊어서 송구하오만… 맹주, 그들에 관한 이야기가 아니오. 맹주께서는 아직 태어나시기도 전의 이야기오만 그때 이 무림에는 마교를 제외하고도 거대한 사파의 단체가 하나 있었소이다."

"그건 간간이 들어본 적이 있는 이야기입니다. 배교(拜敎)라는 단체였던가 하는……."

그렇다. 그것은 아주 오래된 이야기였다. 지금으로부터 약 오십 년 전의 일이니 명 초의 일이다. 그때의 강호는 지금과는 달리 아주 혼란스런

시기였다. 국 초의 시기였고 몰아낸 원나라의 수뇌들이 반란을 꿈꾸기도
했었다.

"마교의 교도들은 그 성격이 사이하고 거칠긴 하나 그들이 추구하는
것은 순수한 강함과 순수한 마(魔)이지요. 하지만 배교는 피에 미친 악귀
였소."

소림에 막 들어와 아직 젊은 승에 불과했던 그로서는 머리 속에 깊숙
이 각인된 그 지옥도의 참상을 지워낼 수 없었다. 사이한 요술로 시체들
과 사람의 혼을 부리고 그들의 악행을 두고 볼 수 없어 나선 백도의 고수
들을 강시로 만드는 것들을 비롯해 무고한 양민들을 잡아다가 주술을 목
적으로 산모의 배를 가르고 태아를 꺼냈으며 어린아이들을 잡아다 그 피
만을 뽑아내 목욕을 하는 등 일일이 열거하자면 하룻밤을 꼬박 새고도
남을 그들의 횡포에서 벗어난 것은 마교의 도움이 컸다.

당시 마교의 교주였던 녹혈환마 단절강은 배교는 자신들 마교에서 떨
어져 나간 것들이라 하여 자신들이 뿌린 씨는 자신들이 거두겠다고 선언
하고 당시 정파무림과 힘을 합쳐 그들을 세외로 몰아내는 데 성공했다.
정파무림은 그렇다 치고 앞서서 선봉했던 마교는 말도 못할 피해를 입었
다. 그 뒤 자신들의 은거지로 깊숙이 들어가 아직까지 봉문을 풀지 않고
강호에도 나오지 않는 것을 보면 가히 그 피해 정도를 짐작해 볼 수 있을
것이다.

"…어디선가 들어본 적은 있는 것 같습니다."

"그후 이십 년 뒤 서역의 포달랍궁들과 여러 세력들이 쳐들어온 것은
서역으로 몰아냈던 배교의 사주인 것으로 짐작할 따름이오. 오십 년 전
배교의 수뇌 세력들을 모조리 제거하지 못했고 더 중요한 교주는 얼굴조
차 보지 못했소. 필시 지금도 살아 있을 것이오."

"서역이 심상찮다 하심은 그들의 또다시 준동(蠢動)하고 있다는… 그

런 의미입니까?"

*　　　*　　　*

"이런 걸 말하는 거야?"

주위를 휘감아도는 실 자락을 잡아 손에 꼬아 감았다. 아주 투명해서 눈을 찡그려야만 보일 정도이지만 손을 대고 있으면 제법 서늘한 감촉이 기분 좋았다.

[네, 잘하셨습니다.]

확실히 그녀는 소질이 있었다. 신녀 특유의 자연 친화력(自然親和力)도 친화력이지만 조화를 느끼고 그 의지를 구현해 내는 것 역시 천부적까지는 아니더라도 상당한 재능이 있었다. 자신은 반년 정도를 예상했건만 벌써 한 달여 만에 해내고 있었다.

몽중유곡은 낮과 밤이 구분되어 있지 않다. 항상 해가 비추고 시간의 흐름조차 느낄 수 없으며 무산신녀만의 공간이기 때문에 이 안에서라면 피로도 허기도 느끼지 못한다. 이 공간 안에서라면 모든 것을 초월해 버린다랄까?

[오늘도 바람의 기를 잡아내지 못하셨다면 아마 절벽에서 밀어버렸을 겁니다.]

"…밀어버린다고 해도 내가 공중 부양을 쓰면 별로 소용없을 텐데?"

[공중 부양의 술을 쓰기 전까지 아래로 곤두박질치면서 바람의 기에 대해서 조금은 느끼실 수 있지 않을까요?]

속으론 흡족했지만 백호는 짐짓 내색하지 않고 약간 못마땅한 기색을 내비쳤다. 하지만 은평은 타고난 둔치인 듯 별로 신경 쓰지 않았다. 아니, 신경을 쓸 필요를 못 느끼고 있었다.

[기를 겨우 잡아내실 수 있게 되셨으니 다음은 변환입니다.]

"변환?"

한 물질을 그 본질이 벗어나지 않는 한도 내에서 바꾸는 것, 그것이 변환술이었다. 이를테면 응용적인 기술이라고도 명명할 수 있을 것이다. 예를 들어보면 물을 술로 변화시키고 술을 물로 변화시킨다든가 하는.

[이를테면 이런 것들입니다.]

앞발을 들어 샘물을 동그랗게 뭉쳐 허공에 띄웠다. 물은 출렁이면서도 투명한 막에 휩싸인 듯이 넘치거나 흘러내리지 않았다. 이쪽에서 저쪽 편을 바라보면 약간 불투명하게 일그러지는 게 흡사 유리 구슬 같은 느낌이었다. 그것에 정신을 집중시키고 잠시 동안 뚫어져라 바라보고 있자 물이 점점 불투명한 백색의 액체로 변화해 갔다. 코를 찌르는 술 냄새와 더불어.

"예전에 염화 녀석이 보여줬던 거랑 비슷하네."

흥미를 느꼈는지 은평은 빨리 가르쳐 달라는 듯 눈을 반짝반짝 빛냈다. 약간 짓궂어 보이는 은평 특유의 표정이었다.

[몇 번이고 말씀드렸지만 삼라만상은 모두 일정한 법칙으로 서로가 서로에게 딱 들어맞는, 이를테면 조화입니다. 이 법칙을 알아내면…….]

"네, 네. '이 법칙을 알아내면 자연과 동화되어 자연의 능력 그대로를 빌려 쓸 수 있습니다'라고 말하려고 그랬지?"

이젠 너무 들어서 지겹다는 듯 은평이 백호 특유의 목소리를 흉내 냈다. 백호는 잠시 은평을 바라보더니 허공에 띄우고 있던 술을 은평을 향해 날렸다. 얼굴을 향해서 부딪칠 줄 알았던 그것은 은평의 눈앞에서 '팟!' 하는 소리와 함께 사라져 버렸다.

"어라라?"

갑자기 사라져 버려 은평도 백호도 모두 당황한 기색이었다. 백호는 날려보내기만 했을 뿐 사라지게 하지는 않았다. 그러면 사라지게 한 건 과연 누구일까? 아직 은평에게 무위(無爲)의 술은 가르치지 않았건만.

[무위의 술을 쓰신 겁니까?]

"에? 그게 뭔데?"

[모든 것을 무로 돌리는 것을 말합니다.]

"백호, 네가 나한테 그런 건 가르쳐 준 적 없잖아."

그랬다. 자신은 분명히 은평에게 아직 그것까지 가르쳐 준 적이 없었다. 하지만 자신은 분명 쓰지 않았으니 은평이 쓴 것으로 생각할 수밖에 없었다.

"에이, 몰라. 누가 썼든 무슨 상관이야?"

석연치 않은 표정의 백호와는 달리 은평은 생각하기 싫다는 듯 고개를 도리질쳤다. 요 며칠 백호에게 무슨 술인지 뭔지를 배운답시고 시달렸더니 머리가 띵해왔다.

[피곤하십니까?]

사실 은평은 피곤이란 것과 배고픔이란 걸 이미 느끼지 못하는 몸이었다. 하지만 오만상을 다 찌푸리고 온 세상의 근심 걱정은 다 짊어진 듯한 표정을 짓고 있으니 백호는 조심스레 은평의 기분을 살폈다.

"…응. 이상한 할머니 때문에 몸이 이상하게 바뀌어서 더 피곤해. 더구나 그 할머니는 불러도 대답도 하지 않고"

[전대의 신녀님은 당신의 정신과 완벽하게 동화되신 겁니다. 그 전전대의 신녀 분들도 전부 당신의 정신 속에 깃들어 있지요.]

"몰라, 그런 거."

은평은 땅바닥에 그대로 벌러덩 누워버렸다. 하지만 곧 투덜대며 일어나 신경질적으로 몸 밑에 깔린 머리카락을 끄집어냈었다. 아마도 머리카락이 몸에 걸려 짜증이난 것 같았다.

"이놈의 머리카락, 다 잘라 버리고 싶어!!"

―그럼 머리를 좀 틀어 올리시지요.

"싫어! 그건 더 싫어! 치렁치렁, 주렁주렁한 것들을 머리에 이고 살란 말야?"

치렁치렁, 주렁주렁은 자신도 모르는 사이에 백호에 의해서 입혀진 하늘하늘한 옷에 귀신이라도 쓰인 건지 바람 한 점 불지 않건만 허공에 두둥실 떠다니는 이 괴상한 옷들만으로도 충분했다. 자신이 광대도 아닌데 왜, 어째서 이런 튀는 복장을 하고 있어야 하는 건지 따져도 봤지만 죽어도 입어야 한다고 주장하는 백호의 기세에 꺾여 그냥 입고는 있었지만 머리까지 주렁주렁이라니 죽어도 싫었다.

*   *   *

"서역의 세력만으로는 중원(中原)으로 들어오긴 무립니다. 이십 년 전 그들이 입었던 피해는 상당한 세월 동안 봉문하고 세를 길러야 할 정도였으니까요."

커다란 지도가 펼쳐져 있었다. 그냥 평면적인 지도가 아니라 입체적으로 산과 강, 들 같은 것들이 세세하게 표현되어 있는 그런 지도였다. 지명은 음각으로 새겨져 있고 산의 높낮이도 눈으로 확연히 구분할 수 있을 정도로 섬세했다. 게다가 지도의 크기 또한 방대해서 넓은 방의 절반 이상이나 차지하고 있었다.

"그 덕에 우리 중원 역시 그와 비슷한 피해를 입었건만……."

마치 어긋난 톱니바퀴가 삐거덕거리는 듯한 듣기 괴로운 저음이었다. 가래가 잔뜩 섞인 데다가 숨이 새는 듯 쌔액쌔액 바람 빠지는 듯한 소리도 곁들여져 있어 듣고 있는 것만으로도 귀를 막아버리고 싶을 정도였다.

생김새는 그 목소리와 다를 바 없이 우글쭈글했고 광대뼈까지 드러나 있어 언뜻 보기에도 해골을 연상시키는 끔찍한 모습이었다.

"사실상 중원의 문파들 중 가장 큰 피해를 입었던 것은 저희입니다. 선봉에 서서 그들을 처지하는 데 가장 큰 힘을 쏟았고 본 교의 정예 오만여 명이 죽어 나갔지요. 그에 비하면 다른 문파들의 피해는 새 발의 피에 불과합니다."

백발문사가 지도를 내려다보며 담담하게 내뱉었지만 사실 피 섞인 울분을 토하면서 절규해도 모자란 내용이었다. 정예 오만 명을 잃었다면 절반이 넘는 손실인데도 침착한 건지 아니면 정예 오만 명이란 대목이 실감이 잘 가지 않는 것인지 무덤덤하기 이를 데 없었다.

"…그게 다 업보인 게지. 안 그렇습니까, 태상장로(太上長老)?"

여인의 쓰디쓴 교소가 백발문사의 뒤를 이었다. 평범하기 이를 데 없는 이목구비로 섬섬옥수에는 비단 손수건을 쥐고 화려한 색조의 궁장을 입은 여인으로 지극히 특징없는 생김새임에도 온몸 곳곳에 탕기(蕩氣)가 어려 있었다.

"쓸데없는 소리 하지 말게나, 천음요희(賤淫妖姬)."

손이 사람의 피부 색이 아니라 진한 녹색인 노인이었다. 건장하고 풍성해 보일 정도의 살집으로 녹색의 손과 몸에서 질식할 듯 풍겨오는 마기만 아니라면 사람 좋은 옆집 할아버지 같은 인상이었다.

"형님은 어찌 생각하십니까?"

장내를 차지하고 있던 사람들 중 제일 어려 보이는 청년, 아니, 소년과 청년의 중간쯤에 서 있는 듯한 젊은이었다. 순수하고 사람 좋아 보이는 선량한 얼굴로 마치 파리 한 마리도 못 죽일 듯한 문사처럼 보인다. 또 입고 있는 학창의도 그런 분위기를 한층 더 부추기고 있었다.

하지만 여기 있는 사람들 중에서 이 젊은이의 정체를 모르는 자는 없었다. 아니, 마교 내에서도 모르는 사람은 없을 것이다. 의귀(醫鬼)란 별호를 지니고 있을 만큼 의술에 정통하고 손속의 잔인함과 더불어 사람 해부하기가 취미인, 단운향, 그는 한마디로 미친놈이었다.

약당전주라는 직위에 있는데 그가 약당전에 들어 있으면 그 어떤 부상자가 생긴다 하여도 그 근처에는 얼씬도 하지 않는다는 금기가 있을 정도니 알 만하지 않은가?

마교의 아이들은 의귀 단운향이란 이름을 들으면 울다가도 울음을 뚝 그친다고들 한다. 마교 교주의 동생일뿐더러 순진무구하게 생긴 얼굴로 방긋방긋 웃으면서 칼을 들고 사람 배를 갈라대니 그럴 만도 했다.

유일하게 그를 대적할 수 있는 자라고는 교주의 사매(師妹)인 혈수비연 냉옥화와 교주뿐이었다. 그나마 혈수비연의 경우는 그냥 맞서 싸우는 정도이고 단운향을 확실히 말릴 수 있는 사람은 교주뿐이었다. 교주란 존재는 단운향에게 있어 신이었고 절대적인 믿음 같은 것으로서 교주가 죽으라면 죽는 시늉까지 할 만큼 맹신적이고 맹목적으로 따른다고 한다.

"…저쪽에서 직접적으로 중원에 피해를 입히기 전까지는 그냥 손놓고 보는 수밖엔 없겠군요. 필시 무슨 짓을 꾸미고 있다는 생각이 드는데 그걸 알아낼 수가 없으니……."

"어쩌면 이미 중원 깊숙이 그 뿌리를 드리우고 있는지도 모르지요."

백발문사의 뒤에 그림자처럼 서 있던 밀랍아가 입을 열었다. 항상 붕대를 몸에 감고 있어 그 모습을 본 사람이 없는 그녀는 벌을 이용해 상대방에게 공격하는데 그녀가 주로 부리는 남만사독봉은 그녀의 몸에 들어 있었다. 무슨 의미인가 하면 사지가 벌 그 자체인 것이다.

사지가 없는 건지 있는 건지는 잘 모르겠지만 수족처럼 이루고 있는 것들의 붕대를 한 꺼풀 벗겨내면 모두 벌들이 이리저리 모이고 엉겨붙어 사지처럼 보여 그녀에게 사지가 있는지 없는지는 불분명했다.

"그게 무슨 소린가?"

"나의 아이들이 전해온 것에 따르면 배교의 잔당들은 얼마 되지 않는다고 합니다. 다만 수뇌 몇몇이 서역의 세력들을 뒤에서 조종하고 있는 것으로 정작 제일 중요한 교주는 어디에 있는지 보이지 않는다고 하는군요."

"그것으로 미루어 볼 때 이미 깊숙이 숨어들어 있을 것이란 소리인가?"

확실히 일리있는 소리였다. 아마도 암중에 숨어서 호시탐탐 기회만을 엿보고 있을 것이다.

*   *   *

승려가 틀림없는데도 어딘가 모르게 이국적인 느낌이었다. 게다가 중원의 승려들과는 옷차림이 조금 특이했다. 서역의 독특함이 물씬 묻어나는 옷감에 승려의 생김새도 굉장히 이국적이었다. 머리는 반들반들하게 깎아 머리 색은 알 수 없지만 눈은 새파란 벽안(碧眼)으로 중원인(中原人)들이 색목인(色目人)이라 부르며 경시(輕視)하는 얼굴이었다.

"이곳이 중원인가?"

낮은 웃음을 흘려내며 승려가 주위를 천천히 돌아보았다. 이제 막 옥문관을 통과한 지점이라서 그런지는 몰라도 분위기가 뒤섞여 있었다.

한족의 기운이 강하긴 했지만 그렇다고 다른 이민족들이 눈에 뜨이지 않는 것은 아니었다. 주위, 특히 다른 이민족에 비해 한족으로 보이는 사람들이 그의 벽안에 알게 모르게 눈길을 주었다. 어쨌든 승복을 입고 있으니 함부로 배척하거나 그러는 것은 아니었지만.

쉴 새 없이 염주를 굴리며 승려의 눈이 감겼다. 무언가 기척을 감지하려는 듯 미동도 없이 서서 일정한 동작으로 염주를 매만졌다.

"저쪽이로군."

이내 찾아낸 듯 승려는 거침없이 발걸음을 옮겼다. 분명 그에게는 처음 와보는 길임에도 별로 망설임이 없었다. 마치 그 길을 오래전부터 알았던 사람 같았다.

번화한 성도 아니고 더구나 사람들이 오수(午睡)를 즐기는 시간이어서 그런지 인적은 크게 붐비지 않았다. 승려는 빠른 걸음으로 여러 구획을 굽이굽이 돌아 인적이 끊긴 한 골목에 당도했다. 길가에는 제법 연수를 먹은 듯한 큰 나무가 하나 서 있었고 그 나무 사이로 나른한 햇살이 내리쬐었다.

햇살이 비켜 지나가는 나무 그늘에 허름한 옷을 걸친 장년인이 앉아 꾸벅꾸벅 졸고 있었다. 제법 검게 그을린 피부에 거친 손, 그리고 손톱 사이에 낀 흙들을 보면 그저 평범한 촌부(村夫) 같았다.

"……."

무슨 연유에서인지 승려는 장년인에게로 다가가 그의 옆에 섰다.

"…왔나?"

반쯤 조는 것처럼 보였던 장년인의 입에서 말이 흘러나왔다. 하지만 그의 모습은 여전히 반쯤 꾸벅꾸벅 조는 모습 같았다.

"오랜만에 뵙습니다."

승려의 음성은 나직해서 바로 옆의 촌부가 아니면 못 들을 정도로 작았다. 촌부는 기지개를 켜고 하품을 해대며 앉아 있던 자리에서 몸을 일으켰다.

"막리가(漠璃迦), 인사는 됐네. 어쨌든 오랜만이군."

"절 중원으로 급히 호출하실 만큼 급한 일입니까?"

"그분의 뜻이니 나 역시 알 수 없다네."

막리가의 눈이 가늘어졌다. 마치 상대를 탐색하는 듯한 그 눈은 장년인의 얼굴을 쓰윽 훑어보다 이내 본래의 침착한 빛을 되찾았다.

"어찌 됐든 저를 부르신 이유나 들어보지요."

     *   *   *

금릉에서 얼마 떨어지지 않은 조그만 들판. 제법 길게 자라 사람의 종아리까지 닿는 풀들이 이리저리 바람에 흩날렸다. 인적도 없고 고요하기만 한 들판에 둔탁한 타격음과 함께 사람들이 다투는 소리가 울려 퍼지고 있었다.

"썩을!"

땅을 박차며 흰 백의의 청년이 공중으로 날아올랐다. 좀 더 정확히 표현하자면 날아오르며 발로 앞에 서 있던 몇 명의 사내들을 걷어찼다고 해야겠지만.

허리춤에는 옥색의 섭선이 걸린 채 청년의 움직임에 따라 이리저리 흔들리고 있었다.

사내들이 장검과 도 등을 가지고 덤벼들었지만 청년은 맨손으로 상대해 나가고 있었다. 너울거리는 비단 문사의에 별로 구애되지 않는 듯 청년 날렵한 동작으로 사내들을 한쪽에 차곡차곡 포개두었다.

"호호호호… 오라버니~ 할 만하세요?"

"좋은 말로 할 때 닥쳐! 이것들 처리한 후엔 너를 죽여 버릴 수도 있어! 이러고 있는 게 누구 때문인데 그래?"

청년의 수도가 자신의 앞으로 달려오고 있던 사내의 겨드랑이에 꽂혔다. 단단히 화가 난 건지 청년은 수려한 얼굴을 잔뜩 찌푸린 채 거칠게 몸을 움직였다.

"저 계집부터 잡아라!!"

"어머머, 여자한테 여러 명의 사내들이 덤비다니… 저질!"

사내라면 눈이 휘둥그레져 넋을 뺄 만한 여인이었다. 치렁치렁 달린 머리의 화려한 장신구와 연한 옥색의 궁장이 움직이기 부자유스러울 것 같건만 움직임은 마치 바람을 타고 노니는 학인 양 자연스러웠다. 여인은 마치 물이 흐르는 듯한 움직임으로 소매에서 가는 실을 꺼내 사내들을 향해 던졌다.

가는 실 끝에 꽤 무거워 보이는 추가 달린 그것은 빠른 속도로 날아가 사내들의 발목을 옭아맸다. 사내들은 당황해서 검으로 실을 끊어보려 했으나 실이 끊어지기는커녕 오히려 사내들의 검이 챙강 하는 소리와 함께 두 동강이 났다.

"이 실은 천잠사(天蠶絲), 실의 끝에 달린 추는 만년한철이랍니다. 그런 싸구려 장검으로 끊길 리가 없지요!"

"지랄 그만 떨고 빨리 끝내!"

청년의 외침에 여인은 방실방실 꽃다운 웃음을 지으며 대꾸했다.

"오랜만의 운동인데 벌써 끝내면 아쉽지 않아요?"

하지만 말과는 다르게 여인은 사내들의 다리에 감긴 실들을 힘껏 잡아당겼다. 단지 실을 잡아당긴 것뿐인데도 감겨 있던 발목이 둔탁한 소리와 함께 마치 날카로운 비도로 자른 것마냥 깨끗하게 잘려 나갔다. 자신들의 발목이 잘려 나간 건지 어쩐지도 느끼지 못하고 있다가 썩은 나무토막마냥 땅바닥에 툭툭 쓰러졌다.

"크아아아악!!"

뒤늦게 내지르는 비명이 처연했다. 여인은 만족스런 웃음을 입가에 띠며 허리춤에 달고 있던 비단 손수건으로 실들을 닦아냈다. 이내 흰 손수건에 붉은 핏자국이 가는 선 모양으로 길게 남았다.

"쯔쯔쯔, 죽고 싶으면 뭔 짓을 못해."

청년은 여인에게 덤벼든 사내들에게 비록 적이지만 마음속 깊이 애도를 표하며 자신들의 동료가 처참하게 발목이 잘려 나간 것 때문에 허둥대는 사내들의 뒷덜미를 수도로 내려쳤다. 곧 얼마 지나지 않아 여인에게 덤벼들었던 사내들은 발목이 잘린 채 바닥에 널브러져 신음하고 청년에게 덤벼들었던 사내들은 한쪽에 차곡차곡 포개졌다.

"흠… 오랜만에 몸을 움직였더니 가뿐하군."

청년이 여인이 있는 곳으로 걸어왔다. 여인은 생글생글 웃으며 정인에게 하는 양 사내의 팔을 매달리듯 붙잡았다.

"네 이놈들! 내 수하들을 저 지경으로 만든 보답은 꼭 해주마!"

약 십 장쯤 떨어진 곳에서 풍채 좋은 노인이 외친다. 약간은 간사해 보이는 인상으로 마치 생쥐를 연상시키는 얼굴이었다. 얼굴과 몸이 합쳐 비대하게 살찐 쥐를 상상하게 했다. 보는 것만으로도 저절로 박장대소가 튀어나오게 하는.

"…쟤 뭐라니?"

"글쎄요. 전 생쥐가 찍찍대는 소리로밖에는 안 들리는 걸요?"

청년이 노인을 째려보자 노인은 움찔하는 기색이었지만 여전히 입에서 나오는 소리만큼은 당당했다.

"네놈들이 내 부하들을 저 지경으로 만들어놓고 무사할 줄 아느냐?!"

"먼저 덤빈 건 네놈이잖아! 멀쩡히 가던 길을 못 가게 만든 게 누군데 지랄이야?"

"두고 보자!"

십 장이나 떨어져서 외치던 노인이 경신술을 이용해 멀리 사라져 갔다. 청년은 어이없다는 듯이 피식 웃으며 여인을 돌아보았다.

싸우는 도중에는 몰랐지만 둘의 생김새로만 본다면 둘도 없을 선남선녀(善男善女)였다. 둘의 옷이 약간 구겨져 있고 피가 조금 튀어 있다는 것만 빼면 청년 쪽은 기녀의 시중을 받으며 시라도 한 수 읊을 듯한 한량이었고 여인 쪽은 눈이 휘둥그레질 정도의 요염한 미녀로 맘만 먹으면

집안 하나는 그대로 말아먹게 생겼다.

"호호호, 말로는 부하부하 해대면서 다 버리고 도망가다니……."

우두머리로 보이는 노인은 도망쳤지만 그 수하들은 여전히 끙끙대며 두 남녀의 주위에 쓰러져 있었다.

"…너, 너희들은 도대체 누구냐?!"

"어머머, 지금까지 모르고 덤볐던 거야?"

확실히 자신들의 별호가 뭔지 안다면 함부로 저리도 무모하게 덤벼들지는 않았을 거란 생각이 들었다. 뭐, 자신들이 오랜만에 운동 좀 하겠다고 조금 살살 다룬 것 때문이기도 하지만.

"이 섭선을 보고도 드는 생각이 없느냐?"

청년이 허리춤에 대롱대롱 매달린 섭선을 손가락으로 가리키자 그제야 사내들의 얼굴에 낭패의 기색이 스쳐 지나갔다. 자신들이 어리석었다. 섭선이야 문사들이 즐겨 사용하는 것이기 때문에 그저 평범한 한량인 줄 알았더니 그게 아니었다.

얼마 전부터 강호에 그 위명이 자자한 잔월비선이 바로 저 청년인 것이다. 더불어 그 옆에 있는 여인은 잔월비선과 항상 같이 붙어다닌다고 알려진 잔혹미영! 정파인지 사파인지 그 구분이 약간 모호하지만 어쨌든 자신들에게 해를 입히는 상대라면 절대로 가만 놔두지 않는다는 신진 고수들이었다. 젊은 나이임에도 대단한 무공으로 어쩌면 백의맹의 맹주와도 비견될 정도이니 말이다.

"머리가 멍청하면 수족이 고생한다더니……."

잔혹미영이 꿈에서나 볼 법한 선녀같이 아리따운 얼굴에 조소를 띠고 거만한 시선으로 사내들을 내려다보았다.

"무량수불(無量壽佛)! 소저, 참으로 잔인한 손속이시구려."

그때 조용히 울려 퍼지는 도호에 잔월비선과 잔혹미영이 고개를 돌렸다. 불자를 들고 있는 검소한 도복 차림의 도사였다. 아직 젊은 나이였지만 늙은 도사마냥 하고 있는 행색이 우스웠다.

"실례지만 뉘시온지……?"

청년은 '저건 또 뭐냐?'라는 기색이 다분히 깔린 목소리로 도사에게 질문했다. 말투야 어찌 됐든 내용만큼은 공손했다.

"무당파의 제자인 고원(故園)이라 합니다."

"…아까부터 어디선가 기척이 느껴진다 했더니… 당신이었군요?"

여인이 빙긋이 웃었다. 청년과 마찬가지로 조소가 깔려 있었지만 고원은 그런 것에는 별로 아랑곳하지 않았다. 눈치를 채지 못한 것은 결코 아닐 텐데도 여전히 낯짝은 싱글벙글이었다.

"하하! 두 분의 위명은 귀가 따갑도록 들었지만 특히 소저께서는 든던 것보다 훨씬 더 미인이십니다?"

고원은 능글맞게 아부성 발언을 늘어놓았다. 능글거리긴 하지만 징그러운 것이 아닌, 그냥 악동의 웃음과도 같은 짓궂은 것으로 그다지 거슬리지는 않았다.

"저희들에게 용건이 있으십니까? 빙빙 돌리지 말고 하실 말씀을 하시지요."

"우연히 두 분을 목격하고 방금 소저의 손속이 좀 너무하다 싶어 나선 것입니다. 별다른 오해는 마시지요."

"저희도 따끔히 경고를 해줬을 뿐이에요. 그리고 더 이상 손댈 생각도 없답니다."

여인은 자신의 일에 참견하는 그가 마음에 안 들었던지 말을 붙일 기회를 주지 않기 위해 딱 잘라 말했다. 그가 싫다는 기색이 둘에게서 역력함에도 진드기처럼 들러붙는 그가 가상하기도 하고 신기하기도 했다. 보통 사람이라면 자존심이 상해서라도 이미 돌아서 갔을 텐데…….

"…더 이상 하실 말씀이 없으면 저희는 갈 길이 바빠서 이만."

"자, 잠깐!"

*　　　　　*　　　　　*

"왜? 더 할 말이라도 있는 거야?"

노기 가득한 눈으로 은평이 백호를 째려보았다. 백호는 우선 만류했다가 은평의 살기 어린(?) 시선을 받고 잠시 움찔했지만 용기를 내어 쭈뼛쭈뼛이나마 말을 꺼내었다.

[아, 아직 배우실 것도 많고… 그리고… 신녀의 능력을 완벽하게 전승받으신 것도 아니고… 신녀는 자신의 관할 하에 놓인 지역을 벗어나시면 절대로 않…….]

"뭐가 안 돼?! 여긴 항상 해가 떠 있어서 도대체 며칠이 지난 건지는 모르겠지만 적어도 한 달 이상은 여기 있었다고 생각하는데? 그리고 신녀인지 뭔지 난 몰라. 자기네들 맘대로 정해놓고 뭐가 신녀야?! 나갈 거야!! 잡지 마!"

속사포처럼 가슴속에 담아냈던 말들을 뱉는 은평을 백호는 어찌해야 좋을지 몰라서 발만 동동 굴렀다. 이번 신녀는 상당히 예측을 불허하게 하는 인물이라 도저히 자신으로서는 그 행동 방향을 감당할 도리가 없었다.

"어쨌든 그 말도 안 되는 네 이야기 들어주면서 이상한 것도 배웠고 이 이상한 옷도 입어줬는데… 밖에 나가는 것도 안 돼?! 기다리는 사람들이 있단 말야!"

한동안 잊고 지내다가 화우와 능파보고 기다리라고 한 뒤 그대로 와버린 게 마음에 걸렸다. 자신을 얼마나 웃긴 애라고 생각했을지 생각하면 한시 바삐 만나서 오해를 풀어주고 싶었다.

[절대로 안 된다니까요! 신선이라면 관할 지역을 떠날 수 없어요!

"신선인지 뭔지 난 모른다니까!"]

[그, 그럼 지금 배우셔야 할 것들을 모두 깨우치신 뒤에 가십시오!]

"싫어! 그거 다 배우다간 내가 늙어 죽을 거야!"

[선인이 늙어 죽을 리는 없으니 그런 걱정은 접어두십시오! 어쨌거나 꼭 배우셔야만 합니다!]

백호는 정말 필사적으로 말렸다. 말리지 못하면 자신의 목숨도 없다는 일념으로 말렸다. 신녀가 자신의 구역을 벗어난다니 전후무후한 일이었다. 적어도 자신이 아는 바로는 그런 신선은 없었다. 본체는 놔두고 영만 돌아다니는 일은 종종 있는 일이지만 말이다.

"어쨌든 갈 거야!"

[자꾸 그러시면 저도 따라갈 겁니다!]

"정말? 너도 올래? 그래, 같이 가자."

이런 것이 아니었다, 자신이 원한 대답은. 저렇듯 쉽게 '그래, 따라와'라고 하면 절대절대 안 되는 건데?

[저, 저기요…….]

"왜? 너도 간다며? 같이 가자."

은평은 아주 잘됐다는 기색으로 백호의 뭉툭하고 긴 꼬리를 꽉 잡고 앞장섰다. 소녀답지 않게 덩치가 자신의 다섯 배는 넘어 보이는 백호를 가벼운 뭐 끌 듯 질질 잡아당겼다. 어찌해야 할 바를 모르고 울상인 백호와 아주 오랜만에 활짝 웃는 얼굴이 된 은평은 그렇게 몽중유곡을 벗어나고 있었다.

[어디를 가십니까?]

영수들이 백호와 은평의 눈치를 번갈아 보며 조심스레 물어왔다. 항상 백호와 투닥거리던 은평이 오늘은 무슨 바람이 불었는지 싱글벙글한 얼굴로 오랜만에 취화정(取華亭)에서 나온지라 영수들이 궁금히 여기는 건 당연했다.

[백호님, 도대체 무슨 일입니까?]

오랜만에 출연한 영묘가 조그만 얼굴을 갸웃갸웃거리며 얼빠진 백호 주위를 맴돌았다. 백호는 잔뜩 기운이 빠져 듣는 사람마저도 진이 빠질 것 같은 목소리로 중얼댔다.

[신녀님 좀 말려봐라.]

"자자, 백호! 너도 간댔잖아. 가자!"

꼬리를 잡혀 은평에게 질질 끌려가는 백호를 영수들은 멍하니 바라보면서 그냥 어이없어하고 있었지만 영묘만은 대충 돌아가는 상황을 짐작하고 가슴속 깊이 백호에게 애도를 표했다.

[백호께서 몽중유곡을 비우셨으니 다음 책임자는 주작(朱雀)님인가?]

오랫동안 용암 속에서 잠만 자는 주작을 떠올리며 영묘는 그를 깨우러 갈 생각을 하자 앞이 막막해졌다. 백호와는 달리 불 같은 성정의 주작은 다루기가(?) 상당히 까다롭기 때문이었다.

'주작님보단 차라리 청룡(靑龍)님이나 현무(玄武)님을 부르는 게 더 낫지 않을까?' 라는 생각까지 해가면서 영묘는 한숨을 내쉬었다. 주작이 잠들어 있는 화산이 저 멀리 구름 속에 싸여 있었다.

                    *   *   *

웅천부(應天府), 혹은 금릉이라 불리는 도시. 영락제가 지금의 자금성을 축조하고 수도를 웅천부에서 순천부로 옮긴 뒤로 많이 쇠락하긴 했지만 여전히 거대한 도시였다. 대륙 상권의 중심이라는 금황성과 백의맹이 있어 강호인들도 심심치 않게 볼 수 있었다.

웅천부 중심부의 큰 길가에 위치한 곽루(藿樓). 웅천부에서도 제일 호화롭다는 객잔으로 언제나 사람들이 붐비는 곳이었다.

"어서 오십쇼!"

오는 손님들마다 점소이는 코가 땅에 닿도록 인사를 했다. 제일 호화롭다는 객잔답게 드나드는 자들의 옷차림이 저마다 고급스러웠다.

"아이구, 공자님! 어서 오십쇼!"

저 멀리서 흰 백의를 입은 공자가 보이자 점소이는 냉큼 달려가 우선 꾸벅 절부터 했다. 그저 평범한 흰 비단옷처럼 보이지만 몇 년이나 곽루에서 보는 눈이 높아진 점소이가 보기에 저 옷은 황궁이나 순천부의 고관대작가에서나 사용한다는 능라였다. 지금껏 여러 손님들을 통해 여러 능라의들을 봐왔지만 저렇듯 곱고 부드러운 결은 보지 못한 것이다.

게다가 청년의 얼굴은 또 어떤가? 시원시원한 이목구비와 몸 전체에서 풍기는 기품. 여인이라면 흐물흐물 녹아버릴 것 같은 미남이었다.

"어서어서 들어가십쇼!"

백의공자의 뒤로 요염한 미녀와 도저히 이 둘과는 어울리지 않지만 불자를 든 능글맞게 생긴 도사가 따르고 있었다.

"전망 좋은 곳으로 안내하겠습니요."

객잔에서도 가장 전망이 좋은 이 층으로 세 사람을 안내했다. 북적거리던 일 층에 비해 이 층은 제법 한산하고 사람들의 옷차림도 일 층과는 달리 고급스러웠다. 거기다가 강호인들인 듯 허리에 검을 찬 사람도 제법 많았다.

청년과 여인이 이 층으로 들어서자 사람들의 시선이 집중되었다. 한 사람만 대로변에 서 있어도 시선이 집중될 텐데 둘이 모여 있으니 더욱더 빛을 발한다고나 할까? 그 뒤를 따르던 도사는 논외였지만 말이다. 어쨌든 세 사람이 대충 자리를 잡고 앉자 점소이는 간사한 웃음을 흘리며 파리마냥 손을 비벼댔다.

"용정차 두 잔 하고 먹을 만한 것으로 아무거나 내와."

백의청년이 거만한 투로 내뱉으며 소맷자락에서 은자를 꺼내 점소이에게 가볍게 던졌다. 은자를 받은 점소이는 입이 귀에까지 걸리며 더욱더 굽신거렸다.

점소이가 아래층으로 사라진 뒤 청년은 탐탁지 않다는 듯 도사를 노려보았다. 하지만 도사는 능글능글 태연히 웃으며 손에 들고 있던 불자를 허리춤에 끼웠다.

"도대체 왜 우리를 따라다니는 겁니까?"

이 셋은 아까 보았던 잔월비선과 잔혹미영, 그리고 고원이라는 무당의 도사였다. 고원은 다짜고짜 동행을 하자며 이 둘을 따라온 뒤 아무리 눈치를 줘도 능글거리기만 할 뿐 별다른 반응이 없어 잔월비선의 신경은 팽팽한 실처럼 당겨져 급기야는 폭발할 지경이 되어 있었다. 아마 진드기도 저런 진드기는 없을 정도였다.

"말씀드리지 않았습니까? 가는 방향도 같은 듯하니 동행하자고 말입니다."

"당신과 동행하고 싶은 생각이 추호도 없습니다. 여기서 식사하고 헤어지도록 하시지요."

"이거 섭섭하오이다. 제가 이리 사정을 하는데도 매정하게 물리치시다니……."

그때 점소이가 용정차 두 잔을 내왔다. 자연히 세 사람도 입을 다물고 점소이가 찻잔을 내려놓고 가기를 기다렸다.

"이봐, 묵어 가고 싶으니 방을 준비해 주겠나?"

"세 개로 할까요, 두 개로 할까요?"

"두 개."

방을 부탁하면서 또다시 점소이에게 은자 한 냥을 집어주자 점소이는 역시 입이 헤 벌어져서는 허리를 깊숙이 숙이고 물러갔다.

"금릉에서 묵어 가실 예정이십니까?"

고원의 목소리에 화색이 돌았다. 그 순간 잔월비선은 고원이 무언가 꿍꿍이속이 있다고 어렴풋이나마 짐작했다. 그저 무작정 자신들과 동행하겠다길래 무슨 일인지 궁금했는데 대충 감이 잡혔다.

"당신, 꿍꿍이가 뭔가요? 솔직히 털어놔 보시지요."

잔혹미영 역시도 뭔가 눈치 챈 듯 결코 곱지 않은 시선으로 고원을 노려봤다. 여차하면 이 자리에서 죽일 각오까지 하고 소맷자락 속에 들어 있을 천잠사 쪽으로 손을 뻗었다.

*   *   *

귓전에 스치는 바람 소리가 시원스러웠다. 빠른 속도로 스쳐 지나가는 풍경을 눈으로 훑어 나가며 은평은 팔을 옆으로 쫙 뻗었다. 바람이 팔을 지나가며 무언가 느껴지는 대기의 느낌이 기분 좋았다.

[위험합니다!]

백호가 은평이 팔을 옆으로 쫙 뻗는 것을 보고 걱정된다는 듯 말하며 달리는 속도를 약간 늦추었다. 백호의 등에 타고 있던 은평은 그제야 뻗었던 손을 거두고 백호의 목덜미의 북실북실한 털을 잡아 쥐었다.

"노인네같이 웬 걱정이야? 하긴 털이 이렇게 하얗게 샜으니 노인네 맞나?"

[자꾸 노인네 노인네 하시면 여기서 신녀님이 떨어지든 말든 마구 날 떨지도 모릅니다.]

그래도 신녀 직속의 청룡, 백호, 주작, 현무 중에서 가장 나이가 어린 것이 자신일진대 늙은이라니?

　어쨌든 백호의 협박 아닌 협박에 은평은 입을 다물고 보복 삼아 백호의 하얀 목덜미 털을 더 꽉 잡아 쥐었다. 영물이라는 것이 허명은 아닌 듯 백호는 정말 빠르게 무산을 벗어나고 있었다. 지금 달리고 있는 이 산길을 조금 더 가면 아마도 민가가 보일 것이다.

　"근데 호랑아, 이 큰 몸집으로 민가에 나타나면 사람들이 놀라지 않을까?"

　[그건 걱정 마십시오.]

　당사자가 걱정하지 말라니 큰 걱정은 하지 않겠지만 이 녀석 때문에 여행 다니는 게 곤란해진다면 가만두지 않을 생각이었다. 신녀인지 뭔지 하는 할머니가 자기 몸에 들어온 뒤로 좋아진 것이라고는 힘(?)뿐이었으니 말이다.

　한 달여간이나 힘들게 백호가 가르쳐 준 주술은 까맣게 잊어버린 듯한 그 모습에 백호가 가여웠다. 그가 들인 수고는 도대체 어디에 있단 말인가?

　이런 은평의 생각을 아는지 모르는지 백호는 부지런히 달려 산 아래로 작은 촌이 보일 정도가 되자 자신의 등에서 은평을 내리도록 했다.

　[대충 온 것 같습니다.]

　"정말?"

　은평은 재빨리 백호의 등에서 내려 어렴풋이 보이는 촌의 풍경을 보고 싱글거렸다. 화우와 능파와 약속했던 장소로 먼저 가보았으나 아무도 없었던지라 백호를 재촉해 우선 무산에서 제일 가까운 촌으로 내려온 것이다.

　[한데 정말로 가실 겁니까?]

　"그럼 당연하지! 여기서 다시 죽을 때까지 살아야 하는데 아는 사람이라고는 이상한 변태 남매를 제외하면 그 둘뿐이란 말야!"

　그랬다. 은평의 목적은 그 둘을 찾아 빌붙어 먹고 사는 것이었다. 사람이라고는 하나도 없고 말하는 이상한 동물들만 가득한 곳에서 살자니 자신의 인생이 막막하기만 했다. 그러자면 사람들이 모인 곳에서 살아야 할 터인데 피붙이도 없고 아는 사람이래 봤자 단 네 사람뿐이었다. 하지만 변태 남매에겐 죽어도 가기 싫으니 그 둘을 찾는 수밖에 없었다.

"자자, 어서 내려가자."

[잠시만 기다려 주십시오.]

또다시 자신의 꼬리를 잡아당기려고 하는 은평을 만류하고 백호는 자신의 능력 중의 하나인 신체 크기 조절을 이용해 거대한 몸집을 조그만 고양이만하게 줄였다. 흰 털이나 검은 줄무늬는 변화가 없었지만 몸이 작아지다 보니 굉장히 귀여운 모습이었다.

더구나 평소 고양이나 개 같은 동물을 좋아하는 은평은 작아진 백호를 보는 순간 '꺄아' 하고 탄성을 질러댈 만큼, 아니, 꼭 동물을 좋아하지 않더라도 그냥 보면 탄성을 지를 만큼 앙증맞았다.

"귀엽다. 귀여워, 귀여워……. 귀여워어어!!"

약간 오동통한 몸에 북실북실 부드러운 털과 맑은 눈망울에 은평은 참지 못하고 백호를 꼭 껴안았다.

"잔소리만 많은 영감인 줄 알았는데 이렇게나 귀엽다니… 다시 봤어. 앞으로는 큰 몸집은 하지 말고 영원히 이 모습으로만 있어. 알았지?"

은평은 백호를 품에 안은 채 민가가 보이는 쪽을 향해서 천천히 걸어갔다. 한참을 걷다가 은평은 문득 생각이 났는지 머리카락을 만지며 백호에게 중얼거렸다.

"그런데 이 머리 길이가 너무 길어. 좀 줄여줘."

은평의 생각으로는 자신의 머리가 정말 무식하게 길다고 생각했기 때문에 줄여주기를 바랐지만 백호는 그것은 절대로 안 된다는 듯 눈을 부라렸다.

[그럼 처음 몽중유곡에 들어오셨을 때처럼 그런 망측스럽게 짧은 머리를 원하시는 겁니까?]

"알았어. 입 다물어."

한 번 시작되면 거의 한 시간을 떠들어대는 백호의 잔소리를 알기 때문에 은평은 일찌감치 입을 막아놓고 다시 발걸음을 재촉했다. 하지만 가까운 거리일 줄 알았던 민가는 왠일인지 전혀 가까워지질 않았다. 생생하게 눈앞에서 보이는데도 거리는 전혀 좁혀지지 않고 있었다. 그건 은평이 현재 자신의 능력을 모두 깨닫고 있지 못하기 때문인데 현재 은평은 신족통(神足通), 천이통(天耳通), 타심통(他心通), 숙명통(宿命通), 천안통(天眼通), 누진통(漏盡通)의 능력들 중 신족통과 천이통을 자연스럽게 깨우치고 현재 숙명통과 천안통을 익혀가고 있는 상태이지만 그걸 본인이 느끼지 못하고 있었다.

천안통이 몸에 배어 멀리 있는 것도 아주 가까이 있는 것처럼 생생히 보이고 있지만 본인이 그렇게 멀리까지 볼 수 있다는 자각이 없으므로 가까이 있는 것처럼 생각해 다가가면 다시 저만치 떨어져 있는 것처럼 느껴지는 것이다.

"이상하네? 눈이 더 나빠진 건가?"

[그러지 말고 신족통을 써보시지요.]

"그게 뭔데?"

백호는 지금껏 자신이 입 아프게 가르쳤던 것이 모두 수포로 돌아간 것 같아 깊은 한숨을 내쉬면서 다시 어떻게 설명해야 하나 하고 깊은 고민에 빠졌다. 그리고 앞으로도 속 썩을 일을 생각하니 눈앞이 캄캄하며 자신의 앞날에 닥칠 수난이 눈에 보이는 듯해 가슴이 답답해져 왔다.

9

인 이 라 는 사 내

인이라는 사내

고래로부터 사신의 하나로 여겨져 민간 신앙에서 영험한 동물로 섬겨져 왔던 백호. 비록 지금은 사신의 신앙이 많이 퇴색되고 말았다 하더라도 여전히 영물로 알려져 있었다.

이목구비와 몸은 비록 강아지마냥 작을지라도 그 특유의 흰 털과 검은 줄무늬, 유독 눈에 띄는 붉은 눈을 지닌 범 새끼가 눈에 띄는 것은 지극히 당연했다. 본래 백호는 보통의 범이 오랜 시간 도를 닦아 온통 털이 흰 백호로 변한다는 이야기도 있고 원래부터 털이 흰 백호가 있다는 이야기도 있지만 어느 쪽이든 사람들이 마음속 깊은 곳에서 신적인 존재로 경외한다는 점에서는 변함이 없었다.

'이 흰 털은 단순한 돌연변이일 뿐인데……'

은평은 자신의 품에 안긴 백호의 털을 쓰다듬으며 투덜거렸다. 자신이 알기로는 이런 백색 털의 범은 희귀한 돌연변이일 뿐인데 이상한 미신에 빠져서 저렇듯 힐끔거리는 꼴이라니 한심스러웠다. 더구나 이 백호 놈은 사람들의 환상 속의 그런 짐승이 아닌, 말이라고는 지지리도 안 듣는 애완범(?)인 것이다.

처음 민가로 내려와서 사람들이 벌인 소동을 생각하니 지금도 골치가 아파온다. 백호를 안고 산을 내려오는 자신을 사람들은 무슨 괴물이라고 생각한 건지 후닥닥 피하거나 아니면 불쑥 무릎을 꿇고 싹싹 빌어댔다. 자신과는 눈도 마주치려 하지 않았기에 지금 현재는 기분이 상할 대로 상한 상태였다.

"우선은 돈이 있어야 하는데……."

어쨌든 화우를 찾기 위해서 돌아다니려면 필연적으로 돈이 필요했다. 현재의 은평은 먹지 않고 주위의 기만을 흡수해도 살 수 있고 잠을 자지 않아도 되었지만 그런 것은 전혀 생각지도 못하는 듯 돈 걱정을 해대니 백호로서는 한심하기 그지없었다.

"아, 그렇지!"

은평은 머리 위에 치렁치렁 꽂고 있던 장신구들에 생각이 미친 듯 머리 위로 손을 올려 잡히는 대로 녹주석(綠柱石)이 박힌 금보요(金步搖)를 하나 빼냈다. 금 세공이 가미되고 푸르게 빛나는 커다란 녹주석 한 알이 박힌 것이지만 그 형태나 모양이 먼 고대의 것으로 보였다. 이렇게 은평이 아무렇게나 빼 든 금보요는 보석의 가치와 시대적 가치를 더하면 사실 어마어마한 보물이었다.

[서, 설마 그것을… 파시려는 겁니까?!]

"응, 돈이 필요하잖아."

[절대 안 됩니다! 이것이 인간들 사이에 넘어가면 엄청난 소동이 벌어질지도 모릅니다.]

"어째서?"

[에… 그건 설명하기 곤란하고 어쨌든 절대 안 됩니다!]

"네 녀석이 돈을 마련해 줄 수 있는 게 아니라면 그런 소리는 집어치워."

은평은 당당히 백호의 말을 묵살해 버리고 이런 장신구를 매입해 줄 만한 상점을 찾아보기로 했다. 대로 변에 널린 게 가게이고 상점들이었지만 이런 것을 사줄 만한 가게는 눈에 띄지 않았다.

'이런 곳보단 좀 더 번화한 성 같은 곳에 가야 사주려나?'

확실히 보는 눈이 없는 은평이 보기에도 자신이 지닌 장신구는 보통의 것이 아니었다. 햇빛이 비치는 방향에 따라서 녹색 빛이 옅게, 혹은 진하게 시시각각으로 변하는 것으로 봐서 상당한 값이 나갈 듯 보였다.

"그거 팔려는 건가?"

시큰둥한 목소리에 뒤를 돌아보자 머리를 산발한 청년이 서 있었다. 어디서나 쉽게 볼 수 있는 마로 된 거친 장삼을 입고 등 뒤에는 다 삭아 검집으로 녹이 묻어나는 장검을 메고 있었다. 산발한 머리에 가려 이목구비가 자세히 보이진 않았지만 제법 준수한 편으로 차림새를 보아서는 천한 떠돌이 무사라고밖에는 생각할 수 없었다.

"그걸 여기서 판다고 하면 엄청난 소동이 벌어질걸? 네가 가진 금품에 타당한 가격을 지불할 수도 없을뿐더러 탐욕에 눈 먼 작자들의 표적이 될 거야. 하긴… 지금 차림새만으로도 '나 돈 많아요'라고 티가 팍팍 나긴 하지만."

"그래서 어쩌란 건데요?"

떠돌이 무사 청년은 희미한 눈웃음을 지으며 대꾸했다.

"날 호위 무사로 거두지 않을래?"

"…에? 당신을 호위 무사로 거둬서 뭐 하게요?"

"네가 지금 팔려는 것을 나 주고 날 호위 무사로 거둬. 확실히 보호해 줄 테니까."

"당신을 어떻게 믿고?"

"흠… 믿기 싫으면 할 수 없는 거지 뭐."

은평은 돈이 필요한 것이었지 호위 무사 따위가 필요한 것이 아니었기에 거절할까 하다가 호위 무사라니 왠지 재미있을 것 같았다. 게다가 여행을 하면서 다 늙어 빠져 잔소리 많은 호랑이보단 그래도 인간하고 말상대를 하는 것이 더 나을 것 같기도 하고 또한 청년의 눈이 왠지 모르게 선해 보여 승낙하기로 했다.

"난 돈이 필요해요. 아저씨 말에 따르면 이건 굉장한 값이 나가는 거니까 이것을 주는 대신 내 여행 경비는 아저씨가 모두 낼 수 있겠죠?"

"영악하군."

청년은 한숨을 내쉬었다. 확실히 어마어마한 가치의 보물이니 저 정도 요구는 당연한 거겠지만.

"좋아, 그러지. 한데 그 아저씨 소리는 좀 빼줘. 내가 어딜 봐서 아저씨야?!"

"아저씨니까 아저씨라 그러죠. 아저씨, 나이 몇이에요?"

청년은 자신의 나이를 말하려다가 관두었다. 어차피 아저씨라 불리든 뭐로 불리든 별 상관은 없었던 것이다.

"그럼 계약 성립인 거죠?"

은평은 자신이 들고 있던 금보요를 청년에게 내밀었다. 청년은 한 손으로 금보요를 받아 들었다. 햇살을 받아 빛을 내뿜는 금보요의 광채에 청년은 절로 흥이 나는 듯 입가가 헤벌쭉 벌어졌다.

*   *   *

"하하핫! 목적이라뇨? 그런 건 없습니다."

고원은 살기등등한 두 사람의 눈빛에 괜히 이 일을 떠맡았다고 생각했다. 저 한광을 고스란히 받고 있기엔 그의 수양이 아직 미숙했기 때문이다. 등줄기가 서늘하고 식은땀이 줄줄 흐른다. 확실히 고수들답게 살기가 장난이 아니다. 절대로 정신 건강상 좋다고는 말할 수 없겠다. 살 떨려서 어디 살겠나?

'빌어먹을 사부 같으니, 제자라고 인심 쓰는 척 받아주고선 이런 힘든 일만 떠맡긴다니까.'

이 두 사람은 소속된 문파가 없다는 이유로 지금껏 수많은 방파들이 각축전을 벌이며 이 둘을 끌어들이려 했으나 두 사람은 별로 흥미가 없었던지라 모두 거절해 왔다. 물론 이 거절의 방법이란 것이 조금 '험악' 하긴 했지만.

"하하핫! 소저, 그 흉한 것 좀 치우시고 소생의 말도 좀 들어보시지요."

여차하면 천잠사를 풀어낼 기세인 잔혹미영 때문에 고원은 진땀을 흘려야 했다. 어떻게 운 좋게도 이 둘이 금릉에서 묵어 간다기에 어째 일이 쉽게 풀린다 했더니만······.

주위의 사람들은 이 두 사람의 험악한 기도에 눌려 슬슬 자리를 피했고 무림인들의 경우는 무슨 일인가 싶어 자리에 가만히 앉아 이쪽을 예의 주시하고 있었다. 눈에 띄지 않게 살짝 모셔오라는 명을 받은 고원으로서는 별로 좋지 못한 상황이었다.

"무슨 목적이냐?"

"두 분을 만나고 싶어하시는 분이 계십니다. 그분께서 두 분을 조용히 모셔오라기에······."

"우리가 그 지시에 따를 이유가 어디에 있지?"

둘의 목소리가 점점 더 낮아지기 시작했다. 화가 나고 있다는 반증이었다.

"문파로 들어오시라는 것은 아닌 듯하오니 저와 같이 잠시 가주심이……."

잔월비선은 비웃듯이 입가를 비틀어 올렸다. 오만방자해 보이는 표정이었지만 그에게는 더없이 잘 어울렸다.

"역시 백의맹에서 보냈더냐?"

순간 고원의 시선에 당혹감이 어렸다. 어차피 고원이 자신들에게 접근해 왔을 때부터 반쯤은 눈치 채고 있던 것이다. 더구나 금릉으로 오자 얼굴에 화색이 만연한 그를 보고 필시 백의맹에서 자신들을 보자고 한 것이라고 단정 지은 터였다. 다만 문제는 도대체 백의맹의 누가 자신들을 보자고 하는 것인지가 궁금할 따름이었다.

"옥아, 병을 거둬라."

"오라버니!"

"거둬. 그리고 너, 앞장서라."

고원은 들켰구나 하는 마음에 마음을 졸이고 있다가 순순히 따라가겠다고 하자 자리에서 벌떡 일어나 앞장섰다. 이 둘이 무슨 마음을 먹었는지는 몰라도 맹까지 데려갈 수 있으면 자신의 사부에게 공치사라도 할 수 있을 테니 어쨌든 좋았다.

세 사람이 객잔의 계단을 내려가자 마침 음식을 가져오던 점소이가 기겁을 했다. 은평은 김이 모락모락 피어오르고 향신료의 냄새가 진동하는 것을 보니 절로 배가 고파왔다.

"음식은 물리겠네. 하지만 방은 그대로 잡아놓게. 내 잠시 다녀올 곳이 있으니."

잔월비선은 소맷자락에서 은자 몇 개를 집어 점소이에게 건네주었다. 은자를 받은 점소이는 희희낙락거리며 허리를 굽실댔다.

"알겠습니다요. 방은 그대로 잡아두겠습니다요."

허리를 거듭 조아리는 점소이를 뒤로 하고 그들은 밖으로 나갔다. 구름에 햇빛이 가려 희미하게 볕이 들고 있었다.

"네가 앞장서라."

고원은 신이 나서 사람들 사이를 헤치고 지나갔다. 어차피 백의맹 건물이야 찾기 쉬웠다. 금빛으로 빛나는 금황성과 반대되는 방향에 있는 백색 깃이 꽂힌 커다란 장원을 찾으면 되니까 말이다. 말이 장원이지 장원을 한 바퀴 돌려면 걸어서 일 식경 정도가 걸리는 거리였다.

맹의 건물을 보고 그 위풍당당함에 놀랄 두 사람을 상상하며 고원은 멀리 보이는 장원을 가리키며 말했다.

"저깁니다."

"저건 백의맹이 아닌가? 잘난 백의맹께서 우리를 불렀단 얘긴가?"

조소 어린 목소리로 잔혹미영이 중얼거렸다. 백의맹의 위용에 놀랄 것이라 예상했던 고원은 오만한 눈으로 백의맹 건물을 훑어보는 둘을 보며 고개를 내저었다. 자신이 상상했던 바는 이런 것이 아니었거늘……

"관둬라. 어쨌든 초대를 받았으니 가는 것이 도리이지 않느냐?"

잔월비선의 말에 잔혹미영은 못마땅한 듯 입을 삐죽이면서도 더 이상 비웃음 어린 소리는 하지 않았다. 그 대신 조소 가득한 시선으로 고원의 몸을 훑었다. 그 눈길을 받았을 때의 고원의 심정을 잠깐 적어보자면 전혀 꿀릴 것이 없음에도 어디 높은 절벽에라도 가서 몸을 던지고 싶은 심정이었다고 한다. 오만하고 신분이 높은 자 특유의 배배 꼬인 시선이었다고나 할까?

"어서 앞장서라. 네가 데려온 곳이니 안내까지 해야 하지 않느냐?"

"따르십시오."

풀이 죽은 목소리로 고원은 터벅터벅 걸어나갔다. 무당파라고는 하지만 깊은 산중에 처박혀 있고 더구나 도가에서 화려한 장식을 할 수는 없었던 터라 수수한 건물들이 전부였던 곳에서 자라온 고원은 이곳 백의맹에 처음 와서 감탄했던 때를 떠올렸다.

"문을 열어라."

문을 지키고 서 있던 수문장들에게 소맷자락에서 나무 영패를 하나 꺼내 보여주자 수문장들은 군말없이 육중한 문을 열고 안으로 드시라는 듯한 자세를 취했다.

호기심 가득한 시선들이 따가웠다. 흘끗흘끗 응시하는 자도 있지만 아주 노골적인 시선을 보내오는 자들도 적지 않았다. 백의맹은 각 백도를 모두 집결시킨 것 같은 모습이었다. 한눈에 식별이 가능한 소림파와 무당파, 그리고 아미파, 그 외에도 개방, 무림오대세가의 제자들인 듯 가문의 성이 새겨진 무복을 입은 사람들이 분주히 오가는 가운데 그 사이를 수많은 시선들 속에서 태연자약하게 걸어가는 잔월비선과 잔혹미영은 아무리 생각해도 보통 간은 아니었다.

쏟아지는 주위의 시선에 잔월비선은 정신을 집중하고 뭐라 소곤거리는 것인지 들어보기로 했다. 마음만 먹는다면 일반적인 전음쯤이야 읽어내는 것은 그에게 아주 쉬운 일이었으니까 말이다. 곧 이어 귓가로 수많은 전음들이 잡혔다.

—저들이 그들인가?

—그렇다네. 맹주께서 특별히 초빙하셨다지?

—보기에는 별로 무공이 강해 보이지 않는데? 태양혈의 돌출도 없고.

—소문에는 만박귀진의 경지라 하더군. 저 허리춤에 걸린 옥색 섭선을 쓴다 하던데…….

―대단한 미남이로구만. 여자깨나 울리겠네. 잔혹미영은 남자깨나 울리게 생겼고.

―여자라는 것에 방심해서 함부로 접근했다가 그녀의 손속에 병신 된 사내가 한둘이 아니라고 하네. 경공술로는 따를 자가 없다지?

―에이, 경공술 하면 아연미랑(娥燕美琅) 연 소저가…….

잔월비선은 더 이상 전음 듣는 것을 관두었다. 별달리 들을 필요성을 못 느꼈기 때문이다. 그때 잔혹미영의 한줄기 옥음이 귓가를 스쳤다.

―오라버니, 맹주를 만나면 어찌하실 겁니까?

―만나든 어찌하든 은평을 찾는 데 매우 방해가 될 것 같으면 죽인다.

그들이 사용하고 있는 것은 일반적인 전음술이 아닌 혜광심어(慧光心語)였다. 소림의 비전 중 하나로 아는 자가 매우 드물 텐데 의외의 일이었다.

"손님들이 오셨군요."

허공답보(虛空踏步)로 허공에서 천천히 걸어 내려오듯이 내려오는 청년이 있었다. 우윳빛 피부에 문사의로 질끈 묶은 흑단 같은 머리카락과 조각 같은 얼굴 선이 인상적인 미청년이다. 잔월비선과 막상막하라 할 정도이며 입가에 은은한 미소를 띠고 있는 것이 청년을 더 더욱 선하게 보이게 했다.

"객(客)이 오셨다는 이야기에 이렇게 마중하러 나왔습니다. 늦지는 않은 듯하군요."

'허, 허공답보……! 세상에! 역시 맹주께선 명불허전(名不虛傳)이다!'

"친히 이렇게 마중까지 나와주시다니 저희들이야말로 감사드립니다."

잔월비선 대신 뒤에서 묵묵히 있던 잔혹미영이 나섰다. 생긋 눈웃음치는 그 아리따운 자태에 주위의 여러 사내들이 쓰러진 것은 둘째 치더라도 맹주 역시 그 사람 좋아 보이는 웃음을 짓자 이번에는 여성 문도들여럿이 쓰러지는 건 또 뭐란 말인가?

"자, 어서 안으로 드시지요."

*　　　　*　　　　*

[안 됩니다! 절대 안 됩니다아아아!!]

백호의 처절한 절규가 울려 퍼졌다. 은평에게밖에는 들리지 않지만 예민한 짐승들은 반응하는 듯 지나가던 똥개들이 움찔움찔 꼬리를 말고 줄행랑을 쳤다.

"조용히 입 닥칠래, 재갈 물래?"

[아무리 그래도…….]

"이 차림은 너무 눈에 뜨인단 말야. 그래도 내버리지 않고 이렇게 주섬주섬 싸 짊어지고 가는 걸 고맙게 여겨야지."

옷은 그대로 입고 머리에 있는 장신구만 빼냈는데도 한결 홀가분했다. 어마어마한 무게의 머리 장신구들을 풀고 나니 머리가 우선 편해서 살 것 같았다. 그리고 자칭, 타칭 호위 무사에게 구해오라고 부탁한 보자기를 펼쳐 그 안에 장신구들을 담았다.

화려한 장식을 풀고 그냥 생머리를 길게 늘어뜨리니 아까와는 분위기가 확 달라졌다. 뭔가 더 신비스러워 보인다고나 할까?

"어쨌든 입 다물어! 시끄러워!"

은평의 입장에서는 백호와 말다툼을 하는 것이었지만 다른 사람이 보기에는 은평 혼자 중얼중얼대는 것과 다를 바 없었다.

"알 수 없는 소녀와 새끼 백호 한 마리라… 거기다가 이상한 떠돌이 무사. 쿡쿡… 아무리 잘봐줘도 기묘한 일행이군."

잠시만 기다리라 말하고 골목길 안쪽으로 사라진 채 혼자서 중얼중얼대는 은평의 목소리에 청년이 쿡쿡거리며 웃었다.

"뭐 하고 있어요?"

머리를 풀어헤친 은평이 골목길 사이에서 나타났다. 손에는 푸른빛의 보자기를 움켜쥐고 다른 손으로는 백호를 껴안고 있었다.

"검을 손질하려던 참이었소, 주. 인."

유난히 주인을 강조하여 말하는 그의 태도에 은평이 눈에 쌍심지를 켰다.

"주인이라고 말하지 말라고 분명히 말했잖아요!"

"난 주인이 더 좋은데?"

"난 싫어요! 그러니까 은평이라 불러요!"

아까부터 계속 다투어왔던 것이지만 주인이라고 불리는 것에 대해 은평은 꺼림칙해했다. 뭐라 설명할 수는 없지만 기분이 별로다.

"아, 맞다. 이름이 뭔지도 계속 안 물어봤었네. 이름에 뭐예요?"

"인(璘), 그냥 인이라고 부르면 돼."

"성은요?"

"그 딴 거 없어. 그냥 인이야."

옷자락에 묻은 흙먼지를 툭툭 털어내며 인이 기지개를 켰다.

"나이는요?"

"비밀."

"…집은?"

"보시다시피 떠돌이."

"간단해서 좋네요."

"고마워."

저것도 칭찬이라고 아는 건지 인은 은평의 비꼬는 말에 고맙다고 인사를 건넸다. 은평은 한동안 인을 어이없이 바라보다가 발걸음을 옮겼다.

"이봐, 주인, 어디로 가는 거지?"

"목적지는 없어요. 사람을 찾는 것뿐이니까."

"이 넓은 땅덩어리에서 무슨 수로 사람을 찾겠다는 거야?"

"…잘."

곰곰이 생각해 보니 그것도 그랬다. 이놈의 땅덩어리가 좀 넓은가? 거기다가 인구는 좀 많은가? 현대야 아이를 한 명으로 줄이도록 권장하고 있지만 지금이야 밑도 끝도 없이 생기면 생기는 대로 낳아댔을 테니.

"뭐, 꼭 사람을 찾는 것 말고도 이곳저곳 둘러보고 싶어서. 그러니까 갈 곳은 알아서 그쪽이 정해요."

"그러지."

터덜터덜 걸음을 옮기는 동안 어느새 마을을 벗어나 숲길을 걷고 있었다. 나무가 무성한 것은 아니었지만 수풀이 길게 자라 종아리까지 오는 바람에 걷는 데 불편했다. 인은 앞서 나가면서 은평이 걷기 좋도록 수풀을 자근자근 밟아놓았다.

"우선 여기서 제일 가까운 성으로 가 마시장부터 들러야겠군."

"나 말 탈 줄 몰라요."

"배워."

백호는 둘이 말싸움하는 것을 보며 어이없어하고 있었다. 안 지려고 아웅다웅하는 게 재밌기도 하고 한편으로는 우습다고 생각하며 속으로 말했다.

[…심심하지는 않겠구만.]

외 전

左掖梨花(좌액이화)
왼쪽 겨드랑이에 배꽃을 끼고

　　　　　　　　　　　　一丘爲(구위)

冷艶全欺雪(냉염전기설)
싸늘한 게 흡사 눈과 같구나.

餘香乍入衣(여향사입의)
향기는 사뭇 옷깃에 들어와,

春風且莫定(춘풍차막정)
봄바람도 그렇게 정처없는지,

吹向玉階飛(취향옥계비)
자꾸 불어 섬돌로 날라네.

男妹小傳(남매소전)

　　칠흑의 능라에 금실로 아홉 용의 문양을 음각하듯 수놓고 주옥을 박아
넣은 태자의 대례용 면복(大禮用冕服:대례에 쓰였던 예복. 주로 흑색이 많았
다)인 흑포(黑袍), 고(袴:고대 중국의 바지), 진주를 박아 넣은 옥대(玉帶),
칠보옥(七寶玉:일곱 가지 색의 옥돌)으로 장식된 면류관과 푸른색 비단의
심의(深衣:상하가 한데로 이어진 옷)와 황금 고리를 단 청색 혁대와 아담한
크기의 두 쌍의 석(舃:바닥에 몇 겹의 천을 겹쳐 만든 신의 일종)을 보며 유
모는 자랑스럽게 미소 지었다.
　　중추절(仲秋節) 행사에 모인 그 어떤 공자들과 아리따운 공녀들이라
할지라도 자신의 손으로 키운 공주와 태자에 비할까? 마치 양지옥(羊脂
玉:새하얀 옥의 일종)을 깎아 장인이 온 정성을 다해 세공한 듯한 꽃다운
공주와 태자는 평소의 익살맞은 모습과는 다르게 마치 인형같이 얌전하

게 웃고 있었다.

"자, 태자 전하, 의관(衣冠)을 정제(整齊)하셔야 하옵니다. 공주 마마
도요."

궁녀들이 태자와 공주를 구슬려 의상을 입히려 하자 정말 기쁘게도 평
소에는 한동안 실랑이를 벌이고서야 입었을 의상을 다 입히도록 가만히
있었다.

옷을 격식에 맞추어 갖추고 마지막 치장까지 끝낸 두 사람은 궁녀들과
환관들이 탄성을 자아낼 정도로 아름다웠다. 이제 겨우 여덟 살이 되는
데도 피는 속일 수 없는 듯 위엄과 품위가 몸에 배어 있었다.

"이곳에 잠시 계시옵소서. 잠시 다녀올 곳이 있사옵니다."

유모는 준비가 다되었노라고 황제에게 고하기 위해 전각을 나섰다. 유
모가 보이지 않게 되자 얌전하던 둘의 얼굴에 장난기가 어리고 둘이 서
로 마주 보더니 씨익 짓궂게 웃었다.

"별다른 일이 없으니 이만 물러가 있으라."

교육이 잘된 환관들과 궁녀들은 두 어린아이의 말에 의문을 표하는
일 없이 조용히 물러갔다. 평소와는 달리 고분고분 유모의 말을 잘 들었
던지라 안심하고 있었던 것이다. 이윽고 둘만 남게 되자 앉아 있던 의자
에서 벌떡 일어난 두 사람은 서로 시선을 교환하더니 짓궂게 미소 지었
다.

한편 유모는 련(輦:일종의 가마)에 태워 둘을 들이라는 황제의 명에 기
분 좋게 웃으며 전각으로 돌아오고 있었다. 사람들이 공주와 태자의 자
태에 탄성을 내지를 것을 생각하니 절로 웃음이 나오고 가슴 한편이 뿌
듯했다.

자신이 아는 흥겨운 가락을 흥얼거리며 전각으로 돌아온 유모는 환관

들과 궁녀들이 모두 밖에 나와 있자 무슨 일이 났나 싶어 가슴이 쿵 하고 내려앉았다.

"무슨 일이기에 모두 나와 있는 것이냐?"

"두 분이 모두 련에 오르셨사옵니다. 그 시중을 들던 참이옵니다."

궁녀 하나가 대답했다.

두 사람이 얌전히 련에 올랐다는 소리에 유모는 안심하며 가슴을 쓸어내렸다. 지금까지 두 사람의 장난에 얼마나 가슴을 졸였는가? 하지만 유모는 얼마 안 가 후회하게 됐다. 어째서 평소와는 다르게 얌전한 두 사람에게 의심하지 않았는지를…….

중추절 행사의 일환으로 달에게 제사를 올리는 황실의 행사에 문무백관들과 그 가족들이 모두 모여들고 있었다.

황제의 고위 비빈들과 그 소생들뿐 아니라 황족들이 모두 모인 것은 두말할 것도 없었고 자식을 데려온 문무백관들 중에서는 자신의 자식이 황제의 눈에 들어 황실과 연을 맺게 되는 것을 기대한 자들도 있는 듯 좀 과하다 싶을 정도로 치장된 공자, 공녀들이 많이 눈에 들어왔다.

제까짓 것들이 그래 봤자지라는 시선으로 한껏 콧대를 세운 유모는 련 안에 타고 있을 두 사람을 생각하자 절로 어깨가 으쓱여졌다. 두 사람이 련에서 내리면 쏟아질 탄성이 점점 더 기대되는 순간이었다.

"황제 폐하, 공주 마마와 태자 마마 드셨사옵니다."

환관 하나가 고하자 황제의 얼굴에 희색이 돌았다. 황제도 두 사람이 들기를 학수고대하고 있었던 듯했다.

곧 이어 련의 문이 열리고 두 사람이 나란히 내리자 문무백관들 사이에서는 유모의 예상대로 탄성이 일었다. 어린 태자와 공주—적실 소생의―가 행사에 얼굴을 내미는 것도 처음 있는 일인 데다가 그 자태와 기품이 여타 다른 후궁 소생들과는 확연한 차이를 보였기 때문이었다. 폐포파립(弊袍破笠) 속에 감추어져 있어도 환한 빛을 낼 것만 같은…….

봉황이 두 날개를 펼친 것같이 양쪽의 귀밑머리를 넓고 둥글게 서 있도록 한 대례용으로 쓰이는 여성의 결발(結髮)과 황후보다 한 단계 격이 낮은 심청색 휘의(褘衣:오색의 꿩 무늬가 그려진 여성용 대례복)와 홍옥(紅玉:루비를 뜻함)으로 장식된 옥잠(玉簪), 비취를 꿰어 늘어뜨린 긴 귀고리, 그리고 태자는 대례용 흑포와 고, 면류관을 말쑥이 차려입고 역시 석을 신은 채 서 있었다.

늠름하게 서 있는 태자와 쑥스러운 듯 살포시 고개를 숙이고 있는 공주. 하지만 그건 어디까지나 공주와 태자를 처음 보는 자들의 시각이었다.

공주와 태자의 얼굴을 알고 있는 사람들이라면 모두 입을 떡 벌린 채 경악성을 내야 할 가공할 광경이었던 것이다.

"…끄응……."

유모는 이미 관자놀이를 붙잡은 채 뒤로 넘어가고 황제는 벌어진 입을 수습하지 못하고 멍하니 서 있었다. 이유인 즉은 태자와 공주가 서로 옷을 바꿔 입은 것이었다. 더 화가 나는 것은 옷을 바꿔 입었음에도 그것이 너무나도 잘 어울린다는 사실이었다.

그렇다고 어째서 옷을 바꿔 입었느냐고 호통을 치자니 이목이 너무 많았다. 그렇다고 가만히 내버려 두자니 속이 바짝바짝 타 들어가 미칠 지경이니 영락제는 이럴 수도, 저럴 수도 없어 그저 입만 벌린 채 서 있을 수밖에 없었다.

"폐하, 기쁘시겠사옵니다. 아주 훌륭하신 태자와 공주님이시옵니다."

남의 속도 모르고 옆에서 좋겠다는 듯 부러운 눈으로 자신을 바라보며 감축의 인사말을 올리는 예부상서(禮部尙書)를 한 대 쥐어박고 싶은 심정이었다. 죽어서 조상님들을 어찌 뵐까……

　　아비의 타는 속도 모르고 태자와 공주는 사람들 사이를 오가며 웃고 떠들고 있었다. 영락제는 차라리 나중에 불러서 단단히 혼을 내야겠다고 마음먹고 마음을 가라앉혔다. 애써 심호흡을 하며 마음을 가라앉혔건만 상부 공주의 가공할 언사를 듣는 순간 영락제는 결국 몸을 휘청이고야 말았다.

　　"너, 내 색시 할래?"

　　공부상서(工部尙書)의 딸에게 다가가서 뭐가 그리 좋은지 싱긋거리는 상부 공주를 보자 영락제는 체통이고 뭐고 다 집어치우고 엉엉 울어버리고 싶었다.

　　"어머, 호호호! 태자 마마께오서 우리 아이가 단단히 마음에 드셨나 보옵니다."

　　공부상서의 부인이 몸둘 바를 몰라 하며 웃었다. 어쩌면 자신의 딸아이와 태자(?)를 맺어지게 할 수도 있다는 상상을 하는 것인지도 모르겠다. 공부상서 역시도 호탕하게 웃음을 터뜨리며 흐뭇한 기색으로 바라보고 있었다.

　　"하하핫! 영웅호색이라더니 태자 마마, 벌써부터 비 후보를 낙점하신 것이옵니까?"

　　색시로 삼겠다는 그 당돌한 말에 여기저기 대신들 사이에서 웃음이 터져 나왔다. 하지만 황제와 그 후궁들, 그리고 여타 다른 왕자와 공주들은 황당하다는 기색으로 진실(?)을 말해야 할지 말아야 할지 고민하고 있었다.

　　하지만 황제가 아무 말도 하지 못하고 부들부들 떨고 있으니 죽은 황후를 대신해 황제의 곁에 서 있던 척귀비(拓貴妃)를 비롯하여 후궁들 역시 그저 할 말을 잃은 채 아연하게 서 있을 뿐 감히 나서지 못했다.

더욱더 가관은 그 다음부터였다.

공주의 심의를 입은 태자는 얼굴을 살짝 붉히고서 공자들에게로 다가가 다소곳이 웃으며 담소를 나누고 있었던 것이다. 공주가 먼저 나서서 남자들에게 대화를 청하다니 그 가공할 광경에 사람들은 하나둘씩 돌이 되어가고 있었다.

"태자!! 공주!! 도대체 너희들은!!"

드디어 분노 섞인 황제의 일갈이 터져 나왔다.

"소자가 무엇을 말이옵니까, 아바 마마?"

"소녀가 무엇을 말이옵니까, 아바 마마?"

공주와 태자에게서 동시에 튀어나온 말이었다. 영락제는 그 말을 듣는 순간 더욱더 격노하여 이목이 집중되어 있음에도 불구하고 버럭 소리를 지르고야 말았다.

"소자라니?! 소녀라니?! 너희는 진정 과인이 미쳐 죽는 꼴을 보고 싶은 게냐?! 그 꼴이 다 무엇이더냐?! 공주가 태자의 옷을 입고 태자가 공주의 옷을 입다니!"

그 말이 내뱉어지는 순간 좌중 사이에 엄청난 냉기와 함께 침묵이 감돌았다. 이것이 무슨 소리인가? 그럼 태자의 옷을 입고 있는 게 공주이고 공주의 옷을 입고 있는 것이 태자란 소리?!

"…아하하하하!!"

공부상서에게서 어이없는 웃음이 튀어나온 것을 필두로 이곳저곳에서 허탈한 웃음이 흘러나왔다.

"아바 마마, 너무 노여워 마시옵소서. 소자는 커서 이 공녀에게 반드

했다.

죽도록 일과 고생 속에서 살아가시던 어머니가, 지겹고 고단하며 지옥 같은 삶을 살던 어머니가 내가 열세 살 때 마침내 돌아가셨다. 그저 어느 날 갑자기 일하러 나가시다가 풀썩 쓰러져 두 번 다시 깨어나지 못한 것이다.

아버지와 그 둘째 부인은 슬퍼했다. 내 어머니의 죽음을 슬퍼한 것이 아니라 자신들이 마음대로 부려먹을 수 있었던 종이 죽은 것을 슬퍼했던 것이다. 앞으로 어떻게 살아가냐며 아버지란 작자를 닦달하는 둘째 부인을 보며 내가 한 생각은 과연 무엇이었을까?

장례 치를 비용조차 없어 어머니를 화장(火葬)해 묻어야 했다. 입관(入棺)할 묏자리조차 살 돈이 없어서 화장한 어머니의 뼛가루를 단지에 넣어 이름없는 야산에 묻었다. 거친 흙을 맨손으로 파고 또 파고, 손가락 끝이 피투성이가 되고 너덜너덜해질 때까지 판 후 묻고 작은 봉분을 만들었다.

그렇게 어머니를 차가운 땅속에 묻고 돌아온 날 난 미쳐 있었다. 아니, 미칠 수밖에 없었다. 그리고 그날 어두컴컴한 방 안 구석에 몸을 웅크리고 벌벌 떨며 울고 있던 언니를 보았을 때 난 또 아버지에게 얻어맞았구나 하고 생각했다. 그저 그렇게 안일하게, 너무도 안일하게 생각했다.

허탈한 기분으로 방 안으로 들어서자 비릿한 피 내음과 함께 역한, 무언가 이상한 냄새가 진동하고 있었다.

"…울지 마, 언니."

내가 다가가자 언니는 더욱더 몸을 웅크리며 고개를 숙이고 나에게서 벗어나려 애썼다.

"…오, 오지 마. 다가오지 마……."

심하게 떨리는 언니의 몸. 난 그때 언니가 평소와는 뭔가 다르다고 느졌다. 서둘러 불을 밝히고 언니를 돌아본 순간 심하게 헝클어져 산발이 된 머리와 몸 이곳저곳에 난 붉은 손자국, 무언가에 심하게 긁힌 듯 엉망이 된 등, 손발에 잔뜩 묻은 흙, 손톱은 피투성이였고 더 충격이었던 것은 피와 정액으로 엉망이 된 언니의 하체.

그땐 뭐가 뭔지 몰라 그저 언니가 큰일이 났구나라고만 생각했지만 지금 생각해 보면 그건 명백한 윤간의 흔적이었다.

"어, 언니, 고개 좀 들어봐!! 언니!!"

잔뜩 떨리는 고양된 목소리로 고개를 푹 수그리고 있던 언니의 얼굴을 억지로 쳐들었을 때의 그 아연함이란……. 몸보다 더 엉망이었으면 엉망이었지 절대로 그 이하는 아닌 처참한 모습이었다.

"누가 이랬어? 아버지야?"

'아버지야?' 라고 반문했지만 아버지가 아니란 것은 느낌으로 알 수 있었다. 아버지가 지금까지 이토록 심한 꼴로 만든 적은 한 번도 없었기 때문이다.

"큰오라버니가… 사람들이……."

잔뜩 쉬어 빠진 목소리로 큰오라버니와 사람들이라는 말만을 되풀이하는 언니를 보며 난 다짐했다. 절대로 그놈을 용서치 않겠노라고. 자신에게 힘만 생긴다면 아버지란 작자와 놀기만 하며 어머니에게 온갖 수모를 주었던 그 첩년과 자식들, 그리고 언니를 이 꼴로 만든 그놈을 세상에서 가장 잔혹하고 악랄한 방법으로 죽지도 살지도 못하게 해주겠다고 되뇌고 또 되뇌었다.

하지만 아버지란 작자에게 언니를 왜 저렇게 한 거냐고 대들었다가 되돌아오는 것은 구타뿐이었다. 그래서 기다리기로 했다. 몸을 낮추고 순종하는 양 얌전히 있다가 때가 오면 비수의 칼날을 등 뒤에 꽂아 넣어주리라 입술을 악물고 내 가슴속에 새겼다.

언니는 결국 미쳐 버렸다. 며칠간은 제정신을 유지하는가 싶더니 또 며칠간은 정신을 놓아버리는 것의 연속이었다. 그것이 더 가슴 아팠다. 정신을 놓아버릴 정도로 괴로우면서도 자꾸만 붙잡으려 애쓰는 부질없는 끈. 정신을 놓고 있을 때는 예전과는 전혀 판이하게 다른 언니의 모습에 울음을 터뜨릴 수밖에 없었다.

어느 날 자다가 없어서 찾으러 나가 보니 뼛속이 시릴 정도로 차가운 냇가에 들어가 있었다.

"씻어야 해. 씻어야 해……."

집념으로 얼어붙은 동공이 광적으로 깨끗함에 집착하고 있었다. 살이 부어오를 정도로 문지르고 또 문지르고…….

언니가 그러고 난 다음날이면 아버지란 사람은 으레 돈을 던져 주곤 했다. 아무것도 하지 않고 술 마시는 것만이 전부인 아버지가 돈을 어디서 구해와 식량을 사 오라며 던져 주는 것인지 의문스러웠지만 나에게는 언니를 건사하는 것이 더 큰일이었다.

그렇게 지옥 같던 나의 삶에 종지부를 찍은 것은 그로부터 얼마 지나지 않아서였다. 그날도 역시 자다가 문득 깨어보니 옆에 언니가 없었다. 지난 며칠간 다시 제정신이 돌아왔던 언니가 또 어딜 나간 것일까?

신을 신고 마당으로 나왔다. 이미 불이 꺼졌어야 할 옆방이 환하게 불이 켜져 있고 여러 사람이 있는 듯 왁자지껄함에 나는 무슨 일인가 싶어 창문으로 살짝 들여다보았다.

차라리 보지 말 것을……. 두 명 정도 되는 낯선 사내와 아버지, 큰오라버니, 그리고 대나무 침상 위에 올라가 개처럼 엎드린 채 사내를 받고 있는 언니…….

너무 놀라 비명조차 나오지 않았다. 입은 놀라서 달라붙은 채 어버버거릴 뿐이었다. 그러다 언니와 눈이 마주쳤다. 언니는 멍한 눈을 한 채

나를 향해 고개를 저었다. 천륜을 거스른 만행의 현장을 보고 있으면서도 난 언니를 위해 그 무엇도 해줄 수 없었다. 어쩌면 나는 겁이 났는지도 모르겠다.

"똑바로 해, 이년아! 사실 너도 팔아버릴까 했다만 네 어미란 년이 절대 안 된다고 말려서 그냥 뒀던 거야. 알기나 해?! 원래는 네 어미가 하던 짓이지만 갑자기 급살을 맞았으니 그 자식인 네년이라도 해줘야지! 큭큭!"

아버지란 작자가 언니의 머리채를 쥐어 흔든다. 무슨 말을 하는 거지? 무슨 소리를 하는 거지? 아무것도 들리지 않아. 마치 낯선 이국의 말인양 머리 속을 겉돌 뿐 이해가 가질 않았다. 몸이 뻣뻣히 굳어서 당장이라도 저 방에 뛰쳐 들어가서 말리고 싶은데 움직여 주질 않았다.

"어이, 하려면 여기다 구리문이라도 놓고 해."

막 침상 위로 올라가려는 사내에게 소리친 오라비란 작자가 아버지를 돌아보았다.

"아버지, 그년은 어쩌실 거요?"

"그년은 건드리지 마. 내 딸년이라고는 믿어지지 않을 만큼 반반하니 혹시 모르지. 그 독했던 네 어미가 딴 사내를 꿰어차고 낳은 년일지도. 좀 더 키워서 성으로 나가 대갓집에 넘겨야지. 아마 은자 이백 냥은 족히 받을 게다."

"그냥 지금 팔아도 되지 않수? 어차피 그런 놈들 중엔 어린애가 아니면 안 사는 새끼들도 있잖수."

난 그때 분명히 도.망.을 쳤다. 언니를 내버려 두고. 나 혼자만 살아남기 위해 몸의 경직이 풀리자마자 뒤도 돌아보지 않고 집을 뛰쳐나왔다.

*　　　　*　　　　*

번쩍 눈을 뜨니 어느새 아침이었다. 밝은 햇살이 방 안으로 쏟아져 들어와 눈이 부셨다.

'…꿈이었나?'

지금까지 몇 번을 반복해서 꾸었던 꿈. 이제는 꿈을 꾸는 일이 아주 당연한 것처럼 생각되었다. 푹신한 비단 금침을 걷어내고 아래로 발을 디뎠다. 부드러운 양모로 된 운두리(雲頭履:앞쪽을 구름처럼 장식한 신)를 발에 대충 끼우고 줄을 잡아당기자 이내 문을 열고 계집종 하나가 걸어 들어왔다. 연녹색의 비단옷에 어깨를 겨우 넘는 머리를 야무지게 틀어 올려 쪽을 졌다.

"일어나셨습니까, 루주(樓主)님?"

"그래."

"간밤에 마교에서 한 통의 서찰이 날아왔습니다."

아이가 소매에서 종이 봉투를 꺼내 공손히 받쳐 들었다. 단 인장이 찍힌 서찰이었다. 봉투를 뜯는 손놀림이 급해졌다.

급히 와주길 바람.

힘찬 필체지만 단 한 줄의 글귀를 보며 능파는 부드럽게 눈웃음을 지었다. 과연 단 그다웠다.

"어서 준비하거라. 급히 마교로 가야 할 듯싶구나."

"예."

종종걸음으로 계집종이 나가고 나자 가벼운 경장 차림의 취흥(醉興)과 취홍(醉虹) 두 쌍둥이 자매가 들어왔다.

"루접(淚蝶)을 뵈옵니다."

"밤새 안녕히 주무셨사옵니까?"

능파 자신만큼은 아니었지만 상당한 미녀인 둘은 옷과 장신구, 그리고 허리의 검까지도 똑같이 맞추고 있었다.

"갑자기 웬 경장이냐?"

"마교에서 서찰이 왔다는 소식을 듣고 루접께오서 일어나시면 마교로 떠나실 듯하여 미리 채비한 것이옵니다."

취홍이 빙긋이 웃으며 답했다.

"아참, 들어온 소식이 있사옵니다. 루접께오서 말씀하신 곳에 사람을 보내봤으나 이미 오래전에 흉가가 된 지 오래였고 이웃에게 물어봐도 십년 전쯤 갑자기 어디론가 떠나 버렸다는 것밖에는 모른다고 하옵니다."

"그래? 최대한 추적해서 흔적을 찾아라. 어디에서 어떻게 사는지."

"중요한 분들이옵니까?"

"중요하지. 무척이나."

천안의 주인이 되자마자 찾아나선 것이 그자들이었다. 아무것도 가진 것 없이 맨몸으로 집을 뛰쳐나온 어린 계집애가 할 수 있는 것은 몸을 파는 것뿐이었다. 이 자리에 서게 되기까지 얼마나 수많은 일들을 겪었는지…….

천안의 전대 주인의 눈에 들기까지 수많은 사내에게 웃음을 팔고 몸을 내주고 그저 복수해야 한다는 일념 하에 엉망이 된 몸을 부둥켜안고 혼자서 눈물을 삼켰다. 천안의 후계자 자리를 놓고 벌이는 암투 속에서 홀로 와신상담(臥薪嘗膽)하며 이제야 거머쥔 자리이다.

"…루주님?"

무언가 따스한 것이 볼을 타고 흘러내리고 있었다. 능파는 그제야 자신이 눈물을 흘리고 있었음을 깨닫고 서둘러 눈물을 닦아냈다.

"내 급히 채비하여 나갈 것이니 나가 기다려라."

그래, 꼭 복수해 주마. 복수해 주고말고. 평생 고생만 하다가 돌아가신 어머니와 백치였지만 순하고 착하기만 했던 둘째 오라버니와 늙은 부자에게 팔려가 죽은 큰언니의 넋과 차마 말 못할 온갖 능욕을 다 당했던 언니의 원한을 모두 배로 갚아주마.

*   *   *

마교 내에서 하급의 무사들과 그 가족들이 촌락을 이루며 사는 곳들 중 하나인 마양촌(魔樣村). 그중에서도 한 허름한 주루(酒樓)였다.

"자광이 자네 그거 아나?"

마교의 하급 무사의 표식인 황삼을 입은 중년 사내 하나가 옆에 있던 역시 황삼의 좀 더 젊어 보이는 사내에게 말을 걸었다. 음험한 인상에 탐욕으로 번들거리는 눈의 그 자광이라는 사내는 눈썹을 찌푸리며 턱짓으로 물었다.

"뭔데 그러시오?"

"매달 이맘때가 되면 비밀리에 기녀들이 찾아든다네."

"……?"

기녀라는 소리에 호기심을 표하며 자광은 대답을 재촉했다.

"교주님의 빈객(賓客)이라는 미명 하에 오지만 다들 계집들이고 그중 몇은 기녀의 옷차림이라네."

"…난 또 뭐라고."

별것도 아닌 것을 가지고 호들갑을 떤다는 듯 자광은 대수롭지 않게 웃어넘겼다.

"아니야, 이 사람아. 그 기녀들의 우두머리는 항상 면사를 쓰고 있어서 얼굴은 볼 수 없지만 다른 기녀들만 해도 대단한 미녀들이라네. 한 번만 품어봤으면 소원이 없을 정도야."

"그래서 지금 어쩌자는 소리요? 교주님의 객들을 건드리자는 소리
요?"

'경 치지 못해서 안달이 났구만' 이란 얼굴로 자광은 독한 죽엽청을
들이켰다.

"흠흠, 그게 아니고……."

뭔가 하고 싶은 말이 있는 듯 자꾸 헛기침만 해대는 사내를 보며 자광
은 그제야 이자가 딴 속셈이 있음을 눈치 챘다.

"자네 누이 말일세……."

주위를 둘러보며 쭈뼛쭈뼛 누이 이야기를 꺼내는 사내를 보며 자광은
혀를 찼다. 결국 목적은 딴 곳에 있었던 것이다.

"알았소. 오늘 밤 자시에 돈 준비해서 내 집으로 오시구려."

아무리 생각해도 자신의 누이는 짭짤한 돈벌이였다. 가끔 돈이 궁하면
자신도 몸을 풀 수 있고 말이다. 반쯤 미쳐 있지만 제정신일 땐 그래도
제법 예쁘게 봐줄 만한 얼굴이고 거기다가 한번 맛본 사내는 다시 찾아
오지 않고서는 못 배기니 말이다.

아버지를 따라 가족들을 모두 이끌고 마교에 귀의했지만 십 년이 넘도
록 하급 무사에 머물러 있었다. 어렸을 적부터 무공을 닦아왔으나 마교
에서 태어나 마교에서 자란 자들은 십 년이면 아무리 못해도 중급 무사
의 반열에 올라 있는데 자신이나 아버지는 여전히 하급 무사였다. 그래
도 의식주 걱정은 안 해도 되고 누이 덕분에 꽤 짭짤하게 돈도 만지니 예
전의 그 지긋지긋함은 없었다.

자신보다 한참 어린 배다른 여동생은 그 괄괄한 성격 덕분에 여전히
노처녀로 머물러 있고, 그 아래 배다른 쌍둥이 남동생 둘 역시 하급 무사
로 살고 있다.

'빌어먹을 세상, 그 장로들이나 교주님만이 들어간다는 비고(秘庫)에 한번 들어가서 상승무학을 한 가지라도 익혔으면 좋겠구만. 그럼 단번에 중급 무사까지는 될 수 있을 텐데…….'

독한 죽엽청을 들이키며 입가를 비틀어 올린 자광은 자리에서 일어났다.

＊　　　＊　　　＊

"네놈의 죄는 본 소저가 묻겠다!!"

마교의 장로 중 하나인 천음요희(賤淫妖姬) 관유란(官有欒)의 딸로 교주의 사매(師妹)인 것으로 더 유명한 혈수비연(血手費蓮) 냉옥화(冷玉華)의 교룡편(蛟龍鞭)이 허공을 갈랐다. 은은한 자색이 도는 탄력있는 이 채찍은 상대의 사혈(死穴)을 사정없이 짓쳐들어오고 있었다.

"감히 대낮부터 술에 절어 교주님의 빈객에게 무례를 범했으렷다!"

중급 무사인 듯 청삼 차림에 코가 발개져 있는 사내의 한쪽 다리에 교룡편이 감겼다. 편이 점점 조여오자 사내는 세상이 떠나가라 소리를 질러댔다.

"사, 살려주십쇼! 술이 원수입니다!!"

그 비명에 무슨 일인가 싶어 대로변으로 사람들이 몰려들었다. 마교 내에서도 가장 번화한 대로에서 그토록 비명을 질러대니 사람들이 모여드는 건 당연했다.

"이미 늦었다!"

사람들은 중급 무사를 동정했다. 어쩌자고 혈수비연 냉옥화의 노여움을 샀단 말인가? 여자임에도 그 손속이 잔인하기로 유명한 그녀에게…….

모인 자들은 모두 혀를 차며 애도를 표했다. 죽이진 않겠지만 분명히 팔이나 다리 중 하나를 취할 것이다. 지금까지의 선례(先例)를 보면 뻔한 일이었다.

"네놈의 한 팔을 잘라 본보기로 삼을 것이다. 교주의 빈객께 무례하면 이런 꼴을 당한다는 것을 여기 있는 모두도 똑똑히 알라!"

한쪽 다리를 감은 교룡편에 좀 더 내공을 주입한 냉옥화는 곁에 서서 흥미롭다는 듯 눈을 빛내고 있던 두 쌍둥이 소녀에게 손을 벌렸다.

"화청검(火淸劍)이나 화청도(火淸刀) 중 아무거나 하나 빌려줘."

"팔을 잘라내기에는 화청도가 좋을 거예요."

둘 중 하나가 허리춤에서 도를 풀어 냉큼 건네었다. 하나 그 도를 막는 손길이 있었으니…….

"이쯤해서 그만 해두세요, 냉매(冷妹). 난 괜찮으니까."

"아니됩니다, 루주님! 저 분수를 모르는 자는 감히 루주님께 무례를 범했사옵니다!"

두 쌍둥이 소녀가 입을 모아 외쳤다. 자세히 얼굴을 보니 취홍과 취홍이었다.

"난 괜찮다. 저 정도면 저자도 뉘우쳤을 터이니. 냉매, 그만 편을 거두어 주세요."

잔잔히 흐르는 듯한 부드러운 목소리의 여인이었다. 자세히 보니 루주라 불렸던 섭능파였다. 고운 아미와 맑은 눈, 오똑한 코, 붉은 입술과 백설같이 흰 피부… 냉옥화도 마교에서는 상당한 미녀이나 도저히 비교가 되지 않았다.

"알았어요. 섭 언니가 그렇게 말한다면야 별수없죠."

아쉽다는 기색으로 냉옥화는 교룡편에 주입했던 내공을 풀며 편을 거두어들였다. 그제야 편에서 벗어난 사내는 재빨리 일어나 땅에 머리를 박으며 냉옥화에게 절을 했다.

"섭 언니께서 말리시니 이번 한번은 봐주겠다만 차후에도 이런 일이 있을 시엔 본 소저가 친히 너를 의귀(醫鬼)에게 넘길 테니 그리 알라."

의귀라는 말에 사내는 진저리를 쳤다. 누군지는 몰라도 혈수비연 냉옥화보다 악명이 높았으면 높았지 낮지는 않은가 보다.

"자, 어서 가죠."

그들의 음성에 몰려들었던 구경꾼 중 하나가 흠칫했다. 바로 곽자광이란 하급 무사였다. 무슨 일인가 싶어 구경 나왔다가 우연히 들은 미녀의 음성이 자신이 알던 어떤 음성과 너무도 흡사했던 것이다.

"…소화(素花)?"

대갓집에 팔아 높은 값을 받을 수 있겠지라고 기대하고 있다가 어느날 갑자기 집을 나가 버린 누이와 너무도 흡사한 생김새와 목소리. 저렇게 똑같은 사람이 쌍둥이가 아닌 이상 존재할까 싶어 곽자광은 좀 더 소리 높여 누이의 이름을 불렀다.

"소화?!"

확실히 반응이 있었다. 그 미녀가 가던 길을 멈춘 것이다.

"언니, 왜 그래요?"

냉옥화가 의아하다는 듯 물어보자 미녀가 아무것도 아니라는 듯 고개를 흔들었다.

"소화 맞지?!"

확신이 선 듯 당당하게 섭능파 일행의 앞을 가로막아 선 곽자광은 도저히 숨길 수 없는 듯 탐욕스런 빛이 가득했다. 영영 못 만날 줄 알았던 누이인데 지금은 지체 높은 신분 같아 보이니 얼마나 기쁠쏘냐.

"…잘 모르겠습니다만?"

섭능파의 가슴이 두근두근 뛰고 있었다. 매일 밤 악몽을 꾸며 사무친

원한을 풀 길 없던 큰오라비란 사람이 오랜 세월이 흘러 자신 앞에 나타난 것이다. 그것도 마교의 하급 무사의 차림으로.

마침내 길고 긴 원한을 풀 날이 온 것인가? 표정은 여전히 무표정을 가장하고 있었지만 마음속은 떨리는 흥분을 주체할 길이 없었다.

한편 곽자광은 자기대로 염두를 굴리고 있었다. 자신의 여동생이 지체 높은 신분이 되어 있고 또한 자신이 살아왔던 출신 성분을 숨겨야 할 입장이라고 지레짐작한 것이다. 잘만 협박하면 큰돈과 더불어서 무공비급을 훔쳐 낼 수도 있을 것이라는 데까지 생각이 미친 그는 더욱더 간사한 미소를 지었다.

"나를 모르겠느냐? 너의 오라버니인 나를?"

"…언니, 아는 사람이에요?"

능파가 일점혈육 없는 고아로 알고 있던 냉옥화였기에 갑자기 큰오라비임을 자처하고 나선 그자를 못내 의심스러워하는 듯했다.

"네, 알죠. 내 큰오라비란 사람이에요."

냉옥화는 능파의 눈길에 찰나의 순간이지만 날카로운 살기가 스쳐 지나갔음을 깨닫고 뭔가 사연이 있구나 싶어 잠자코 입을 다물었다.

"흐흐, 그래, 오랜만이구나."

자신을 오라비라고 인정한 그 순간 갑자기 거만해지는 태도와 온몸에서 흐르는 탐욕의 빛에 능파의 곁에 서 있던 쌍둥이는 눈살을 찌푸렸다. 자신들의 주인이 가만히 있으니 나설 수는 없는 노릇이나 허튼수작을 부릴 것 같으면 가차없이 베어버리겠다는 심산이었다.

"오라버니, 여기서 이야기할 수는 없는 노릇이니 자리를 옮기죠. 옷을 보니 하급 무사인 것 같은데 어디에 거주하고 있나요?"

"마양촌(魔樣村)에 거주하고 있다."

"그럼 그곳으로 가죠. 냉매, 마양촌이 여기서 먼가요?"

"그다지 멀지 않아요. 언니와 나의 경공이면 금방인 걸요."

냉옥화가 재빨리 대답했다. 뭔가 재밌는 일이 생길 것 같다는 예감에 냉옥화의 가슴에 두근거림이 일었다.

"그럼 취홍과 취홍이 내 오라버니를 모시고 뒤따라오거라."

"언니, 그럴 필요가 있을까요?"

냉옥화가 허리춤에 걸어두었던 교룡편을 들어 내공을 주입하자 교룡편의 길이가 쑥 늘어났다. 늘어난 교룡편을 휘둘러 멍하니 서 있던 곽자광의 몸뚱이를 동여맸다. 그 모습에 취홍과 취홍이 웃음을 참지 못하고 키득거렸다.

"그럼 가죠."

일 다경(一茶頃)도 되지 않아 마양촌의 입구에 도착했다. 도착한 냉옥화는 편으로 몸을 감아 질질 끌고 온 곽자광을 내팽개쳤다. 곽자광은 분함에 몸을 떨었으나 냉옥화의 계급이 계급인지라 뭐라 말은 못하고 그저 이만 갈았다.

"아버지와 소릉(小綾) 언니도 무사히 있겠죠?"

"아버지는 아직도 정정하시다. 네 언니는 미치긴 했지만 때때로 제정신으로 돌아올 때가 있으니 아마 너는 알아볼 게다."

자신의 언니가 무사하단 말에 능파는 안도의 한숨을 내쉬었다. 아마 자신의 언니가 화를 당했더라면 저 인간 말종을 그 자리에서 요절을 냈을 것이다.

마양촌 사람들은 마교의 서열 중에서도 최상위에 있는 혈수비연 냉옥화가 이곳에 웬일인가 싶어 하나둘 구경을 나왔다. 곽자광은 혼자 우쭐대며 거들먹거리는 걸음걸이로 앞장서서 걸었다.

'두고 보아라. 언니의 무사를 확인하는 즉시 네놈에게 지옥을 선사할

테니.'

곽자광이 한 초가를 자신의 집이라 소개했다. 마양촌의 구석진 곳에 위치해 있는 데다가 상당히 낡은 집이었다. 집 앞에는 후줄근한 주루(酒樓)가 하나 있었는데 주루의 입구엔 낯이 많이 익은 얼굴의 여인이 붉은 옷을 입은 채 가는 남자들을 붙잡고 있었다.

약간 곱슬 진 머리를 한껏 틀어 올려 옥잠 하나로 고정시키고 어깨를 잔뜩 드러낸 옷. 천박스러워 보이는 얼굴에 입가에 찍힌 작고 진한 점 하나. 많이 변해 있긴 했지만 자신보다 반년 정도 어렸던 자신의 이복 누이였다. 하는 일 없이 밥만 축내고 제 어미를 꼭 닮아 치장하는 것에만 관심있었던, 자신의 어머니를 멸시하고 둘째 오라버니를 백치라 욕했던 그것이었다.

"오라버니, 왜 벌써 들어와요?"

"소아(騷雅)야, 그것보다도 누가 왔는지 한번 보거라."

앙칼진 목소리로 자신을 막아서는 소아에게 뒤쪽을 손가락질로 가르쳐 주자 예상대로 소아의 눈이 커졌다. 놀라움과 질투의 빛이 뒤섞인 그런 눈빛이었다.

"소화?"

말투엔 질투의 빛이 가득했다. 죽었을 거라고 생각했던 반년 차이의 이복 언니가 버젓이 살아 있는 데다가 더 지체 높은 신분처럼 보이니 복장이 터질 노릇이었다.

"오라버니, 언니는… 소릉 언니는 어디에 있죠?"

"저 안에 들어가 봐라. 아마 혼자 울면서 궁상을 떨고 있을 게다."

능파는 냉옥화와 두 쌍둥이를 밖에 있으라고 한 뒤 조심스럽게 초가의 문을 열었다. 작은 방과 안으로 이어진 통로가 보여 이 안 어딘가에 있을 언니를 찾기 위해 천천히 발을 내디뎠다.

제일 안쪽 침상이 놓여진 침실께로 다가가자 어두운 실내에서 여인의 그림자가 보였다. 침상에 등을 돌리고 앉은 채였지만 분명히 알아볼 수 있었다. 자신의 언니임을.

유난히도 작은 등과 마른 체구… 얼마나 고생을 했을지 눈에 선해 목이 턱 막혀오면서 눈시울이 뜨거워졌다.

"…오늘은 안 돼요. 내일 오세요, 얼마든지 상대해 줄 테니까. 오늘은 동생의 기일이에요."

그리고 보니 오늘은 자신이 집을 도망쳐 나온 그날이었다. 오랫동안 그려왔던 언니의 음성이지만 이 말을 듣는 순간 속에서 울화가 치밀어 올랐다. 그 말로도 언니가 어떻게 살아왔을지 능히 짐작이 갔다. 밖에 있는 저 짐승 같은 것들에 대한 증오가 한층 더 타올랐다.

"동생의 기일이라고 했잖아요! 썩 나가지 못하겠……!"

벌컥 화를 내며 뒤를 돌아본 소릉은 말을 채 잇지 못했다. 그저 커진 눈으로 눈앞에 서 있는 능파를 바라볼 뿐.

"언니……."

턱턱 막혀오는 숨을 간신히 내쉬며 울음 섞인 목소리로 간신히 언니라고 부르자 소릉 언니는 서럽게 울음을 터뜨리며 능파의 품으로 안겨왔다. 어찌나 말랐는지 뼈가 생생하게 느껴지는 언니의 몸과 따스한 체온에 능파 역시 참아왔던 울음을 터뜨리고야 말았다.

한참을 울던 언니가 일순 몸이 뻣뻣이 굳더니 전혀 딴사람으로 변했다. 해괴한 웃음소리와 천진난만한 다섯 살 아이와도 같은 정신 연령을 보인 것이다. 정신을 놓았을 때와 평소의 언니는 정말로 많이 달랐다. 언니의 살아온 삶을 반영이라도 하는 듯 자신이 살아왔던 삶의 깊이와 그 고초만큼 그것을 잊고 싶어하는 듯 천진난만하고 아무것도 모르는 백치

같은 언니.

차마 언니의 그런 모습을 계속 지켜볼 수 없어 능파는 조용히 수혈을 짚었다. 조용히 잠이 든 모습은 그런 고초 따위는 모른다는 듯 편안하기 이를 데 없다.

"…편안히 자. 한숨 자고 일어나면 모든 것이 바뀌어 있을 테니까."

모든 것이 바뀌어 있을 것이다. 응징이 필요한 자들에게 응징을, 그리고 지옥을 맛보게 해줄 터였다.

"저 말종들이 있는 곳이 마교라서 정말 다행이야. 혹시나 다른 곳에서 찾았다면 이곳으로 다시 끌고 오기 위해 수고를 들였을 텐데……."

조용히 잠이 든 언니의 머리를 무릎에 눕히고 헝클어진 머리를 어루만지며 중얼거리는 능파의 음성은 그 어느 때보다 고요하고 부드러웠으며 온화했으나 아미를 치켜 올리며 짓는 그 미소는 어둠 속에서 마치 악귀같이 빛나고 있었다.

잠든 언니를 침상 위에 고이 눕혀놓고 밖으로 나오자 취홍과 취홍이 문 앞에서 지키고 서 있었다. 그리고 조금 떨어진 곳에 냉옥화가 버티고 서서 마교 교도들이 접근하는 것을 원천 봉쇄하고 있었다.

"자매 간의 회포는 잘 풀었느냐?"

능파에게 다가오자 이내 검을 뽑으려 드는 취홍과 취홍 때문에 자광은 잠시 움찔했다. 하지만 능파가 두 쌍둥이에게 손짓을 하며 물러서라 명하자 여보란 듯 거만한 몸짓으로 양손을 맞비비며 간사한 음성으로 물어오는 자광에게 능파가 아까의 사근사근한 말투와는 정반대의 싸늘하기 이를 데 없는 음성으로 물었다.

"아버지는 어디에 계십니까?"

"아마 번을 서러 가셨을 거야. 아버지도 아마 널 보면 굉장히 기뻐하실 게다."

자신을 보고 기뻐할 것이란 아부에 능파는 조소를 흘렸다. 자신이 아니라 자신에게서 풍기는 돈 냄새를 맡고 좋아할 테지.

"냉매, 부탁 하나 해도 되겠어요?"

"제가 들어드릴 수 있는 한도에서라면 뭐든지 말씀하세요, 언니."

"곽전이란 자를 잡아다 주세요."

"뭐, 중급 무사들에게 명령하면 간단하죠. 반 시진 안에 언니 앞에 데려다 놓을 테니 걱정 마세요."

"절대로 다치게 하지 말아주세요. 상처 하나 없이 생포해서 잡아다 주실 수 있겠지요?"

"맘 푹 놓으시라니까요."

뭔가가 이상하게 돌아가고 있다는 것을 눈치 챈 곽자광은 눈치를 보기 시작했다. 아까까지만 해도 사근사근하던 능파가 냉기가 도는 음성으로 증오심을 드러낸 것이다. 불현듯 안 좋은 예감에 괜히 아는 체를 했다는 후회가 밀려왔다.

"취홍, 취홍, 저 두 연놈을 잡아다가 내 앞에 꿇려라."

"존명!"

각각 도와 검을 빼 든 두 소녀는 화색이 도는 웃음을 띤 채 어리둥절해져 있는 소아와 자광을 순식간에 잡아다가 능파의 앞에 무릎 꿇렸다. 영문도 모르고 자신보다 한참 어린 소녀에게 어이없이 끌려와 그것도 여동생 앞에 무릎을 꿇게 되니 수치감이 부글부글 끓어올랐다.

"소화야! 감히 오라비에게 버릇없이 이 무슨 짓이냐?!"

"내게도 오라비란 작자가 있었던가? 아, 그래, 예전에 하나 있었지. 백치였지만 너무나 착하고 순수했던 오라버니가 말야."

뭔가가 잘못되도 한참 잘못되고 있었다. 적어도 동생의 후광을 빌려 중급 무사의 자리까지는 오를 수 있으리라 기대하고 있었고 또한 자신의 동생도 큰오라비를 모른 체하지 않을 것이란 기대가 있었건만 이게 어찌된 일이란 말인가?

"…비록 네놈에게 맞아서 억울하게 죽었지만."

입술을 비틀어 올리는 능파의 얼굴에 살기가 돋았다. 이젠 더 이상 살기를 감출 필요가 없었던 것이다. 화를 내는 일이 좀처럼 없었던 능파가 화를 내고 거기다가 살기까지 띤 것을 처음 보는 냉옥화는 그 무시무시한 기에 놀라고 말았다.

"네놈을 찾아서 정말 다행이야. 네 아비란 작자도. 그 첩년은 아직도 살아 있나? 후훗, 더군다나 소아까지 있었다니 정말 기뻐. 내 어머니와 언니가 당했던 만큼의 절반 정도는 되갚아줄 수 있을 것 같아서 말이야."

능파의 핏기없는 창백한 얼굴이 기쁜 듯이 웃고 있었다. 하지만 그 얼굴이 순간 마치 악귀와도 같이 보인 것은 단지 너무나도 따사롭던 햇살의 반작용이었을 것이다.

『2권으로 이어집니다』